Die Krimi-Cops
Stückwerk

Vom Autoren-Team bisher bei KBV erschienen:

Stückwerk
Teufelshaken
Umgelegt
Bluthunde
Knock Out
Goldrausch
Böse Falle
Zahltag

Die **Krimi-Cops** sind:
Ingo »Inge« Hoffmann, Jahrgang 1978, aus Hilden, Carsten »Rösbert« Rösler, Jahrgang 1977, aus Düsseldorf, Martin Niedergesähs, Jahrgang 1977, aus Herongen an der niederländischen Grenze und Klaus »Stickel« Stickelbroeck, Jahrgang 1963, aus Kerken am Niederrhein. In ihren Büchern verarbeiten die Polizisten nach Feierabend mal komische, mal härtere Einsätze der zurückliegenden Schichten. *Stückwerk* ist der erste Roman der mittlerweile acht Bände umfassenden lustig-spannenden Kriminalreihe um den Düsseldorfer Kriminalhauptkommissar Pit »Struller« Struhlmann und seinen Praktikanten Jensen. www.krimicops.de

Die Krimi-Cops

Stückwerk

Ein Struller- und Jensen-Krimi

1. Auflage September 2007
2. Auflage Oktober 2008
3. Auflage Mai 2010
4. Auflage Dezember 2011
5. Auflage Mai 2013
6. Auflage März 2015
7. Auflage November 2017
8. Auflage April 2021
9. Auflage Januar 2024

© KBV Verlags- und Mediengesellschaft mbH, Hillesheim
www.kbv-verlag.de
E-Mail: info@kbv-verlag.de
Telefon: 0 65 93 - 998 96-0
Umschlagillustration: Ralf Kramp
Lektorat: Volker Maria Neumann, Köln
Druck: CPI books, Ebner & Spiegel GmbH, Ulm
Printed in Germany
ISBN 978-3-940077-19-6

Alle Personen und Namen sind frei erfunden. Eine Ähnlichkeit mit lebenden oder verstorbenen Personen wäre also rein zufällig. Sollte sich trotzdem jemand wiedererkennen, dann vertut er sich.
Hut ab!

1. Tag

»So blöd kann man ja gar nicht sein!«, dröhnte es quer durch Ludenberg. Kuschinski im Blaumann und mit hochrotem Kopf kratzte geräuschvoll Schleim zusammen und jagte einen Yellow in die graue Betonlache zu seinen Füßen. »Zu blöd, um ein Loch in den Schnee zu pissen ... Scheiße, guck dir den Mist hier an!«

Der zu Blöde zuckte zusammen und senkte sein kahl geschorenes Haupt, die Hände in der Bundeswehrhose vergraben.

»Mann, Mann, das können wir hier alles wieder kaputt hauen. Beton ...« Kuschinski wischte sich mit einem Taschentuch über die Stirnglatze und blinzelte dem runden Lorenz am Himmel entgegen. »Und das bei dieser Affenhitze. Aber eins sag ich dir: Das machste ganz alleine, Kleiner. Zum Üben. Vielleicht haste ja was in den Mauen. Wenn de schon zu dämlich bist, Beton in die Verschalung zu kippen.«

»Chef, ich bin mir sicher ...«

»Halt jetzt bloß die Klappe! Die Schaltafeln hab ich gesteckt. Einwandfrei! Du brauchtest nur noch den Beton hier reinzukippen. Nur noch den fertigen Beton in die Verschalung zu kippen. Und jetzt diese Scheiße hier!« Kuschinski wurde langsam sauer! Immer diese Neuen. Und die wurden mit jedem Jahr blöder! Früher haben die wenigstens noch gesoffen, kamen zu spät, waren noch blau, konnten aber anpacken. Und heute ...

»Chef, ehrlich … Als ich den Beton gestern hier reingekippt hab, war alles noch in Ordnung. Der ganze Beton in der Verschalung, die Tafeln standen noch. Die Latten hab ich über Eck zusammengenagelt. Hab ich doch schon hundertmal gemacht! Da konnte so was hier gar nicht passieren. Da muss heute Nacht jemand gegen …«

»Willste mich ver…?«

»Nee, ehrlich, Chef. Ich bin um halb acht abgehauen und da war hier alles tipptopp!«

»Tipptopp nennste das hier?« Kuschinski nickte nach unten. Die Schalbretter hatten dem Druck des Betons nachgegeben, und das Brett an der linken Seite hatte sich nach außen gebogen. Der Beton war rausgelaufen. Alles andere als eine glatte Bodenplatte für Doktor Bodewigs neuen Swimmingpool. Das musste jetzt rausgekratzt werden, sonst gab's Mecker! Das war mal sicher! Wieso hatte er diesen Schwachkopf auch für 'ne Viertelstunde eher Feierabend hier alleine machen lassen …

»Da muss einer durch den Bauzaun …«

Kuschinskis Stirnader schwoll gefährlich an. »Und Dreck hat der auch noch mit reingemischt, der Idiot. Da! Was is das denn?« Kuschinski streifte sich einen Handschuh von den Wurstfingern und pulte im Beton an einem Stängel rum. »Zweig oder was …«

Kuschinski pulte und der zu Blöde wurde noch blasser. »Chef …«

»Was, zum Teufel, steckt denn hier? Ein Stock oder was? Pack mal mit an, das muss hier raus! Was haste denn?«

* * *

Pit Struller schob die unabhängige, überparteiliche Tageszeitung mit den großen Überschriften beiseite. »Krake, mach mir ein Alt!«

»Bisse nich im Dienst?«

Struller zog die Augenbrauen hoch. »Bist du bei der Dienstaufsicht oder bist du Wirt?«

Krake zuckte mit den Achseln und packte sich ein Altglas. »Is ja schon gut!«

Struller musterte seinen Lieblingswirt. Krake verdankte seinen Spitznamen der Linie 708. Im Herbst 2001 hatte er am Schillerplatz unter der Straßenbahn seinen linken Arm liegen gelassen. Die Kneipe hatte er damals schon gehabt, und mittlerweile zapfte Krake mit einem Arm das Pils schneller als andere mit zwei. Manchmal brauchte er nicht mal sieben Minuten. Struller bevorzugte Altbier. Das ging noch schneller.

»Was bist du denn in letzter Zeit so mütterlich zu mir, Krake?«

»Schon gut, Pit.«

»Nee, sag doch. So was merke ich doch!«

Krake ließ den Zapfhahn zurückschnellen. »Irgendwas ist doch. Guck auf die Uhr. Halb zehn. Du solltest doch schon längst im Büro sein. Du hängst immer öfter hier ab.« Krake beugte sich über die Theke. »Stimmt doch was nicht ...«, murmelte er und widmete sich wieder seiner Zapfanlage.

»Vielleicht habe ich ja Urlaub.«

Krake brummte: »Mit 'ner Knarre im Schulterholster?«

Struller tippte an seine SigSauer. »Raue Zeiten da draußen, Krake! Raue Zeiten!«

Krake zog eine Flunsch. »Musst ja nicht drüber reden. Ich mein ja nur.«

»Dann mein du mal! Hauptsache, du zapfst dich nicht zu Tode!«

»Übern halb volles Glas biste auch am meckern!«

»Bei deinen Preisen ja wohl auch zu Recht!« Struller fischte eine zerknitterte Schachtel Ernte aus seiner Jackeninnentasche, schlug eine Kippe raus und zog einen halb vollen Aschenbecher mit Kaugummirest zu sich heran. »Aschenbecher ist voll!«

»Dein Bierglas auch. Sollen wir tauschen?«

»Witzig, witzig. Gib her das Teil!« Struller legte den Kopf in den Nacken. Das kühle Bier tat gut bei dieser Granatenhitze. Den heißesten Mai seit hundert Jahren hatten sie gestern hinter sich gebracht. Das stand auch in diesem Schmierblatt. In Lettern so groß wie Michael Ballacks Fußballschuhe. Und für den Juni hatten sie noch ein paar purzelnde Hitzerekorde versprochen.

Krake lehnte sich wieder über die Theke und tippte auf die aufgeschlagene Seite des Lokalteils. »Gibt's was Neues?«

»Metzelder soll nach Madrid wechseln.«

»Mein ich nicht, du Blödmann! Gibt's was Neues bei euch?«

Struller grunzte und zitierte die Schlagzeile: »*Bein gefunden! Kopf fehlt immer noch!! Polizei ratlos!!!*«

Struller ging auf Glasgrund. Eine halbe Seite hatten sie wieder gebracht. Und auch einen dämlichen Schnappschuss vom ermittelnden Kriminalhauptkommissar hatten sie neben den Artikel mit Halbwahrheiten, Übertreibungen und Vermutungen gequetscht: *KHK Struhlmann (46) ist ratlos.* Nahezu das Einzige, was an diesem Artikel den Tatsachen entsprach. Sechsundvierzig Jahre alt und Kriminalhauptkommissar bei der Düsseldorfer Mordkommission war Struller wirklich.

»Nix Neues, Krake. Wir warten auf weitere Puzzlestücke!«

Krake verzog den Mund und schüttelte sich.

»Ekelig. Teile einer Leiche über ganz Düsseldorf verteilt. Echt, dein Job wäre nix für mich!«

»Ist auch nichts für dich. Kannst ja nicht mal beidhändig schießen!«

»Arschloch!«

»Ja, was denn? Oder versuch du mal, den Verkehr zu regeln!«

»Gleich fängst du dir eine!«

Struller schickte einen Rauchkringel an die Decke.

»Hast recht, ich bin schlecht drauf. Ich kriege heute einen Praktikanten. Kann ich mich nicht dran gewöhnen. So einer von der Schule. Tausend Fragen. Die haben von Tuten und Blasen keine Ahnung, aber immer irgendwelche Konzepte. Oder Theorien. Da hat es 1968 mal einen vergleichbaren Fall in Braunschweig gegeben ... Nach dreijährigen Studien im ländlichen Bereich Mecklenburg-Vorpommerns wissen wir heute, dass die Mehrzahl der männlichen Straftäter über dreißig und unter vierzig Jahren in ihrem früheren Leben einmal Frauen gewesen sind. Und so was! Öden mich total an, diese Klugscheißer! Mach mir noch ein Altes!«

»Du hast immer Ärger mit deinen Partnern!«

»Mit Krüger bin ich sehr gut ausgekommen.«

»Wie lange habt ihr zusammengearbeitet? Bis zu seinem Motorradunfall? Drei Wochen?«

»Fast vier.«

»Borchers war zu alt. Der danach hat gestunken. Was war noch mal mit Schultze-Sperling?«

»Schultze-Sperling war eine Frau.«

»Und dein letzter Partner? Scheng Sieger?«

»Ist tot. Und über Tote redet man nicht schlecht!«

»Kann es also sein, dass diese Probleme mit den Kollegen vielleicht ein ganz klein wenig mit deiner Person zusammenhängen?«

»Nein.«

Krake schnappte sich ein Altbierglas.

Struller tippte auf die Zeitung vor sich. »Und dann noch dieser Mist hier. Eine Leiche in Einzelteile zerlegt und über ganz Düsseldorf verteilt. Portionsweise eine schlechte Presse. Wir wissen noch nicht mal, wer der Typ ist, den man da portionsweise findet. Natürlich stürzen sich diese Penner von der Presse direkt auf so was! Ich frag dich …« Struller nahm einen tiefen Zug auf Lunge. »Was sind das für Mörder? Ich meine, das ist doch keine professionelle Arbeit. Messer in die Brust, zack, tot. Sauber. Gift. Neun Millimeter, Hammer auf den Kopf, zack, erledigt. Da liegt die Leiche, jetzt sucht mich! So muss das doch laufen. Aber montags einen Oberarm, donnerstags der Arsch und dienstags ein Bein. Das ist doch nix Richtiges! Stückwerk!« Struller schüttelte den Kopf. »Und dann das Bein auch noch in Urdenbach. Weißte, wie lange man bis da fährt? Bei dieser Hitze? Bis nach Urdenbach?«

Er kratzte sich den Bauch.

»Bin gespannt, was wir als Nächstes finden.«

Krake klebte Strullers zweites auf den Tresen. »Vielleicht den Kopf«, schlug er vor.

»Den Kopf finden wir zuletzt!«

»Wieso das denn?«

»Is so. Sollen wir wetten?«

»Zehnerfass?«

Struller hielt ihm die Linke hin: »Okay, schlag ein!«

»Irgendwann hau ich dir …«

Strullers Handy klingelte. »Struhlmann? Ja. Wer will das wissen? Ach so. Ich besuche einen Freund im Krankenhaus. Ja. Hm. Hm. Wo? Hahnenfurter Straße? Wo ist die denn? Okay. Ich fahr von hier aus. Was weiß ich, wie das Krankenhaus hier heißt. Ich bin hier nur Gast. Bis gleich!«

Krake kramte unter der Theke und fragte: »Zahlen?«

»Sechsundfünfzig, dreizehn, acht«, murmelte Struller und exte das Altbier.

»Witzig. Vier Euro kriege ich von dir!«

»Vier Euro für die Top News in Sachen Ravensburger Puzzle.«

Krake leckte sich sensationslüstern die Lippen. »Geht klar!«

»Der Tote ist Uwe Seeler.«

»Ist nich wahr.« Krake wurde blass.

Struller presste seine Kippe in den Kaugummihaufen.

»Stimmt, is nich wahr. Diesmal haben sie ein Eckstück gefunden. Einen Arm. Stell schon mal das Zehnerfass kalt!«

* * *

Struller bog mit seiner Kiste von der Bergischen Landstraße nach rechts in die Hahnenfurter Straße. Einen nigelnagelneuen VW Golf Variant hatten sie ihm zugeteilt. Zwar im schwulen Mintgrün und natürlich mit Automatik, aber mit Klimaanlage, was Struller bei den subtropischen Temperaturen wirklich zu schätzen wusste. Beinahe wäre er an der kleinen Seitenstraße vorbeigefahren. Im letzten Moment bemerkte er eine uniformierte Polizeibeamtin mit braunen Haaren am rechten Straßenrand, die den Zivilwagen erkannte und heftig mit beiden Armen ruderte.

Hausnummer 57. Struller fuhr die kleine Straße ganz bis hinten durch, bog in eine mit weißem Kies ausgelegte Allee ab, quetschte seinen Wagen an einem in der Auffahrt geparkten, dunkelgrünen Jeep vorbei und parkte unter einem riesigen, Schatten spendenden Ahornbaum direkt vor dem Haus von Dr. Wilhelm Bodewig. Struller schnalzte beeindruckt mit der Zunge. Bodewigs Hütte war in etwa so groß wie die LTU-Arena und hatte sicher ungefähr genauso viel gekostet. Nur die Flutlichtmasten fehlten.

Hinterm Haus im Garten, hatte der Kollege aus der Zentrale gesagt. Also wanderte Struller los, ließ einen römischen Springbrunnen, der eine Wasserfontäne circa hundert Meter in die Höhe schoss, links liegen und begab sich in den Garten, der ungefähr die Ausmaße einer 18-Loch-Golfanlage hatte. Die uniformierten Kollegen hatten mit etwa dreißig Kilometern Flatterband den engeren Tatortbereich abgesperrt.

»Guten Morgen«, sagte ein Kollege in Grün, dessen Gesicht eine lustige kleine Brille und eine ziemlich große Nase zierten.

»Guten Morgen«, grüßte Struller zurück und schüttelte kurz eine kräftige Hand. Dann – etwas länger – ein kleineres, zarteres Exemplar, das einer jungen Kollegin mit schulterlangen blonden Haaren gehörte, die direkt neben dem Zinken stand.

Leider kam der Schnorchel direkt zur Sache. »Angerufen auf der Leitstelle um 9.02 Uhr hat Dr. Bodewig persönlich. Der wartet da drüben auf der Terrasse.« Zinken nickte nach hinten.

Auf der Terrasse zum Haus stand ein Mann, ganz in Weiß gekleidet, und guckte herüber. Struller winkte. Der Mann reagierte nicht. Dann eben nicht.

Der Zinken fuhr fort: »Gefunden haben die Leiche – beziehungsweise, nun ja, den Arm – zwei Arbeiter. Kuschinski und Schneider heißen die. Das da sind die beiden.« Er deutete links an der hübschen Kollegin, die Struller unentwegt anlächelte, vorbei auf zwei Männer, die auf einer Gartenbank aus weißem Marmor sitzend gespannt und schweigend der Dinge harrten.

Struller riskierte einen schnellen, verwegenen Blick in die grünen Augen der Kollegin, die sofort den Blick senkte. Hoppla, wohl ein bisschen schüchtern, die Kleine.

»Tja, und der Arm steckte da vorne im Beton. Das soll da mal ein Swimmingpool werden. Die Kollegen von der Spurensicherung sind schon da. Weitere Zeugen haben wir nicht.«

»Okay, danke. Ich geh mal rüber.«

Die nette Blonde lächelte immer noch. So was beflügelt! Struller stieg lässig-sportiv übers rot-weiße Flatterband und räusperte sich, als er hinter einem der Kollegen im weißen Spurenanzug an dem etwa vier mal sechs Meter breiten und eineinhalb Meter tiefen Loch ankam. »Morgen, Harald. Und? Wie sieht's aus?«

»Morgen, Struller. Gräulich. Und verschmiert.«

Struller grunzte. »Bitte keine Witze, ich hab noch nicht gefrühstückt.«

»Noch nicht gefrühstückt? Es ist gleich zehn!«

»Das macht es nur noch schlimmer.«

Faserspuren-Harald, der Chef der Jungs von der Spurensicherung, warf einen Blick auf seine Unterlagen, räusperte sich und fasste zusammen: »Die beiden da drüben auf der Marmorbank haben das Teil gefunden. Das Teil«, er deutete auf eine siebzig Zentimeter lange, verschmierte Stange zu seinen Füßen, »ist ein Arm. Also, ein Arm ohne Hand und praktisch dann der Rest bis zur Schulter, einschließlich Ellbogen. Scheint ein rechter Arm zu sein. Ist noch ein bisschen schwierig zu erkennen, ohne Hand, meine ich. Mit Hand hätte man ja sehen können, wo der Daumen ...«

Struller stöhnte auf.

»Okay! Ich hab auch zwei Arme und kann die unterscheiden! Und sonst? Habt ihr noch mehr gefunden? Eine Wirbelsäule, ein Ohrläppchen?«

»Einen Fußabdruck haben wir noch gefunden. Komm mal mit!«

Harald zog Struller hinter sich her bis zu einer Ecke des Betons, an der die Verschalung weggeknickt war. Einer seiner Kollegen war gerade dabei, weißen Gips in eine kleine Vertiefung im Beton laufen zu lassen, um einen Abdruck zu nehmen.

»Doof ist nur«, fuhr Harald fort, »dass der Beton noch ziemlich weich war, als derjenige mit seinem Schuh reingetapert ist. Die Enden sind in der Mocke praktisch verlaufen, und es ist fraglich, ob wir überhaupt einen brauchbaren Abdruck kriegen. Vielleicht reicht es nicht mal für die Bestimmung der Schuhgröße.«

Struller stöhnte missmutig. »Klingt nicht gut. Sonst noch was?«

»Sonst haben wir nichts gefunden. Die Kollegen tragen den ganzen Beton ab. Wir haben zwei Praktikanten, die werden den Beton zerbröseln bis es Mehl ist, um zu sehen, ob irgendwas vom Täter reingeraten ist. Knopf, Dreck, der da nicht reingehört …«

»Eine Visitenkarte,« schlug Struller genervt vor.

»Oder irgendeinen Spurenträger. Tja …« Er machte eine weit ausholende Geste. »Den ganzen Rasen werden wir auch noch durchkämmen, aber erst mal haben wir weiter nix gefunden. Keine Schleifspuren, keine Fahrzeugspuren, keine weiteren Fußabdrücke. Dafür ist der Untergrund zu hart. Hat ja schließlich drei Wochen nicht mehr geregnet. Spurenmäßig wird da nicht viel drin sein, fürchte ich.«

»Na super.« Struller zog seine Schachtel Ernte aus der Tasche.

»Pit, hier nicht rauchen, weißt du doch. Ist ein Tatort. Und äh …«

»Was?«

»Das da. Um deinen Hals. Was soll das denn sein?«

Struller guckte an sich runter. »Was denn?«

»Das da!«

»Das ist eine Krawatte.«

»Ich bitte dich, Pit! Braun. Gehäkelt. Das trägt doch kein Mensch mehr!«

»Ich krieg heute einen neuen Praktikanten. Der Alte meinte, ich soll optisch was hermachen.«

»Dann nimm das Ding ab!«

»Ich hab keine andere Krawatte.«

»Nimm es ab! Und seit wann machst du, was der Alte sagt?«

Struller knurrte, drehte sich weg und musterte noch mal den großen Garten. Der war komplett eingezäunt. Nach vorne hin gab es eine über zwei Meter hohe Steinmauer mit dem Eisentor, durch das er reingefahren war. Nach links und rechts wechselten sich hohe, weiß getünchte Mauern und Eisenzäune ab. Gerade noch ohne Fernglas war zu erkennen, dass nach hinten raus zum Grafenberger Wald hin auch ein fast drei Meter hoher Maschenzaun das Grundstück einschloss. Vermutlich gab es eine Alarmanlage. Würde er abklären. Das Loch für Bodewigs Swimmingpool war im günstigsten Fall gute vierzig Meter von der nächstgelegenen Grundstücksgrenze entfernt, schätzte Struller, und so weit schmeißt man einen Arm mit Ellbogen und ohne Hand nun auch nicht.

Obwohl, das müsste man mal ausprobieren.

Struller seufzte. Vielleicht kannte der Neue ja einen vergleichbaren Fall aus Kiew, in dem ein ehemaliger russischer Olympiasieger im Speerwurf ein Bein fünfzig Meter weit durch die Luft geschleudert hatte ...

Und dass der Arm dann auch noch zufällig im Beton landet, nee ... Den hatte dort einer verschwinden lassen wollen. Da ist einer hingegangen, hat das Teil abgelegt und unter die Betonsauce gequetscht. Nur hat das nicht so geklappt, wie es geplant war, weil sich die Verschalung gelöst hat. Und reingetrampelt ist der Idiot auch noch.

Struller schob eine Hand an die Stirn und blinzelte zur Terrasse rüber. Der Hausherr krabbelte auf allen Vieren und suchte vermutlich Blattgold, das ihm am Abend vorher beim Dämmersnack vom Salat geglitten war. Okay, entschied Struller: erst der Doc, dann die beiden glücklichen Finder.

Die kleine Blonde mit den grünen Augen lächelte ihm immer noch zu. Struller strich sich durch sein schwarzes Haar. Immer noch dicht. Und das mit sechsundvierzig! Immerhin. Und die Diät im letzten Monat war auch nicht ganz umsonst gewesen, wenn's auch nicht ganz die geplanten zehn Kilo waren, aber so zwei bis drei, vielleicht dreieinhalb ...

Struller erklomm die drei Stufen zur Terrasse, ohne dass ihn die beiden Betonlöwen links und rechts angriffen. Oben richtete sich Dr. Wilhelm Bodewig hastig auf und klopfte sich teuren Goldstaub von den Knien. Bodewig: Mitte vierzig, 1,80 Meter, volles, blondes Haar mit nach rechts geföntem Seitenscheitel, kräftig, braungebrannt, weiße Leinenhose, weißes Sweatshirt, ein Arzt, den die Frauen lieben. Struller war er auf Anhieb unsympathisch. Er stellte sich vor.

Das tat auch Bodewig: »Bodewig. Wilhelm Bodewig. Sollen wir hineingehen?«

»Wenn ich drinnen rauchen darf?«

»Bleiben wir besser draußen. Sie haben bestimmt einige Fragen«, schlug Bodewig gönnerhaft vor und strich sich durch den Seitenscheitel.

Struller schlug hastig eine Kippe aus der Schachtel. »Ja, aber erst mal wirklich nur einige. Rauchen Sie?«

»Ja. Aber bestimmt keine Ernte 23!«

Struller deutete nach unten auf die italienischen Terrakottafliesen. »Gefunden, was Sie gesucht haben?«

»Bitte?«

»Als Sie vorhin auf dem Boden rumgekrabbelt sind.«

»Ich habe nichts gesucht«, erwiderte Bodewig.

»Ach so. Hm. Sie kriegen einen neuen Swimmingpool?«

»Richtig.«

»Schwarz?«

»Der Pool?«, fragte Bodewig verwirrt.

»Wird der Pool schwarz gebaut? Ich sehe keine Arbeiter, keinen Bauwagen und so was.«

»Sie sind direkt!«

»Jow! Aber nicht von der Steuerfahndung.«

Bodewig wechselte amüsiert das Standbein. »Solche Sachen erledigt bei mir Kuschinski. Das ist der ältere der beiden Männer, die den, äh, Arm, gefunden haben. Ich hoffe, Sie können damit leben, wenn ich ihn meinen Mann fürs Grobe nenne. Oder Gärtner. Wie auch immer.«

Struller nahm einen tiefen Zug. »Nennen wir ihn Kuschinski. Wann haben sie mit dem Bau begonnen?«

»Das Loch wurde ausgebaggert, Moment, das war am Freitag. Kommenden Dienstag kommt der Pool. Das ist ein Fertigstück. Eine Firma aus Italien. Und Kuschinski sollte bis zum Sonntag eine Bodenplatte gießen, damit der Pool eingelassen werden kann. Schwimmender Beton oder so was. Die genaue Abwicklung habe ich ihm überlassen. Auf Kuschinski ist Verlass.«

»Sie wohnen hier alleine?«

»Im Moment, ja. Meine Frau, meine Ex-Frau genauer gesagt, wohnt seit einigen Jahren mit meiner Tochter in der Nähe von Hamburg, mein Sohn studiert seit einem halben Jahr in Mailand.«

»Sie überwachen die Bauarbeiten am Pool?«

»Ich brauche da nichts zu überwachen. Wie gesagt, verlasse ich mich voll und ganz auf Kuschinski, der schon seit Jahren für mich arbeitet.«

»Wo waren Sie gestern Abend, ich meine, ist Ihnen irgendetwas aufgefallen? Verdächtige Personen auf dem Grundstück …«

»Ist der Arm gestern Abend dort, ähm, abgelegt worden?«

»Davon gehen wir erst mal aus, ja. Haben Sie also irgendetwas Verdächtiges beobachtet?«

»Nein.«

»Oder in den Tagen davor? Vertreter? Zeitungswerber? Irgendwen?«

»Nein, tut mir leid.«

Struller blies einen Kringel in die Luft. Der Kringel missriet. Schlechtes Zeichen! »Sie sind Arzt?«

»Plastischer Chirurg.«

»Schönheitsoperationen?«

»Das ist mir zu laienhaft. Ich bin ausgebildeter Facharzt und habe mich auf den Bereich ästhetisch-plastische Chirurgie spezialisiert. Ich führe mit zwei Partnern eine erfolgreiche Praxis auf der Königsallee.«

»Hm«, sagte Struller, denn ihm fielen im Moment keine Fragen mehr ein. Außerdem hatte er Hunger. »Herr Bodewig, es werden sich bestimmt noch eine Menge von Fragen ergeben, aber für den Moment wäre es das dann.«

»Gerne, Herr Kommissar, jederzeit. Struhlmann war richtig, oder?«

»Struhlmann ist richtig, ja.«

Bodewig hatte feine Finger, aber keinen feucht-labbrigen, weichen Händedruck, sondern einen ziemlich kräftigen. Einen solchen wusste Struller üblicherweise sehr wohl zu schätzen, aber diesmal war er nicht geeignet, Strullers Meinung über den ästhetisch-plastischen Chirurgen mit seiner erfolgreichen Praxis auf der Kö zu ändern. Ein arroganter Fatzke! Struller nahm noch einen Zug und warf einen Blick in die Runde, in der Hoffnung, einen Aschenbecher zu entdecken.

»Schmeißen Sie die Zigarette einfach auf den Boden«, riet ihm Bodewig.

»Kuschinski?«, fragte Struller hinterhältig.

»Bitte?«

»Schon gut!«

Struller drückte einem der beiden Steinlöwen die Kippe ins rechte Auge. Bodewig zuckte kurz. Die platt gequetschte Kippe versenkte Struller in seinem Hemd. Er ging rüber zur weißen Marmorbank. Die beiden ehrlichen Finder des Oberarms erhoben sich.

»Guten Morgen, Struhlmann, Mordkommission«, stellte Struller sich vor und schüttelte zwei kräftige Hände.

»Guten Morgen«, grüßte der Jüngere der beiden.

»Morgen«, knirschte Kuschinski und hauchte Struller eine übel riechende Fahne ins Gesicht.

Und das auf nüchternem Magen! Strullers Zinken löste internen Alarm aus, der leere Magen machte Lärm wie eine startende Boeing. Struller entschied sich schnell und intuitiv. Auf eine Vernehmung, bei der eine Gasmaske unbedingt erforderlich sein würde, hatte er aber mal überhaupt keinen Bock!

Er ließ den verdutzten Kuschinski samt glatzköpfigem Gehilfen stehen und ging hastig rüber zu den beiden vom Wachdienst. »Äh, könnt ihr mir einen ganz großen Gefallen tun?«

Der Zinken hob die Augenbrauen, die Blonde grinste schon wieder.

»Die beiden würde ich gerne im Präsidium vernehmen. Könnt ihr das organisieren, dass die beiden ins PP kommen, Zimmer 1321?«

»Geht klar.«

Struller kniff die Augen zusammen und wandte sich jetzt aber doch noch mal direkt an die Blonde, die mit scheuem, gesenktem Blick auf ihrer hübschen Unterlippe nagte: »Gut drauf heute? Was treibt dir denn so den Schalk ins Gemüt?«

Und dann prustete die Polizistin los. »Das Ding da! Mein Gott, wie hässlich! Das trägt doch kein Mensch! Eine braune, gehäkelte Krawatte!! Ich kann nicht mehr!!! Das geht doch gar nicht! Ich geh kaputt!«

Und sie krümmte sich vor Lachen.

Der Kolben drehte sein Riechorgan weg und grinste auch bis über beide Ohren.

Struller ließ die beiden stehen und ging wütend zurück zum Wagen. Und jetzt bleibt die Krawatte erst recht dran! Die ganze Woche lang!

Struller knallte die Fahrertüre hinter sich zu, startete mit durchdrehenden Reifen und brachte ein paar weiße Kieselsteine in Unordnung. Auf der Hahnenfurter Straße überfuhr er fast die Kollegin, die dort immer noch stand. Die konnte zwar nichts dafür, aber Struller war nicht in der Stimmung, auf diese Kleinigkeit Rücksicht zu nehmen. Er hatte Hunger! Und außerdem hatte sie sich durch einen Sprung an die Seite in den Straßengraben ja retten können!

* * *

Ein paar Ecken weiter in Düsseldorf-Unterbilk stoppte Jensen seine Kiste an der roten Ampel. Kurz vor den ersten Minuten im neuen Praktikum seiner Ausbildung zum Kommissar ging ihm hier während der Ampelphase so einiges durch den frisch frisierten Kopf.

Zur Polizei hatte er eigentlich gar nicht gewollt. Einen Bürojob hatte er sich vorgestellt. Weil es da immer trocken ist. So was von montags bis freitags, von acht bis sechzehn Uhr, mit einem regelmäßigen Wochenende. So einen Job hatte er dann auch gehabt. Und ihn nach drei Monaten wieder geschmissen.

Bei der Polizei gab es Schichtdienst und Überstunden und kein regelmäßiges Wochenende – und trocken war es auch nicht immer. Vorzugsweise dann, wenn es die kompliziertesten Verkehrsunfälle gab.

Hinter ihm hupte ein Taxi die Lorettostraße zusammen. Jensen hatte die Grünphase verdröhmelt. Die Ampel sprang schon wieder auf Rotlicht. Der Taxifahrer hinter ihm zeigte ihm den Stinkefinger.

Jensens Kumpel war zuerst bei der Deutschen Bank gelandet, hatte dann studiert und arbeitete jetzt mit Anzug und Krawatte bei einer Versicherung. Auch eine Alternative. Und eine trockene! Grün. Jensen fuhr zügig los, bevor der Taxifahrer ihm hinten in die Karre krachen konnte.

Mach was Gescheites, hatte seine Mutter immer gesagt! Jensen grinste in seinen Innenspiegel. »Und ich geh zur Polizei!«

Er bog nach links auf den Parkplatz vor dem alten, braunen Steinbau ab. Nach ein paar Jahren mit abgezockten Jugendlichen, besoffenen Fahrzeughaltern, bekotzten Altstadtbummlern, mittelschweren Verkehrsunfällen und mit Junkies, die mit Nadeln um sich wirbelten, hatte er sich zur Kommissarsausbildung beworben, sich in Duisburg an der Fachhochschule ein Semester lang den Hintern platt gesessen und heute, ja, heute ging es endlich ins ersehnte Praktikum zum KK 11, dem Kommissariat für Tötungsdelikte.

Er schob seinen alten, selbst restaurierten Ford Mustang in eine freie Parklücke, wohl wissend, dass man hier am Düsseldorfer Polizeipräsidium eigentlich nie eine freie Parklücke fand – hatte er genau genommen auch nicht, es war der reservierte Parkplatz des Polizeipräsidenten – und warf einen Blick auf seine Swatch. Elf Uhr. Just in time, stellte er fest und stieg hastig die ausgetretenen Steinstufen zum Haupteingang des alten Gebäudes hoch. Links saß der Pförtner in einem Glaskäfig. Jensen spickte auf seinen Zettel. Struhlmann hieß der Kollege des KK 11, dem er für die nächsten vier Monate zugeteilt war.

»Morgen, Kollege, wo find ich denn den Kollegen Struhlmann, äh, Zimmer 1321?«

»Dienstausweis dabei?«

»Äh, zu Hause vergessen.«

»Na ja. Dritte Etage, Zimmer 1321 ist richtig. Fahr mit dem Paternoster in die dritte Etage, da gehen vier Flure ab. Such dir den richtigen aus. Zimmernummern stehen oben dran.«

Jensen betrat den angenehm kühlen Bau. Zwei uniformierte Kollegen kamen von links und schoben einen langhaarigen, mit Händen in einer Schließacht gefesselten Typen durch den Flur. Paternoster. Aha. Jensen beäugelte misstrauisch das morsche, alte Ding und entschied sich, sicherheitshalber die Treppen zu nehmen. Aber drei Etagen waren dann doch ein bisschen viel. Jensen schnaufte wie bei einem Asthmaanfall, der ihn nachdrücklich und mit aller Härte an den gestrigen Abend in seiner Stammkneipe erinnerte. War ein bisschen später geworden. Nur ein - zwei kleine Bierchen bei *Ferry* im Z, ein bisschen Dart, ein paar Kumpel. Na ja ...

Zimmer 1321. Auf einem vergilbten Schild stand *Struhlmann*. Das Büro lag direkt gegenüber der Herrentoilette. Wie nett. Kurze Wege. So, noch einmal durch die Haare, einmal Luft holen und dreimal vorsichtig geklopft. Nichts. Kein Laut von innen. Hm. Elf Uhr war gesagt. Klinke runter. Abgeschlossen.

»Struller habe ich eben in der Kantine gesehen«, machte sich ein Typ bemerkbar, der drei Ordner unter der Achsel trug und dessen braun-grün gestreifter Pullunder sich über eine bemerkenswerte Trommel spannte. Er sah aus wie einer aus den alten Krimis. Schwarz-Weiß, mit Erik Ode.

»Jow, danke. Ich bin nämlich sein neuer Praktikant.«

»Na dann viel Spaß!«, gluckste der Typ mit einem schiefen Grinsen und schlich mit der Geschwindigkeit einer altersschwachen Weinbergschnecke davon. Dann stürzte er sich mit dem Paternoster nach unten in die Tiefe.

Aha, dachte Jensen, Struller nennen sie den Struhlmann. Vielleicht, weil er so oft pinkeln muss. Da macht es ja auch Sinn, dass er das Büro gleich gegenüber der Herrentoilette hat! Also wieder runter, die Kantine hatte er im Erdgeschoss beim Reingehen entdeckt.

Drinnen waren nicht mehr viele Plätze frei. Die meisten Beamten hockten vor alten, orangefarbenen Tabletts und hatten Brötchen und Kaffee vor sich stehen oder qualmten eine Kippe vor sich hin. Flüsternd wurde der neueste Bürotratsch ausgetauscht und, etwas lauter, wurde über die neueste Umorganisation geschimpft.

Ein Lichtblick saß an der Kasse und grinste Jensen mit großen blauen Augen an: »Nur Kaffee? Sonst noch was?«

»Ähm, nee, danke.«

»Biste neu hier?«

Jensen stutzte und blickte aufs Namensschild an ihrem weißen Kittel. *Speetmann.* Der Blick rutschte ein bisschen tiefer. Hm. Auch weiß …

»Äh, ja, bin ein neuer Praktikant. Ist heute mein erster Tag.«

»Aha. Na dann, willkommen!«, hauchte sie, sich leicht nach vorne beugend und es hörte sich an wie: Juhu, Frischfleisch! »Dann sehen wir uns ja demnächst öfter. Ich bin die Katharina. Alle nennen mich Speedy. Der Kaffee macht übrigens Einsfuffzig. Du siehst aus wie dieser Sänger von Oasis! Liam. Ich stehe auf Oasis. Und Sänger im Allgemeinen. Also, unter anderem. Keine Zeitung? Eine Zeitschrift? Wir haben auch den Kicker ... Echt nicht? Das lernste noch. Ohne ein halbes Dutzend Zeitschriften kriegste hier in dem Bau vor lauter Langeweile die Zeit nicht rum, wirste seh'n. Trotzdem keine? Okay, Einsfuffzig.«

Jensen zückte das Portemonnaie und drückte ihr zwei Münzen in die Hand. Fünf Finger, achtzehn Ringe, schätzte er. Dann blickte er sich um: Unter fünfundvierzig war hier keiner. Am ersten Tisch saß einer im grauen Kittel, der mit einem Löffel die ganze Zeit über schweigend und mit wachsender Begeisterung seinen Kaffee schwindelig drehte. Vielleicht war das Struhlmann.

»Ähm, eine Frage hab ich noch ...«

»Immer raus damit, ich tu was ich kann!«

Dessen war Jensen sich sicher, aber er wollte ja eigentlich nur wissen: »Wer von denen ist denn KHK Struhlmann?«

Sie verzog das Gesicht. »Oje. Bist du dem zugeteilt? Oje. Struller ist der da in der Ecke«, sagte sie und deutete in den hinteren Bereich der Kantine, wo einer einsam an einem Tisch über Brötchen und Kaffee hängend vor sich hindöste.

Das Erste, was Jensen auffiel, war diese, diese ... diese Krawatte. Sensationell! Jensen schmunzelte, denn ein baugleiches Teil hatte er auf der letzten 80er-Jahre-Party im Stahlwerk getragen und einen erheblichen Achtungserfolg eingefahren. Dieser Typ sollte ihm also jetzt das Mörderfangen beibringen. Na ja.

»Guten Morgen, sind Sie Herr Struhlmann?«

Struhlmann zuckte zusammen. Er hatte gerade in sein Brötchen gebissen, erschreckte sich, und nun hing ihm ein langes Stück Kochschinken aus dem Mund heraus, das er verzweifelt versuchte abzubeißen. Er verdrehte die Augen, saugte die Scheibe nach innen und schluckte sie in einem Stück runter. Butter klebte an seiner Lippe, und bevor er irgendwas entgegnete, spülte er alles mit einem Schluck Kaffee herunter.

»Moin, was ist denn?«

»Christian Jensen ist mein Name. Ich bin der neue Praktikant und sollte mich heute bei Ihnen zum Dienst melden.«

»Jensen? Bist du Schwede?«

Jensen schüttelte verdutzt den Kopf.

»Is ja auch egal. Ich heiße Pit, wir duzen uns, und erst wird gegessen, dann praktiziert.« Er biss noch mal ins nunmehr belaglose Brötchen und nippte am Kaffee. »Der Kaffee hier ist grauenhaft. Sag ich dir gleich. Hast du schon was gelernt heute!«

Jensen nahm das irgendwie als Aufforderung, sich zu setzen, woraufhin sein Gegenüber das Tablett nahm und aufstand. Was für ein Idiot, dachte Jensen und folgte seinem Ausbilder zum Geschirrwagen, in den Struller das gebrauchte Tablett schob.

»Dann wollen wir mal! Komm mit! Du hast lange Haare.«

»Ja, wie Liam Gallagher«, sagte Jensen und winkte im Gehen der blonden Speedy an der Kasse noch mal zu, die einen Daumen in die Höhe streckte und heftig nickte. Wird schon nicht so schlimm werden! Es ging wieder raus in den Flur.

Gott sei Dank, er nimmt auch nicht das klapprige Fahrstuhldings, dachte Jensen.

Vor Zimmer 1321 blieben die beiden stehen.

»Hab abgeschlossen. Wird viel geklaut hier!«
»Hier bei der Polizei?«
»Klar. Sind alles nur Menschen, oder? Und wenn ständig irgendwelche Bezüge gekürzt werden ... Und das Weihnachtsgeld ...«
Im Büro stand die Treibhausluft wie dicke Brühe. Struller kämpfte sich durch die Suppe bis zum Fenster und riss quietschend einen Flügel auf. Jensen meinte es zischen zu hören, wischte sich ein paar dicke Saunaperlen von der Stirn und wünschte sich an den Strand des Lörricker Freibads. Eine alte Eisenheizung mit dicken, gelben Rippen pullerte auf Hochtouren.
»Die Heizung ist kaputt. Die läuft immer. Außer im Winter, wenn es friert. Dann tut sie es gar nicht.«
Struller deutete auf einen wuchtigen, leeren Holzschreibtisch, wie Jensen ihn schon in alten Ufa-Filmen bewundert hatte, und kramte eine komplett zerdrückte Schachtel Ernte aus der obersten Schublade.
Endlich lerne ich mal einen kennen, der Ernte raucht, dachte Jensen und ließ sich schwungvoll in einen abgewetzten Drehstuhl mit ausgefranster Armlehne fallen. Das heißt, die linke Armlehne war ausgefranst, die rechte fehlte komplett.
»Auch eine?«
»Danke,« erwiderte Jensen, lehnte sich nach hinten und kippte mit dem maroden Drehstuhl um.

* * *

»Wer hat denn diesen Kerl hier wieder reingelassen?«, schimpfte Schwinder ärgerlich, mit stark angeschwollener Ader an der Stirn, lauthals durch sein Büro in das Vorzimmer hinüber, als er die Stimme des sich ankündigenden Gastes erkannte. »Angelina, wer hat denn …?« Er beendete seinen Satz nicht, weil das Objekt seiner Aufregung bereits sein Büro im sechsten Stock der *Köhler und Partner*-Kanzlei ohne Aufforderung und mit einem süffisanten Grinsen im Gesicht betreten hatte.

Angelina, seine Sekretärin, die eigentlich Angelika Lax hieß, überlegte sich gerade ein paar Worte zur Rechtfertigung, erkannte aber ob des genervten Gesichtsausdrucks ihres Chefs mit geübtem Blick die Aussichtslosigkeit eines solchen Unterfangens und zog sich hastig in ihr Reich zurück.

»Tür zu!«, brüllte Schwinder. Ihm war klar, dass ein Besuch von Jürgen Wilfried Rempe, dem rasenden Reporter des *Düsseldorfer Rheinkuriers* erstens nichts Gutes zu bedeuten hatte und Rempe sich zweitens sowieso nicht ohne Weiteres würde abwimmeln lassen. Und dann brauchte Schwinder keine Ohren, die zuhörten. Auch wenn sie so hübsch waren, wie die von Angelina. »Rempe, was treibt dich hier ohne Anmeldung ins Büro?«

»Guten Morgen, erst mal!«

Rempe glitt schmierig durchs Zimmer. Wie üblich trug er einen alten, speckigen Jeansanzug und braune Cowboystiefel. Fünfundvierzig Jahre war der 1,70 Meter kleine Mann, aber das Haar konnte er, wie Schwinder neidisch feststellte, immer noch offen und lang bis auf die Schultern tragen. Eine Wäsche hätten sie seiner Meinung nach ganz gut vertragen können. Wer weiß, in welchem Siff Rempe wieder herumgekrochen war. Der ungepflegte Vollbart verdeckte, wie Schwinder wusste, eine lange, hässliche Narbe.

Schwinder hatte keine Zeit und keine Lust auf überflüssiges Geplänkel. »Hat das Sommerloch dir noch einen kleinen Platz für eine noch kleinere, schmierige Story auf Seite neunzehn freigelassen?«

»Du warst auch schon mal gastfreundlicher, Schwinder!« Der Reporter nahm lässig vor Schwinder auf dessen Schreibtisch Platz und griff dabei nach hinten, um sich abzustützen.

Schwinder verzog angewidert das Gesicht und rümpfte die Nase. »Ich habe keine Zeit, Rempe! Lange Ansprachen waren noch nie mein Ding!«

»Tja«, wand sich Rempe, »du weißt, ich habe meine Augen und Ohren überall. Unser schönes, kleines Dorf ...«

»... ist deine Westentasche, blah, blah. Könntest du jetzt endlich zur Sache kommen!« Schwinder wuchtete sich aus dem Sessel, ging ans Fenster und drehte Rempe demonstrativ uninteressiert den Rücken zu.

»Welch Ungeduld! In der Vergangenheit war unsere Zusammenarbeit doch immer sehr lukrativ und erfolgreich. Schließlich hast du es mir zu verdanken, dass eure Kanzlei in den letzten Jahren eine verdammt gute Presse gehabt hat, dass du mit deinen manchmal nicht ganz so spektakulären Fällen trotzdem immer gut weggekommen bist und deine Kollegen damit ausstechen konntest, als es um die Benennung zum neuen Vize bei euch ging.«

Schwinder knurrte: »Jetzt mach mal halblang, Rempe, was willst du von mir?«

»Ich habe von einem neuen Fall gehört. Von deinem neuen Fall. Ich kann mir schon vorstellen, dass dir ein bisschen der Kopf dröhnt, dass du schlecht schläfst und du deshalb ein wenig, na, sagen wir mal, ungehalten bist.«

Schwinder blieb stumm. Was kam denn jetzt?

»Ist schon ein Hammer. Und ich bin mir noch nicht einmal sicher, ob du schon wirklich weißt, mit welchen Leuten du dich da eingelassen hast, worum es wirklich geht.«

»Ach ja? Du kennst dich mit meinen Fällen und mit meinen Klienten ja offenbar ganz gut aus!« Schwinder drehte sich ganz langsam um und funkelte den Zeitungsschmierer finster an. Irgendwo in seinem Hinterkopf schrillte eine hässliche Alarmglocke. Bestimmt blufft Rempe nur, meldete sich eine unsichere Stimme leise in einem anderen Teil seines Schädels.

»Was willst du andeuten, Rempe?«

Rempe aalte sich vom Schreibtisch. »Der Golfsport wird immer beliebter, oder?«

Das traf Schwinder wie ein Hammer. Er schnappte nach Luft. Verdammt, wie hatte der denn jetzt da wieder seine Nase dran bekommen? Okay, schaltete Schwinder sofort, das Beste draus machen! Vielleicht könnte Rempe ja ihm und seinem Mandanten hilfreich sein, obwohl dem Kerl natürlich nur bis zu einem gewissen Punkt zu trauen war. Und dieser Punkt war bei Jürgen Wilfried Rempe schnell erreicht. »So, so, findest du?«

»So sagt man hier und da!«

»Hier und da?«

»Hier und da!«

»Was sagt man denn sonst noch so?«

»Schon klar, Schwinder. Brauchst eine Vorlage, wie? Nun, ich weiß, dass dein neuer Mandant gerne neureicher

Golfclubbesitzer in Hubbelrath werden will. Und ich weiß auch, dass das offensichtlich gar nicht so einfach zu sein scheint. Immerhin gibt es dort schon zwei Golfplätze. Tja, und ich weiß, dass schon eine ganze Menge Geld geflossen ist. Und die Stadt steht auch ein wenig belämmert da.«

»Schön, aber ob die Stadt belämmert dasteht oder nicht, ist doch eher ein Problem für die Leute im Rathaus und nicht eines, was einem möglichen Mandanten von mir Sorgen bereiten sollte!«

»Es kann aber sehr schnell ein Problem für ihn werden. Nämlich dann, wenn die Stadt an einen anderen potenziellen Investor verkaufen würde.«

»Das lass doch einfach mal ganz alleine das Problem meines Mandanten sein!«

»Er ist also dein Mandant. Prima.«

Schwinder biss sich auf die Zunge, und Rempe bleckte ein paar schiefe, gelbliche Zähne.

»Und wenn schon, Rempe. Jeder kann sich anwaltlich beraten lassen.«

»Das stimmt. Wenn er denn Rat braucht«, fügte Rempe süffisant hinzu.

»Was willst du damit sagen?«, fragte Schwinder neugierig, denn er wusste immer noch nicht, wie viel Rempe tatsächlich wusste.

»Nun, du weißt genau wie ich, dass in etwa zwei Monaten der Stadtrat und besonders die oberen Führer der Stadtverwaltung, die damals ihre schützende Hand über das Projekt Golfplatz und vor allem selbige offen gehalten hatten, wiedergewählt werden wollen. Und damals ging es bis in die oberste Spitze der Stadtführung, falls du verstehst, was ich meine.«

»Und?«

»Sollte die ganze Mühe der Herren umsonst, das ganze mehr als freundlichst zur Verfügung gestellte Geld in den Wind zu schreiben sein? Kann man das seinem Wahlvolk irgendwie verkaufen?«

Schwinder atmete innerlich auf. Rempe wusste offensichtlich gerade mal die Hälfte. Er ging auf Rempes Behauptung ein. »Projekte gehen nun mal schief. Die Haushaltslage in Düsseldorf ist vergleichsweise gut. Die Bürger dieser Stadt werden die Verluste verschmerzen. Sie haben die fehlgeschlagene Olympiabewerbung verkraftet, haben bei der Fußball-WM in die Röhre geguckt, weil Düsseldorf vom DFB kein Spiel bekommen hat, und sie werden sich damit abfinden, dass in der Altstadt Kölsch ausgeschenkt wird.« Schwinder, dessen Pulsschlag wieder eine normale Frequenz erreicht hatte, machte eine weit ausholende Geste Richtung Fenster und bezog damit praktisch ganz Mörsenbroich mit in seine Ausführungen ein. Dann ging er um seinen breiten Schreibtisch herum und ließ sich in den Stuhl fallen. Dieser gab den 112,3 Kilo nach Stuhlgang und vor dem Frühstück mit einem leichten Puffen nach. »Möglicherweise ging es meinem Mandanten nur um steuerrechtliche Fragen.«

Rempe lachte. »Wem willst du denn so ein Märchen verkaufen?«

»Ich will gar nichts verkaufen. Du kommst hier in mein Büro, obwohl du weißt, dass ich dich hier nicht gerne sehe und stiehlst mir die Zeit!«

Rempe kniff nun doch verärgert die Augen zusammen und beugte sich über den Schreibtisch. »Dann pass mal auf, du Furz.«

Schwinder zuckte zusammen. Rempes erneuter Stimmungsumschwung machte ihm Angst. Rempe war alles zuzutrauen. Ein Schmierfink, ein Drecksack, aber ein verdammt guter Wühler. Die Nase immer im Dreck. Immer in seiner Westentasche, wie er es nannte. Sollte er etwa doch noch mehr wissen, als …

Rempe leckte sich die Lippen: »Wir wissen beide, dass es da noch ein bisschen mehr gibt, oder? Dass es um mehr geht als nur um ein paar Golfbälle, die demnächst durch die gute Hubbelrather Luft zischen sollen. Und ich möchte die Story, Schwinder!«

»Ich weiß nicht, was du …«

»Was anderes, Schwinder!«, fuhr Rempe ihm über den Mund. »Wo ist denn eigentlich dein Mandant? Er macht sich rar. Ist er etwa schon weg? Telefonisch ist er nicht zu erreichen! Für dich auch nicht? Abgetaucht! Oder vielleicht sogar: unter der Grasnarbe?«

Schwinder lief es eiskalt den Rücken hinunter. Rempe! Dieser verfluchte, verlauste Tintenpisser! Woher? Woher wusste er …? »Was willst du damit andeuten?«, fragte Schwinder lauernd.

»Gar nichts. Ich will gar nichts andeuten! Gott bewahre! Ich denke nur laut. Ich will doch, ich will doch – keinen unnötigen Müll aufwühlen!«

Schwinder riss es den Boden weg. Buchstäblich. Er wankte zur Tür, riss sie auf und erwischte Angelina, wie die sich zum dreizehnten Mal am heutigen Tag die Fingernägel feilte.

»Angelina, mach Feierabend!«

»Aber …«

»Mach Feierabend, verdammt!« Schwinder krachte die Tür in die Zarge.

Rempe hatte sich eine Selbstgedrehte in den Mund geschoben.

Schwinder hatte deutlich an roter Gesichtsfarbe verloren und ließ sich wieder in den Sessel plumpsen.

»Na, Schwinder, hast du's jetzt begriffen? Das ist meine kleine Westentasche! Können wir jetzt vernünftig reden?«

Schwinder griff in die Schublade, schraubte ein Tablettenröllchen auf und warf sich zwei Mal Bayer in den Rachen. Dann senkte er die Stimme: »Was weißt du, Rempe?«

»Genug für eine richtig gute Story. Und ich sagte ja schon, die Story möchte ich haben. Die Story ... oder ...«

Rempe machte eine vielsagende Pause, und Schwinder nickte. War klar!

* * *

Zuerst hatte sich Jensen darüber gefreut, dass Struller ihm die Vernehmung von Kuschinski überlassen hatte, dem Polier, der mit seinem Gehilfen den Arm im Beton gefunden hatte. Super: am ersten Praktikumstag direkt die erste Vernehmung in einem Mordfall. Und dann in so einem spektakulären Mordfall. Aber schnell musste er erkennen, dass Struller seine Gründe gehabt hatte. Kuschinski stank aus dem Mund wie ein vier Tage alter Bierschiss, den man vergessen hatte abzuziehen. Nur schlimmer.

»Okay«, sagte Jensen und riss ein zweites Fenster auf. »Ich lese Ihnen die Aussage noch mal vor und dann ...«

»Die brauchen Sie mir nicht vorlesen, ich weiß schließlich, was ich gesagt habe. Ich bin zwar ein paar Jährchen älter als Sie, aber ich bin nicht senil, wissense!«

Jensen hatte den Wunsch, ihm drei oder vier Neun-Millimeter-Patronen in den hohlen Kopf zu jagen. Er hatte sich schon oft gefragt, ob ihn der Job als Polizist aggressiv und gewalttätig machte, aber er konnte sich, die Lage ganz genau betrachtend, beruhigen. Das war ganz normal! Hätte er *nicht* den dringenden Wunsch, dieses Subjekt zu töten, dann, und erst dann müsste er sich wirklich Sorgen machen!

Kuschinski verpestete die Luft: »Die Glatze und ich haben den ganzen Tag im Garten vom Doktor malocht. Da soll ein Fertigteil von Swimmingpool rein. Da gehört Schwimmbeton ins Loch, damit das Teil eingelassen werden kann. Und das war eine Sauhitze, nicht so kühl wie hier mit der Klimaanlage.«

»Es gibt hier keine Klimaanlage, nur einen Ventilator von ALDI für 9,99 Euro.«

»Is ja egal! Den ganzen Tag, wir also am Ölen wie Schwein, und Feierabend machen wir abends um sechs, aber das Ding war noch nicht ganz fertig. Die Ecke, wo später die Abflüsse laufen, musste noch extra eingegossen werden und da hab ich zu meinem Kollegen gesagt ...«

Jensen schlug mit der flachen Hand auf den Schreibtisch. »Jetzt hören Sie endlich auf, in der Nase rumzupopeln!«

»Ich pople nicht in der Nase!«

»Sie kratzen mit dem Fingernagel des Zeigefingers Ihrer rechten Hand Nasenschleim aus der Nasenhöhle! Das, verdammt noch mal, ist Popeln!«

Kuschinski guckte schockiert. »Das mache ich?«

Jensen fehlten die Worte, er stammelte: »Weiter, Kuschinski!«

»Also, sollte der Schneider das Ding ohne mich fertig machen. Ich bin dann nach Hause gefahren und hab ein bisschen ...«

»Okay. Und als Sie nach Hause gefahren sind, war der Beton unversehrt?«

»Unversehrt?«

»Da lag noch kein Arm im Beton.«

»Nee, natürlich nicht. Geht doch überhaupt nicht, Herr Kommissar. Da reißt der Beton doch.«

Jensen seufzte und drehte das ausgedruckte Protokoll in seine Richtung.

»Dann hier unten links bitte unterschreiben.«

»Ich kann nicht schreiben.«

»Dann machen Sie zwei Xe.«

Kuschinski gluckste: »Klar kann ich schreiben. War nur ein Scherz, hö hö hö.«

Jensen war sich sicher. Spätestens jetzt sollte er Kuschinski töten. Aber er tat es nicht und wedelte sich nur schlechten Atem aus der Nase. »Wie lange arbeiten Sie schon mit Schneider zusammen?«

»Wieso?«

»Nur so.«

»Drei Monate ungefähr. Hab ihn bei einem meiner Kunden kennengelernt, und seitdem greift der mir unter die Arme, wenn's was zu schaufeln gibt.«

Übel, übel, dachte Jensen. Drei Monate im Sommer bei der Affenhitze mit diesem Subjekt: das musste echt hammerhart sein, da draußen in der freien Marktwirtschaft.

* * *

»Nee, nix Besonderes ist mir aufgefallen, Herr Kommissar«, erklärte Schneider seinem Gegenüber ein Büro weiter. »Ich hab den Abfluss, das heißt, da wo der hinkommen soll, ganz korrekt eingeschalt, wie das muss, und hab dann den Beton ganz vorsichtig in die Schalung reinlaufen lassen. Hab ich schon hundertmal gemacht. Is nie was schiefgegangen.«

Struller blies einen Rauchkringel durchs Büro. »Wann ist dieser Typ mit dem bestialischen Mundgeruch gegangen?«

»Das stinkt gut, was? Ja, der ist so gegen sechs Uhr abends gegangen. Ich hab dann noch 'ne knappe Stunde drangehängt.«

Struller hackte die Aussage in den PC. »Hat der Doktor sich an der Baustelle sehen gelassen?«

»Nee. Der hat den Auftrag direkt dem Kuschinski gegeben. Die beiden kennen sich. Der Kuschinski macht öfter was für den Doktor. Den ganzen Kleinkram, der so anfällt. Im Haus, im Garten.«

»Der ist doch gelernter Maurer, warum macht der denn das Mädchen für die Dreckarbeit?«

»Des Geldes wegen, nehm ich an. Der is zwar gelernter Maurer, war aber zwölf Jahre beim Bund. Ich glaub, da hat der alles wieder verlernt ...«

Struller machte sich eine Notiz und musterte dann sein Gegenüber. Glatz- und hohlköpfiger Idiot mit eintätowiertem Hakenkreuz auf dem linken und einer Achtundachtzig auf dem rechten Oberarm. Auf dem blanken Schädel stand Skinhead. Na, das machte die Sache wenigstens übersichtlich. Stand dran, was drin war! Fehlte nur noch jemand mit einer Tätowierung *Mörder und Armabschneider*.

Leider war Frank Schneiders Aussage genauso wenig brauchbar wie ein Fön in der Wüste. Schneider hatte nichts Wertvolles zur Lösung des Falles beigetragen. Immerhin stank er nicht aus dem Mund. Struller grinste bei dem Gedanken an Jensens kleines Büro, zupfte an seiner Krawatte und warf den Drucker an.

»Bin ich fertig?«, fragte Schneider.

»Du bist fertig, ja, ganz bestimmt! Hier brauche ich noch deinen Kaiser Wilhelm!«

»Was?«

»Deine Unterschrift.«

»Ach so. Wo, hier? Mit Datum. Hierhin? Vor- und Zuname? Druckschrift oder, oh, jetzt hab ich mich verschrieben …«

Struller nahm einen tiefen Lungenzug. »Eine Frage noch. Woher kennen Sie Kuschinski?«

»Wollen Sie auch was schwarz gemacht haben, oder was?«, grinste Schneider hohl.

»Antworte einfach nur!«

»Ich arbeite ab und zu mal für kleine Kohle nebenbei. Und bei so 'nem Job haben wir uns vor knapp drei Monaten kennen gelernt. Und jetzt hat er mich halt gefragt, ob ich ihm mit dem Pool bei dem Bodewig helfen kann. Der Kuschinski müsste ja jetzt auch so ungefähr in Ihrem Alter sein, also, ich mein, der ist ja auch nicht mehr der Jüngste … Und dann is so ein Pool ja auch 'ne Menge Arbeit. Dann bei der Hitze … Schafft der alte Kuschinski alleine auch gar nicht mehr. Soll ich noch mal was unterschreiben?«

Struller zerquetschte die Ernte 23 im Kippengrab. »Nee, du sollst einfach nur gehen!«

* * *

Draußen vor dem Präsidium auf dem Jürgensplatz pumpte sich Frank Schneider ein paar Liter frische Luft in seine Lunge. Polizeigebäude waren nicht sein Ding. Muffig, dunkel und überhaupt durch einige Vorfälle in seiner Vergangenheit unangenehm belastet. Er blinzelte nach oben. *Alle Menschen sind gleich* stand da oben auf der Eisentafel.

Schneider grinste. Das mochte sein. Aber es gab solche und solche. Clevere Typen und alte Polizeigreise, die gehäkelte, braune Krawatten trugen und eben nicht ganz so clever waren. Schneider pulte eine Packung Marlboro aus den Tiefen seiner Bundeswehrhose. Hat gemeint, er hätte einen kleinen, doofen Nazi vor sich sitzen, der gute Herr Struhlmann. Schneider lachte auf.

»Wo soll ich unterschreiben?«

Die Nummer war gut. Sollte der doch denken, einen Doofmann vor sich sitzen zu haben. Sollten sie doch alle denken, der Schneider sei doof!

Schneider nahm einen auf Lunge. Ob noch irgendwas Besonderes passiert sei, als Kuschinski weg war, hat der alte Bulle gefragt. Was Besonderes? Wie, was Besonderes? Na, was Besonderes. Ist wer gekommen? Hast du was gesehen? Nee, da war nix.

Da war nix!!

Schneider hielt kurz inne und stutzte. Hier war jetzt gerade auch nix, also, zumindest keine Straßenbahnhaltestelle mehr. Die 719 zum Hauptbahnhof, die fuhr doch immer hier ab, Mann. Okay, ein bisschen latschen. Er blinzelte zurück zum braunen Backsteinbau. War das denn schon so lange her, dass er das letzte Mal im Düsseldorfer Polizeigewahrsam war? Das war doch nach der Demo gewesen. Da hatte er doch im PG von dem dicken Typen im Ärzte-T-Shirt noch was in die Fresse gekriegt. Mann, war das lange her!

Da war nix!! Und ob da nix war! Was ganz Tolles war da. Aber jetzt kommt dem cleveren Schneider sein ganz großer Auftritt!

Schneider grinste breit, wie es ein echter Rechter nach erfolgreichem Ausländerklatschen in der Altstadt auf der Freitreppe tat. Er hatte da ein ganz dickes Ding an der Hand. Ein ganz dickes Ding!

Und diesmal würde er alles richtig machen. Das war alles nicht ganz einfach, aber diesmal würde er wirklich alles richtig machen.

* * *

Oben in der dritten Etage des Präsidiums hatte sich Struller ans Fenster gestellt und eine neue Kippe angemacht. Er blickte Schneider hinterher.

* * *

Schwinder hatte noch ein bisschen Däumchen gedreht. Seine Lage überdacht. Er blickte auf einen Stapel Akten herab. Noch irgendwas anpacken, nee, nicht nach dem Ding vom Rempe. Dieser Sack! Er drückte noch mal die Wahlwiederholung seines Luxustelefons und ließ eine Minute lang durchklingeln. Noch so ein Sack! Ein Sack, der nicht ans Telefon geht! Schwinder fluchte, würgte sich aus dem Ledersessel und fischte sein Handy vom Schreibtisch. Entspannte Ablenkung wäre jetzt gut. Mist, Angelina hatte er nach Hause geschickt. Sollte er sich eine Nutte kommen lassen? Nee, zu warm. Vielleicht drüben bei Mercedes ein paar schicke Autos gucken. Beim eigenen Daimler war mittlerweile auch schon der Aschenbecher voll.

Oder drüben am Kiosk 'ne Zeitung kaufen. Was mit Bildern drin.

Er verließ sein Büro, schloss hinter sich ab. Der Lift glitt nach unten und spuckte ihn auf den Mörsenbroicher Weg.

Sofort drückte ihm die immer noch knallige Nachmittagssonne Schweiß unter die Achseln. Verdammt, nix mehr gewohnt, der Body! Fett absaugen wäre auch mal 'ne gute Idee. Schwinder wich einem Falschparker auf dem Gehweg aus. Alte Kiste. Ein blauer VW Golf mit Gladbacher Kennzeichen.

Moment mal! Schwinder stutzte und blinzelte in den Wagen. Verdammt, das war die olle Karre vom Rempe. Er spinxte hinein. Auf dem Beifahrersitz lag die neuste Ausgabe vom *Rheinkurier*, fein und ordentlich geglättet. So gar nicht Rempes chaotische Art.

Schwinder warf einen Blick in die Runde. Kein Rempe weit und breit. Und dann einen genaueren zweiten Blick auf den Beifahrersitz. Und als hätte er es geahnt, der liebe Gott hieß mit Nachnamen Schwinder! Da lugte eine kleine, dunkelbraune Ecke unter dem Käseblatt hervor. Ein Briefumschlag.

Schwinder schnalzte mit der Zunge. »Ich will verflucht sein, wenn das nicht Rempes Unterlagen sind.« Seine Quellen, seine Trümpfe im Ärmel! Natürlich musste Rempe Unterlagen haben! Woher sonst ...?

Die Hitze tat ein Übriges, und der Entschluss stand fest.

Er hatte auf der Straße schließlich was gelernt! Früher, vor langer Zeit. Schwinder zog sein Schweizer Messer aus der Tasche und klappt den Schraubendreher aus. Noch mal ein Blick in die Runde. Okay. Helllichter Tag, Mörsenbroicher Ei, Dutzende Autofahrer, alle auf dem schnellsten Weg nach Hause und hurra: Düsseldorf ist eine anonyme Stadt.

Und sah so wie er, Schwinder, ein Autoknacker aus?

Schwinder schob den Schraubendreher in Stellung und drückte die Spitze durchs Blech. Ein Ruck nach oben, und der Türknopf der alten Kiste sprang hoch. Ein Rundblick. Kein Rempe. Eine Hand im Schloss und ...

Die Explosion schleuderte ihn mehrere Meter nach hinten in die Auslage einer Weinhandlung. Das Glas der Schaufensterscheibe zersplitterte, und während Rempes VW samt Beifahrersitz und dem, was drauflag, völlig ausbrannte, starb Martin Schwinder, kaum mehr als Martin Schwinder, Vizepräsident von *Köhler und Partner*, zu erkennen, sondern bis zur Unkenntlichkeit entstellt, zwischen einer Flasche Bechtheimer Heiligkreuz Scheurebe (Kabinett) und einer Kiste Trittenheimer Altärchen Riesling (Classic trocken) für 6,95 Euro die Flasche.

* * *

Jensen saß auf dem Beifahrersitz und guckte Struller fragend an.

»Was haste?«, brach der das Schweigen, »is da ein blaues Auto, oder was?«

Jensen schüttelte verwirrt den Kopf. »Nein, nein. Ich wollte nur fragen, was du von der ganzen Sache hältst? Von dem Arm und so. Ein bisschen Infoaustausch.«

»Hm«, machte Struller und klaute einem Taxifahrer die Vorfahrt. »Erstens halte ich von der Sache gar nichts. Es ist viel zu warm. Gott sei Dank haben wir endlich für unser Kommissariat dieses schnuckelige, neue Teilchen mit Klimaanlage bekommen. Davor hatten wir nur so eine verremmelte Schrottkarre als Dienstwagen. Einen ausgelutschten Bandscheibenkiller mit einer Beschleunigung wie Rainer Calmund beim 100-Meter-Lauf! Zweitens denke ich, dass der Arm nicht der Anfang und nicht das Ende war. Und drittens traue ich diesem Schneider keine fünf Zentimeter über den Weg.«

Jensen nickte. »Der ist wahrscheinlich genau so blöde wie der Kuschinski.«

»Hm«, knurrte Struller.

Irgendwo in seiner Jacke meldete sich ein Handy. *Spiel mir das Lied vom Tod.* Irgendwie gelang es Struller, das Handy herauszuzerren. Mehrere Verkehrsteilnehmer wichen aus, einer hupte. Ein Radfahrer kam hinter ihnen mächtig ins Schlingern.

»Was is?«, bellte Struller in den Hörer, während Jensen im Rückspiegel besorgt beobachtete, wie der Radfahrer vergeblich versuchte, sein Gleichgewicht zu halten und schließlich mit nicht unerheblicher Geschwindigkeit am Mast einer Lichtzeichenanlage, nun ja, abrupt anhielt. »Was, schon wieder? Das nimmt ja bald süditalienische Züge an. Nich, dass der olle Papst hier bald im Kettenhemd steppt. Sollte nur 'n Scherz sein … Alles klar. Mörsenbroicher Weg also. Bin in 'ner guten Stunde da … Was? Das war auch nur ein Scherz, Mann! Wir stehen fast um die Ecke, Kollege!« Struller schüttelte den Kopf und bugsierte sein Handy wieder zurück in die Tasche. »Scheiß Dinger! Lenken einen im Straßenverkehr bloß ab. Müsste verboten werden, während der Fahrt zu telefonieren!«

»Ähm«, räusperte sich Jensen, »das ist seit ein paar Jahren verboten!«

»Echt? Wie dem auch sei. Willste Streifenpolizist werden oder Mörder fangen?«

Jensen war sich mit einem Blick auf seinen Partner zwar momentan nicht ganz sicher, antwortete aber vorsichtshalber nicht, sondern fragte: »War es was Dienstliches?«

»Was?«

»Das Telefonat!«

»Ach so, ja. Es gab einen weiteren Toten. Auf dem Mörsenbroicher Weg. Is nich weit weg. Und rate mal, wer den Fall zugeschustert gekriegt hat? Wer hat denn wohl noch nicht genug zu tun mit Leichenteilen, die ein Wahnsinniger quer durch Düsseldorf verteilt?« Struller ließ einen hektischen Blick über die vor ihm liegende Kreuzung gleiten, gab röhrend Gas und huschte bei Rot über den Brehmplatz, eine von Düsseldorfs kleineren Kreuzungen. »Richtig, ich! Als gäbe es keine anderen Sachbearbeiter. Scheiß drauf! Sie wollen eben immer den Besten!« Mehrere Autos schrammten knapp an Strullers Heck vorbei. Jensen hielt die Luft an und presste sich starr in den Sitz. Struller lenkte mit einer Hand und hob den Zeigefinger der anderen: »Na gut, den sollen sie haben!«

An den nächsten größeren Kreuzungen hatte Struller Gott sei Dank Grün, wie Jensen erleichtert feststellte, und bevor Struller mit elegantem Schwung den Bordstein hochschoss, konnte er schon ein ausgebranntes Autowrack und eine dünne Rauchfahne sehen und ein fieses Alkohol-Benzin-Gemisch riechen. Jensen kletterte aus dem Wagen und machte sich auf einiges gefasst. Die ganze Straße stank bestialisch. Trotzdem mussten einige hundert Gaffer durch rot-weißes Flatterband auf Abstand gehalten werden.

Ein Kollege in Uniform kam direkt auf die beiden zu. »Moin, Ihr seid die Sachbearbeiter?«

»Von der Müllabfuhr sind wir nicht!«, knurrte Struller.

»Sind wir, ja, Jensen und Struhlmann«, erklärte Jensen hastig, um gute Stimmung bemüht. Der Typ mit Glatze vor ihm war kein Anfänger, und dem wäre sicher auf Strullers blöde Bemerkung der passende Spruch eingefallen. Insbesondere, wenn man die braune Krawatte an Strullers Hals bedachte. Der Glatzkopf hätte glatt Meister Proper Konkurrenz machen können, wenn er es nicht sogar war. Machte bestimmt irgendeinen Kampfsport.

»Wir haben bis jetzt das hier gefunden!« Der Glatzköpfige hob eine durchsichtige Plastiktüte hoch, in der sich weiße Zähne befanden. »Falls einer von euch also die neuen Dritten braucht?«, grinste er Struller an. »Ihr wisst ja: Ihr schönster Schmuck: schöne Zähne!«

»Sonst nichts?«, entgegnete Struller trocken, nahm den Beutel mit den Ersatzbeißerchen an sich und drückte ihn Jensen in die Finger.

»Anhand des Kennzeichens konnten wir ermitteln, dass der Wagen auf den *Rheinkurier* zugelassen ist. Ist hier ein Lokalblättchen. Da haben wir anrufen lassen. Das Fahrzeug wird normalerweise von einem Rempe geführt. Ich glaub mit Vornamen Jürgen.«

Strullers Augenbrauen jagten nach oben. »Den Rempe kenne ich. Von den Pressekonferenzen. Hat immer irgendwelche Nachfragen. Unangenehm. So ein kleiner, hagerer Typ mit Bart. Ein Trüffelschwein, immer die Nase im Dreck. Immer ein bisschen schmuddelig. Lästig wie Herpes.«

»Des Weiteren«, fuhr Meister Proper fort, »konnte ein Stück Papier gefunden werden, das sich aller Wahrscheinlichkeit nach in dem Wagen befand. Darauf war ein Name zu lesen: Madim El-Nasri. Wir haben den Namen durch den Computer gejagt. Bei uns ein unbeschriebenes Blatt, einwohnermeldeamtmäßig gar nicht in Düsseldorf erfasst und im Ausländerzentralregister auch nicht in Deutschland verzeichnet.«

»Vielleicht ist es ein Deutscher. Und er wohnt in Hildesheim«, gab Jensen zu bedenken. Ohne eine Miene zu verziehen, wie Struller angenehm überrascht feststellte. Sein Azubi machte sich!

»Irgendwelche Zeugen?«

»Nur Knallzeugen. Und davon eine ganze Menge. Aber genau gesehen hat keiner was.«

Struller nickte. »Und dieser Rempe, ist der von seinem *Rheinkurier* erreicht worden?«

Der Typ schüttelte die Glatze. »Negativ. Der hat heute Vormittag die Redaktion verlassen.«

»Okay, sauber gearbeitet, Kollege«, lobte Struller. »Los, Jensen, wir gucken uns den Weinkenner in der Auslage mal aus der Nähe an.«

Die beiden quetschten sich am Autowrack vorbei, durch eine Kühl- und Löschwasserlache bis an die Schaufensterauslage. Dort machte ein übergewichtiger Mann von der Spurensicherung, wie immer im weißen Overall, Detailaufnahmen.

Struller reckte seinen Hals über dessen Schulter. »Der is tot.«

»Ach was«, knurrte der in Weiß und trat einen Schritt zur Seite.

»Und, was meinste?«, fragte Jensen.

»Männlich, so um die fünfzig Jahre alt, 1,80 Meter groß«, schätzte Struller mit zusammengekniffenen Augen, »vermutlich deutsch, bestimmt etwas über hundert Kilo. Und wenn das der Rempe ist, dann fresse ich einen Besen. Dann hätte der seit der letzten Pressekonferenz vierzig Kilo zugenommen und wäre zehn Zentimeter gewachsen. Nee, das ist nicht der Zeitungs-Rempe!«

Struller tippte dem breiten Kollegen im weißen Overall auf die Schulter. »Kameramann, hast du auch 'ne Digitalkamera, mit der du 'ne schicke Nahaufnahme vom Gesicht machen kannst?«

»Ich kann machen, dass er grinst.«

»Dann mach das mal.« Struller winkte das haarlose Michelinmännchen heran: »Glatze?«

»Ich heiße Carsten.«

»Macht nix!«, befand Struller. »Der ganze Bereich bleibt abgesperrt, bis die von der Spurensicherung fertig sind. Das Auto bitte einschleppen, sicherstellen. Die Zähne und den Schnipsel nehm ich sofort mit. Deinen Bericht hierzu brauche ich heute noch gefaxt. Am besten schon eben. Was guckst du so?«

»Soll ich jetzt noch den Wagen holen?«

Struller verzog keine Mine. »Das macht Jensen.«

* * *

Es war 18.30 Uhr, als Struller sich seine erste Zigarette gönnte. Die aus der dritten Schachtel. Im Radio lief was von den Stones, und er versank ein wenig in den Sechzigern, als plötzlich die Tür aufgestoßen wurde und Jensen hereinstürmte.

»Du hast Recht.«

»Natürlich! Wieso jetzt genau?«

Jensen knallte ihm eine rote Akte auf den Schreibtisch und entnahm einem Briefumschlag, der darin abgeheftet war, ein dreigeteiltes Verbrecherfoto, das einen hageren Mann mit schulterlangen Haaren und Vollbart zeigte. Jensen tippte drauf. »Das ist Rempe. Das Foto ist von 2003. Gegen Rempe wurde damals wegen Hausfriedensbruch und Diebstahl ermittelt. Das ist definitiv nicht der Typ vom Mörsenbroicher Weg!«

»Sag ich doch! Wir haben es also nicht mit einem toten Schreiber zu tun, sondern mit einer verdammten, unbekannten, männlichen Leiche, die nicht an Überfettung gestorben ist. Das macht die Sache natürlich kompliziert.« Struller nahm noch einen kräftigen Zug und zerquetsche die Zichte im randvollen Aschenbecher. »Brauchen wir also diesen Zeitungsfritzen. Irgendwo muss der ja stecken. Und irgendwer wird ja sicher irgendwann unseren Dicken aus der Weinhandlung vermissen. Na ja, ich geh jetzt erst einmal für kleine Königstiger. Kannst ja mal nachfragen, wo der Bericht von Meister Proper bleibt.« Struller ging nach nebenan.

Jensen angelte mit spitzen Fingern den Klarsichtbeutel samt Schwinders Ex-Zähnen aus seinem Hemd. Wohin damit? Er zog die Schreibtischschublade auf und versenkte sie ganz hinten. Dann schnappte er sich den Telefonhörer und tippte die interne Durchwahl der Leitstelle ein.

»Hallo«, meldete sich eine Kollegin mit rauchiger Stimme.

»Hi, Christian Jensen, ich bin Praktikant beim Struhlmann. Bist du erkältet?«

»Nee, ich komme aus Wattenscheid. Willkommen in Düsseldorf, was kann ich tun?«

Jensen diktierte ihr die Daten aller Personen durch den Hörer, die bisher in dem Fall eine Rolle gespielt hatten, damit sie die Daten im Computer überprüfen konnte. Durchaus mit einem interessanten Ergebnis.

»Echt?«

»Ja, ist zwar eine etwas ältere Sache aus 2002, aber immerhin.«

»Klasse. Besten Dank, Kollegin.«

»Nenn mich Hacki!«

Jensen lachte. »Okay, mach ich!«

»Und lass dich vom Struhlmann nicht täuschen. Das ist ein ganz Netter, der tut nur so. Und was lernen kannste bei dem auch!«

»Harte Schale, weicher Kern?«

»So in etwa. So, ich muss. Die Notrufe stapeln sich. Tschüss!«

Nett, dachte Jensen und legte auf. Der Struller ... Na, sieh mal an. Sollte der alte Knochen gar nicht so biestig sein? Jensen überflog noch mal das beim Telefonat Mitgeschriebene und geriet ins Grübeln. Unterbrochen wurde er nur durch das eintrudelnde Fax von Meister Proper, der den ganzen Sachverhalt auf eine Seite bekommen hatte, aber leider nichts Neues hinzufügen konnte.

Zwei Becher Kaffee später kam Struller endlich vom Pinkeln zurück.

»Sach ma, das nenn ich aber Ausdauer. Respekt. Und das, wo du heute schon dreimal pinkeln warst. Ich an deiner Stelle würde mal zum Arzt gehen. Das kann doch nicht gesund sein«, gab Jensen unvorsichtigerweise spontan zum Besten, noch bevor Struller die Tür hinter sich geschlossen hatte.

»Ich bin völlig gesund, Sportsfreund, aber das trifft nicht auf alle zu hier im Bau!«

»Sorry, war nicht böse gemeint«, stotterte Jensen mit rot werdender Birne, denn ihm war Struhlmanns Spitzname eingefallen. Vielleicht war er ja wirklich krank, dann wäre das natürlich megapeinlich jetzt!

Und prompt beugte sich Struller tief über Jensens Schreibtisch. »So war das gar nicht gemeint. Pass auf, ich erklär's dir: Hier im Haus, vielleicht sogar hier bei uns auf'm Flur, gibt es irgendeinen Kerl, der überall, wo er geht und steht, seine Schamhaare hinterlässt. Wo der seine Kräuselche überall liegen lässt, das ist mir persönlich egal. Aber der lädt die auch hier ab, hier, auf meiner Toilette. Auf meinem Pissoir!« Struller war jetzt ehrlich sauer. »Versteh mich nicht falsch. Es kommt ja durchaus schon mal vor, dass sich irgendein Schamhaar aus der Buxe verdünnisiert und dann auf dem Rand des Pissoirs landet, völlig normal beim Abschlagen. Hier aber gibt es einen Idioten, der legt seine Haare absichtlich oben auf die Keramik.«

»Oben auf den Rand?«

»Genau, das Schwein! Das passiert nicht zufällig. Oder kannst du mir erklären, wie ein Schamhaar oben auf den Rand am Pissoir gelangen kann, da, wo normale Menschen abspülen? Klettern kann das Haar ja hoffentlich noch nicht. Jeden verdammten Tag liegt da wieder so ein Haar!« Struller kratzte sich den Kopf. »Deshalb gehe ich so oft auf die Toilette. Ich muss gar nicht. Ich grenze den Täterkreis ein! Ich will wissen, wer dieses Oberferkel ist.«

Jensen lachte. »Okay, und ich dachte schon, du leidest unter Alters-Inkontinenz!«

»Nix da. Alles intakt und jederzeit einsetzbar. Aber du, ich meine, als Praktikant, der du mir ja doch die meiste Zeit nur auf den Sack gehen wirst, um mal im Bild zu bleiben, du könntest doch mal zeigen, ob du das Zeug zur richtigen Spürnase hast und für mich rausfinden, wer das Ferkel ist. Das wäre mir ein leckeres Zehnerfässchen in meiner Stammkneipe wert!« Struller war von seiner Idee sichtlich begeistert. »Das ist doch mal die richtige Aufgabe für einen neuen Praktikanten. Da kannst du doch mal so richtig selbstständig und konzeptionell an die Sache rangehen und zeigen, was du drauf hast.«

Jensen wusste nicht, ob er lachen oder weinen sollte. Stattdessen murmelte er: »Is klar« Und er ließ sich eine kleine Verärgerung nicht anmerken. Schamhaare auf der Toilette untersuchen! Genauso hatte er sich die Arbeit bei der Mordkommission vorgestellt.

»Und außerdem ...« Struller entnahm seinem Schulterholster die Dienstwaffe und legte sie in die Schreibtischschublade. »... is Zeit für Feierabend. Genug gebuckelt für heute. Es muss auch mal Schluss sein!«

Jensen war durchaus der gleichen Meinung, aber er wollte nachher noch kurz in die Kriminalaktenhaltung, um die Info zu checken, die er soeben von der Kollegin aus Wattenscheid bekommen hatte. Das war nichts, was er Struller jetzt schon hätte unterbreiten können oder wollen. Das wollte er genau wissen.

Falls ihm der atemberaubend spektakuläre, prickelnde und kriminalistisch alles in den Schatten stellende Schamhaarfall Zeit ließ. Aber da hatte er auch schon eine Idee.

* * *

Jetzt wurde sie doch so richtig sauer! Dieser Mistkerl! Sicher hing er wieder mit dieser dämlichen Schlampe rum, die er zu seiner Sekretärin, zu seiner Chef-Sekretärin gemacht hatte.

Nervös nestelte sie an ihrem Ohrstecker rum, der auch prompt ihren manikürten Fingern entglitt und zu Boden fiel. Natürlich genau unter die Couch. Prima!

Dass er heute zu spät kam …

Okay. Ihre Ehe war immer mehr zu einer Kosten-Nutzen-Rechnung geworden. Aber er hatte sie nie mit irgendwelchen Frauen bloßgestellt, das hatte sie ihm hoch angerechnet. In ihrer Gegenwart hatte er sich immer korrekt verhalten. So hatte sie sich lange Zeit das Bild einer intakten Ehe bewahren können.

Aber wie blind hätte sie sein sollen, um nicht zu bemerken, dass, nun ja, dass der Lack ab war. Der monatliche Beischlaf, seit langer Zeit nur noch spröde Pflichterfüllung, konnte sie jedenfalls nicht vom Gegenteil überzeugen.

Wo war denn nur dieser verflixte Stecker?

Wie hatte er doch einmal gesagt, als ein paar Freunde auf ein Bier mit ihm anstoßen wollten und er ihnen nicht tief in die Augen blickte. Da sagten sie dann: »Du weißt doch, Peter, das gibt sieben Jahre schlechten Sex!« – »Na prima«, hat er geantwortet, »dann sind es ja nur noch vier!«

Ja. Sie hielt inne. Genau. Da hatte sie ihn ein bisschen gehasst.

Endlich fand sie den doofen Stecker. Sie stand auf und strich sich das Kostüm glatt. Jetzt musste er doch endlich kommen, der Kerl!

Angelina. Frau Angelika Lax. Mit der hat zwar nicht alles angefangen, aber mit der war alles noch schlimmer geworden. Diese Tippse! Dieser Studentenschlitten! Sie knipste sich den Stecker ins Ohr und warf einen Blick auf den kleinen Wecker auf dem Nachttisch. 21.45 Uhr. Jetzt übertrieb er aber wirklich!

Es war doch auch in seinem Sinne, dass ihrer Ehe nach außen hin noch immer der Hauch des perfekten

Paars anhaftete. Dass sie ihrem Mann bei den zahlreichen gesellschaftlichen Auftritten immer wieder als seriöse und glückliche Ehefrau zur Seite stand. Ihrem Mann, der in den letzten Jahren zum Vizepräsidenten der Kanzlei *Köhler und Partner* aufgestiegen war und zu dessen Erfolg sie auf ihre Weise beitrug.

Oh, sicher hatte sie auch ihre Vorteile, diese Ehe. Anders wären ihre ausgedehnten Einkaufseskapaden mit ihren Freundinnen über die Kö oder die vielen Wochenendtrips nicht zu finanzieren gewesen. Nein, da galt es natürlich Opfer zu bringen.

Und die hatte sie gebracht, aber wo, zum Henker, blieb dieser Fettsack jetzt? Fettsack, genau. Total in die Breite gegangen war er, der feine Herr Schwinder. Ein Wunder, dass die Büromöbel seine Spielereien mit dieser Studententippse überhaupt aushielten. Wahrscheinlich lief da auch nicht besonders viel.

Sie trug zwar schon Lippenstift, aber einen kleinen Beruhigungsschluck an der Hausbar wollte sie sich auf jeden Fall gönnen. Nur für die Nerven! Der Chivas gluckerte bernsteinfarben ins Whiskyglas, und ihr Blick fiel über den Tresen auf den Fernseher, dessen Ton abgestellt war.

WDR 3. *Die aktuelle Stunde.*

Der Whisky tat gut. Aber irgendwas fesselte ihren Blick. Irgendwas da auf der Mattscheibe. Sie griff zur Fernbedienung (von denen in der Wohnung ein halbes Dutzend herumlagen ... wenn ihr Mann mit seinem Gewicht erst mal saß) und drückte den Ton nach oben.

»... nach Angaben der Polizei zweifellos eine Autobombe gewesen. Die männliche Person ist noch nicht identifiziert. Es handelt sich nicht um den Eigentümer des Fahrzeugs ...«

Ein hageres Gesicht erschien als Schwarz-Weiß-Aufnahme in den Nachrichten.

»... den die Polizei noch nicht zum Anschlag befragen konnte. Er wurde bisher noch nicht ...«

Dann machte es klick, denn Frau Schwinder erkannte den zerstörten Weinladen als den Weinladen, der sich direkt neben dem Bürokomplex befand, in dem *Köhler und Partner* ihre Räume hatten.

»... wird von der Polizei wie folgt beschrieben: männlich, deutsch, korpulent bis dick ...«

Das leere Glas glitt ihr aus den Fingern und knallte klirrend zu Boden. Sie wankte ans Telefon, drückte dreimal in die Tastatur und beantwortete dem Polizeibeamten am anderen Ende der Leitung mehrere Fragen. Als sie schließlich bejahte, dass ihr Mann Gebissträger sei, entschied sich der Polizist, sofort einen Streifenwagen zur Aprather Straße zu entsenden. Das war gut so, denn Frau Schwinder verlor die Fassung und war, was sie selbst mit großer Überraschung feststellte, nicht mehr in der Lage, eine weitere Frage zu beantworten.

* * *

Dring! Dring! Dring!

Struller riss die Augen auf. Seine Hand tapste über den Nachttisch. Eine, seine blecherne Stimme sagte: »Huäh?«

Der Kollege am anderen Ende der Leitung sagte eine ganze Menge.

»Ich kenne keine Frau Schwinder! Herr Schwinder? Autobombe? ... Autobombe! Ich komme!« Struller wollte den Hörer schon auf die Gabel knallen, hielt aber kurz inne und bellte dann: »Benachrichtigt den Jensen! Jen-sen! Praktikant bei mir ... Genau, Kollege, Lehrjahre sind keine Herrenjahre!«

Struller pulte sich die Pantoffeln an die Füße und warf einen Blick auf den Radiowecker: 22.50 Uhr. Er grummelte vor sich hin: »Der kann ruhig auch mit aufstehen. Soll nicht meinen, das sei ein Zuckerschlecken bei der Kripo! Soll er bloß nicht meinen!«

* * *

Eine halbe Stunde später hatten Struller und der erbärmlich frisch wirkende Jensen festgestellt, dass Frau Schwinder zwar erstens eindeutig ihren Mann als den Mann identifiziert hatte, den eine Autobombe im Fahrzeug des Zeitungs-Rempe in das Schaufenster eines Weinhandels geschleudert und getötet hatte, aber auch zweitens, dass sie darüber hinaus die Ermittlungen der beiden Beamten in der Sache in keiner Weise nach vorne bringen konnten.

»Ich habe keine Ahnung, wer meinen Mann umbringen wollte.«

»Hm. Und wann kommt Ihr Mann für gewöhnlich von seiner Arbeit nach Hause?«

»Das ist unterschiedlich. Heute Abend waren wir bei Freunden eingeladen. Wir waren für 20 Uhr verabredet. Da hätte er spätestens hier sein müssen.«

Das erklärte das aufgestylte Aussehen der Frau, hakte Struller einen weiteren Punkt auf seiner Liste ab.

»Haben Sie versucht, Ihren Mann im Büro zu erreichen?«

»Im Büro und am Handy ging keiner ran.«

Wie auch, nickte Struller. Und: wer auch. Er sah keinen Sinn, die Frau noch weiter mit irgendwelchen Fragen zu quälen. Kurze Zeit später trafen die genannten Freunde ein, um Frau Schwinder Trost zu spenden. Struller brach die Vernehmung ab. Alles zu seiner Zeit! Jensen, im Umgang mit Hinterbliebenen noch ungeübt, hatte sich zurückgehalten. Gut.

Wortlos gingen sie zum Dienstwagen zurück. Jensen räusperte sich: »Du kannst ja richtig sensibel sein.«

Struller runzelte die Stirn. »Alles zu seiner Zeit, Kollege. Ein Polizist ist immer auch quasi ein Chamäleon!« Strullers Finger glitten über den mintgrünen Fahrzeuglack. Seine Augen glänzten: »Was für ein schönes Auto! Ich werde dich immer gut pflegen, das verspreche ich dir! … Verdammt!«

»Was is?«

»Ich hab glatt vergessen, Frau Schwinder zu fragen, ob ihr verstorbener Mann eine Lebensversicherung abgeschlossen hatte und wenn ja, wie hoch die ist!«

»Das, das hättest du die arme Frau nicht im Ernst jetzt gefragt, oder?«, stieß Jensen entsetzt hervor und nahm sich vor, Strullers Sensibilität noch mal genau zu hinterfragen.

Struller zog die Augenbrauen hoch: »Natürlich. Es sind ganz oft die Ehefrauen. Und eine Gebrauchsanweisung zum Bombenbauen findest du im Internet. Eine Autobombe zu basteln, das schaffen heutzutage, mit ein bisschen Übung, sogar Frauen, glaub mir! Und Geld, mein kleiner Sportsfreund, ist neben Sex, Liebe, wie auch immer, das Motiv Nummer eins. Da hake ich nach. Beim nächsten Mal. Los, steig ein! Ich zeig dir jetzt erst mal eine Kneipe, in der wir morgen zusammen fein und lecker frühstücken«, befahl Struller und strich sich über die braune Krawatte.

2. Tag

Jensen versenkte seinen Ford Mustang in einer Parklücke. Misstrauisch beäugte er die Gegend. Unterrath. Sagte ihm nichts, sah aber in Ordnung aus. Zumindest jetzt und hier: vormittags. Dann beäugte er das *Aquarium*, Strullers Lieblingskneipe, und ging schließlich rein. Ein bisschen abgestanden, die Luft. Die Musik auch. Es lief Elvis Presley. Hinterm Tresen stand ein gemütlicher Typ mit nur einem Arm. Auf der anderen Seite des Möbelstücks saßen Struller und ein Mann, der aussah wie Wolfgang Petry. Nur ohne Armbänder.

»Morgen, zusammen!«

Der Wirt hinter dem Tresen nickte herüber und fragte Struller, der auf einem Barhocker saß: »Morgen! Is er das?«

Struller nickte: »Das isser. Tu mir mal noch ein schnelles Alt und dem Jungen eine Vollmilch.«

»Toller Scherz!« Der einarmige Wirt wandte sich an Jensen: »Was kann ich dir anbieten? Ich bin übrigens Krake, der Kummerkasten von dem Witzbold hier vor mir. Lass dir von dem alten Sack nichts vormachen: er ist momentan ein bisschen schlecht drauf und spielt den Harten, ist aber eigentlich ein ganz Lieber und beißt nicht.«

»Quatsch keine Opern, Krake«, knurrte Struller.

»Einen Kaffee, bitte, ich bin Christian Jensen, hallo.«

Krake kniff ihm ein Auge und fragte: »Bist du Schwede?«

»Was?«

»Schon gut. Ich hab euch gestern im Fernsehen gesehen. Am Tatort, bei dem ausgebrannten Wrack. Cool. *Aktuelle Stunde*, SAT 1 und RTL, das volle Programm. Dann hat so ein Typ was erzählt. Warum gebt ihr beide eigentlich keine Interviews?«

»Dafür gibt es eine Pressestelle. Quatsch nicht, Krake, spuck in die Hände und mach hinne!«

Jensen ließ sich auf einen Hocker neben Struller nieder und schielte zu Vokuhila rüber, der seinen Tagesgruß nicht erwidert hatte. Jensen stutzte: Dieser Wolfgang-Petry-Verschnitt hing hier doch tatsächlich über der Theke und ratzte friedlich vor sich hin.

»So, Kaffee, bitteschön. Auch was zu essen?«, fragte Krake, als er Jensens Kaffee absetzte und Struller zwei dampfende Frikadellen mit Brot unter die Nase schob. Es roch ein bisschen nach Hafen. Nach Tierfutter. Aber Struller schob sich eins der beiden Teile direkt zur Hälfte zwischen die Zähne und grunzte zufrieden. Wahrscheinlich wirklich Tierfutter.

»Sind ein bisschen dunkel geworden, die Bremsklötze, Krake.«

»Die hellen noch nach! Auch 'ne Frikadelle, Jensen?«

»Ein Käsebrötchen wäre ganz gut.«

»Kommt sofort.«

Dann kauten beide vor sich hin. Elvis sang vom Ghetto, von einem Hotel, musste ins Städle hinaus und erzählte, dass er vergangene Nacht *lonesome* gewesen sei. Kein Wunder, dass Vokuhila lieb vor sich hinschnarchte.

Auch Jensen riss es mächtig runter Richtung Bubuland, bis plötzlich jemand die Kneipentür aufriss und brüllte: »Tach, Post!«

»Schrei nich rum, gib her!«

»Is nich für dich, Krake, is für den hier!«

Der Postbote legte einen Packen Briefe vor Vokuhila auf den Tresen, grüßte und verschwand wieder. Kein Grund, aufzuwachen, hatte Vokuhila wohl gedacht, denn er regte sich nicht.

Jensen überlegte, ob er ein zweites Käsebrötchen ordern sollte, dann fiel ihm der Schamhaarfall ein, und er entschied sich dagegen. Gerade als Elvis sein Gegenüber dahingehend unter Druck setzte, es sei jetzt oder niemals, erklang Strullers Handy. *Spiel mir das Lied vom Tod.*

»Struhlmann«, sagte Struhlmann.

Jensen erlauschte die tiefe Baritonstimme des Kommissariatsleiters.

»Ich bin hier mitten in einer Sache, Chef. Recherche, Klinken putzen, Anwesende befragen und so. Um die Uhrzeit? Aber hallo: Der frühe Vogel fängt den Wurm, sag ich immer! Ja, genau. Ist auch hier! Klar. *Schöne Aussicht?* Nie gehört! Hat man im Grafenberger Wald doch überall! Nein, ich will Sie nicht verarschen! Nee. Eine Frau mit Hund? Okay. Die wartet dann da? Tja, wir sind schon fast da, stehen quasi um die Ecke.« Struller drückte auf *Aus*, seufzte und knallte einen Fünf-Euro-Schein auf den Tresen. »Los, Jensen, wir müssen. Der Zersägte nimmt langsam wieder Gestalt an. Ich sag doch, et kommt nix weg!«

»Hat man wieder ein Leichenteil gefunden?«

»Jow.«

Krake beugte sich erwartungsfroh über die Theke. »Den Kopf?«

»Nee«, brüllte Struller ihm beim Rausgehen über die Schulter zu: »Zwei Meter Zwölffingerdarm!«

Vokuhila schreckte hoch: »Feueralarm?«

* * *

»Wirklich eine schöne Aussicht!« Struller atmete tief ein. Seine schlechte Laune war wie weggeblasen. »Und die frische Luft hier. Herrlich! So ähnlich muss das doch da riechen, wo du herkommst. Wo kommst du noch mal her?«

»Herongen, holländische Grenze«, antwortete Jensen, »vom Niederrhein.«

Struller schob zufrieden die Unterlippe nach vorn, nickte anerkennend und wollte sich eine Ernte aus der Schachtel schlagen. »Is schon schön hier bei uns in Düsseldorf, wa?«

»Na ja«, merkte Jensen an, »ich weiß nicht so recht.« Das Panorama war sicherlich beeindruckend. Weiter Blick über Düsseldorf, ganz viel Grafenberger Wald, aber was störte, war das klotzige Stück Arm direkt vor ihnen an der Holzabsperrung, um das drei in weiß gekleidete Kollegen der Spurensicherung, zwei uniformierte Kollegen des Wachdienstes und ein Gerichtsmediziner herumwuselten. »Du darfst hier nicht rauchen!«

»Ich bin alt genug!«

»Das ist hier ein Tatort, Pit!«

Struller warf einen Blick über seine Schulter auf die drei Typen in den weißen Spurenanzügen, die bestimmt auch gleich anfangen würden zu meckern, und schob die rausgeschlagene Kippe wieder zurück in die Schachtel. »Was hat der osteuropäisch aussehende Typ aus Schalke eben gesagt?«

Jensen schlug sein Büchlein auf. »Marian Werfeller heißt der. Er sagte, alles sei besser als Objektschutz. Und, ähm: Anruf einer Bürgerin, Personalien sind bekannt, um 9.30 Uhr. Ihr Hund, ein Jack Russel mit Namen Oswald von der Grünen Hainbuche, hat sie auf ein Stöckchen aufmerksam gemacht. Das hat sie gewundert, weil der Oswald eigentlich ein ganz ruhiger ist und sich nicht so aufführt. Eher untypisch für diese Hunderasse. Na ja, es war ja dann auch kein Stöckchen, sondern ein Ärmchen beziehungsweise ein Arm.«

»Das hast du alles mitgeschrieben?«

»Ich kann Steno.«

Struller verdrehte die Augen. »Nur Frauen können Steno! Du bist ein bisschen soft, oder? Na, weiter!«

»Die Frau ruft über Handy die 110 an, man schickt die beiden Kollegen der PI Ost. Wie gesagt Werfeller. Und der andere, der etwas kleinere, der uns den Zusatzbericht mit Extravermerk und einen weiteren Bericht mit ersten Zeugenaussagen rüberfaxen will, heißt Niederrücken. Die beiden haben die Leitstelle und die hat dann uns informiert.«

Struller ließ Jensen stehen und ging zu Doc Stich, dem Gerichtsmediziner. »Und?«

»Und was?«

»Ja, was wohl ›was‹!«

Der Doc zog sich die Einweghandschuhe von den Fingern. »Es handelt sich um einen Oberarm. Und jetzt halt dich fest: Es ist ein rechter Oberarm!«

Strullers Finger gingen an die Hemdtasche Richtung Zigaretten, aber dann fiel ihm Jensen wieder ein.

»Du weißt, was das bedeutet?«, fragte der Doc.

»Klar. Das Teil in Bodewigs Betonpampe war auch ein rechter Arm. Gehen wir davon aus, dass hier kein genmanipulierter Mutant das Opfer ist, haben wir es mit zwei Opfern zu tun. Womöglich mit dem Beginn einer Serie.« Strullers Blick kreiste über die *Schöne Aussicht*, die auf einmal gar nicht mehr so schön war. »Ich könnte kotzen!«

Jensen war hinzugetreten und sprach einen der Schneemänner an. »Sonst irgendwelche Spuren?«

»Der Täter hat seinen Personalausweis liegen gelassen. Nee, nichts. Es hat seit Tagen nicht geregnet, der Boden ist knochentrocken. Spuren komplette Fehlanzeige. Wir packen den Ärmel da noch in eine Tragetasche, fahren nach Hause. Schätze, der Doc wird noch ein bisschen in dem Teil rumporkeln, ob noch ein paar Tropfen Blut für Analysen rauszuquetschen sind.«

»Tätowierungen?«

»Negativ.«

»Männlicher oder weiblicher Arm?«

»Hm, schätze, es ist ein männlicher Arm. Oder der von Serena Williams. Aber da hätte man wohl was im Radio gehört. Der Bericht ist morgen fertig.«

»Den brauchen wir noch heute Vormittag, Kollege.«

Struller schnalzte mit der Zunge. »Doc, ich muss wissen, welche Leichenteile zu ein und demselben Opfer gehören. Die müssen ja irgendwie kompatibel sein. Oder wie sagt man?«

»Ich versuch mal was zu basteln. Wir können ja wetten, welchen wir als Ersten komplett zusammensetzen können ...«

Struller und der Doc lachten schäbig. Jensen hielt sich zurück. Er musste sich an diese Art von Humor wohl erst noch gewöhnen.

Der Doc packte seine Sachen zusammen.

Struller strich sich durchs Gesicht und blickte Jensen an: »Und? Irgendeine Idee?«

»Viele!«

»Dann schieß mal mit einer der brauchbareren los!«

»Ich denke, dass Leichenteile eins, zwei und drei zu ein und derselben Person gehören. Die Teile haben eines gemeinsam. Sie wurden alle an gut zugänglichen Orten so abgelegt, dass sie in kürzester Zeit gefunden wurden und auch gefunden werden sollten. Leichenteil Nummer vier wurde in einem Betonbett abgelegt, damit es nicht gefunden wird. Leichenteil Nummer fünf wieder so, dass es spätestens am nächsten Morgen gefunden wird. Eins, zwei, drei und fünf gehören zusammen und Nummer vier, der Arm im Beton, gehört zu einer zweiten Person.«

Strullers Gesicht blieb ausdruckslos. »Das würde bedeuten, dass wir es tatsächlich mit zwei verschiedenen Vorgehensweisen zu tun haben.«

»Ich meine, ja.«

»Das wiederum könnte bedeuten, dass wir es mit zwei Tätern zu tun haben.«

»Durchaus.«

Struller rieb sich das Kinn. »Ist aber unwahrscheinlich. Ich meine, einem Menschen ein Körperteil abzuschneiden, das passiert nicht täglich. Das ist schon was Seltenes. Und gar nicht so einfach. Hast du schon mal einen Knochen zersägt? Ist wie Holz zersägen, da braucht man Kraft. Und das blutet wie Sau. Ist in der Kriminalgeschichte auch eher selten. Da muss man erst mal drauf kommen. Und dann sollen zwei verschiedene Täter quasi unabhängig voneinander zeitgleichzeitig auf das schmale Brett kommen? Nö. Kann natürlich auch sein, dass ein Mord geplant war. So mit teilweiser Entsorgung …«

»Und dann ist dem Täter was dazwischengekommen. Oder vielleicht ein Trittbrettfahrer?«

»Hm, kann sein. Muss aber nicht. Was sagt eigentlich die Schule dazu, ich meine theoretisch? Haben wir es wahrscheinlich mit einem Einzeltäter oder mit zwei Tätern zu tun?«

»Einer. Eindeutig.«

Struller lachte auf. »Na, das ist ja mal 'ne klare Ansage, Grünschnabel. Ab jetzt, wir fahren ins Präsidium, ich muss was ermitteln.«

»Auf der Herrentoilette?«

»Übertreib es nicht, Kleiner!«

Die Sonne hatte sich durch eine kleine Herde Schafe gekämpft und warf schimmernde Strahlen über die *Schöne Aussicht*. Jensen war guter Dinge.

* * *

Jensen hatte sich abgesetzt, weil er »irgendwas« besorgen musste. So hatte Struller wenigstens seine Ruhe gehabt, um ein paar Sachen abzuklären. Zufrieden legte er den Hörer zurück auf die Gabel und überflog das, was er vor sich in den Block gekritzelt hatte. »Ich altes Trüffelschwein. Das macht mir so leicht keiner nach.« Er griff zum Kaffeebecher, seufzte, gab sich einen Ruck und nahm den Hörer noch mal in die Hand. Er hackte eine Nummer in das Gerät und ließ es tuten.

»Schultze-Sperling, Kripo Münster.«

Struller schluckte. »Hallo, Andrea, hier ist Struller.«

Pause. Dann leiser. »Pit. Ich habe ja schon ... Schön, dass du dich endlich mal wieder meldest.«

»Hm.« Struller griff sich in die braune Häkelkrawatte und zog den Knoten lockerer. Scheißding! »Ja, eh, schön, also, auch deine Stimme zu hören.«

»Hm, ich habe gestern Abend noch an dich gedacht. Da kam ein altes Video von The Jam im Fernsehen, irgendwas über Punk aus den Achtzigern und da hat ja dein Rene Weller in der Band mitgespielt.«

»Paul.«

»Bitte?«

»Er heißt Paul Weller.«

»Ja, natürlich. Du willst dich doch nicht etwa mit mir verabreden, Pit?«

Struller stutzte verlegen. Natürlich nicht! Das lief ja jetzt schlecht ... Das mit Andrea war ihm alles ein wenig zu kompliziert. Er, Pit Struller, und eine Frau. Okay. Aber eine Kollegin?! Den männlichen Kollegen hatte er bei Verwendung sämtlicher Machosprüche vorgegaukelt, er und »die Vogeltante« hätten sich bei der Arbeit total überworfen und das wäre der Grund für Schultze-Sperling gewesen, warum sie die Stelle in Münster Hals über Kopf angenommen hatte. Überworfen, ja überworfen hatten sich die beiden auch ein paar Mal, aber das ganz anders, vorzugsweise in Andreas Wasserbett. Mann, wenn das rauskäme, dass ausgerechnet der alte Frauen-Nicht-Versteher ein Verhältnis mit einer Kollegin gehabt hatte. Und ein richtig gutes, also ernstes, also ernsthaftes. Allein der Gedanke ... Ihm fehlten die Worte.

»Bist du noch dran? Ich wollte dich nicht ...«

»Doch, sicher. Wir sollten wirklich mal wieder was zusammen unternehmen ...« Scheiße, jetzt hatte er's doch gesagt!!! »... aber heute wollte ich dich eigentlich um einen Gefallen bitten.«

»Ach so.«

Der Temperatursturz aus Richtung Münster war durch die Telefonleitung sofort spürbar. Aus Strullers Hörer purzelten kleine Eisstückchen auf den Schreibtisch.

»Einen Gefallen soll ich dir tun? Aha, deshalb der lang erwartete Anruf. Na, das ist ja der Gipfel! Da sitze ich hier seit Wochen und warte, dass dieses Arschloch sich endlich meldet. Dann tut der das und dann soll ich diesem alten Sack einen Gefallen tun. Einen Gefallen! Wie, wenn man einen alten Lehrgangskumpel anruft, den Typen vom Seminar, der die Kontakte zum BGS hatte, dem ...«

»Äh, Andrea, ich ...«

»Das darf doch gar nicht wahr sein! Dieser nicht älter werden wollende, spätpubertierende Schwachmatenarsch! Ich muss ...«

»Andrea, bitte, ich wollte doch nur...«

»Du wolltest was? Wolltest was? Du kannst was! Nämlich mir den nackten Hintern küssen!«

Krach.

»Aufgelegt«, murmelte Struller verwirrt, und es klopfte an der Tür. »Herein!«

Jensen schob sich durch den Spalt, erkannte den verwirrten Gesichtsausdruck und wollte sich gleich wieder zurückziehen.

Struller hatte sich aber schon wieder gefangen. Blöde Ziege! Und die hat er heiraten wollen, die hat er wirklich geliebt! »Warum klopfst du denn an, Mann?«

Jensen schob eine Sporttasche unter seinen Schreibtisch und klemmte sich vorsichtig und leise dahinter.

Struller war mit sich aber doch noch nicht fertig. Irgendwas war da. Irgendwas brummte da plötzlich in seinem Magen. Und durch sein Gehirn wirbelten die Erinnerungen an ein paar wirklich schöne Wochen mit Andrea, damals, als sie spontan den Flug auf die Malediven gebucht hatten. Oder das verregnete Wochenende in Kopenhagen. In dem kleinen Hotel in Kopenhagen, um ganz genau zu sein ...

Verdammt, Struller, die rufst du jetzt sofort zurück, rief eine Stimme irgendwo da hinten in seinem Schädel. Du wirst dich entschuldigen! Sie hat recht, ist ja auch keine Art, Struller, sich wochenlang nicht zu melden und dann um einen Gefallen zu bitten. Mann, Mann, Struller, was bist du denn für ein mieser Kerl?

»Was machste denn jetzt, Jensen?«, knurrte Struller. »Was Wichtiges? Ich muss noch mal telefonieren.«

Jensen stand auf und legte vorsichtig eine Kriminalakte auf Strullers Schreibtisch. *Schneider* stand vorne drauf. »Ich habe gestern Abend bei der Leitstelle noch ein paar Sachen gecheckt. Kuschinski ist polizeilich nicht in Erscheinung getreten, Schneider hat dagegen zwei Einträge: eine ältere Körperverletzungsgeschichte aus Münster und einen merkwürdigen Eintrag aus 2002, den ich mir mal genauer ansehen wollte. Ich meine ...« Jensen pickste mit dem Finger in Richtung Struller, der plötzlich Interesse zeigte. »... wenn das ein Hardcore-Skinhead sein soll, mit Tätowierung auf dem kahlen Schädel und Bundeswehrklamotten und so, dann wäre der der Polizei doch schon längst aufgefallen. Körperverletzung, Sachbeschädigung, Landfriedensbruch und so weiter, die übliche Palette rauf und runter. Hab ich also die Akte gezogen, aber was finde ich?« Er tippte auf die Akte. »Einen einzigen Eintrag und rate mal, warum der Schneider aufgefallen ist?«

»Er hat Kennedy erschossen?«

Jensen zog triumphierend die Augenbrauen hoch. Jetzt kam ein Bringer, der Struller aus dem Sessel hauen würde. »Plakate hat er geklebt. Für eine Demo gegen Rechts! Schneider gibt also nur vor, ein Rechter zu sein! Gekriegt haben sie ihn vor knapp fünf Jahren, irgendwo hier in Düsseldorf auf der Neusser Straße. Schneider war ein Linker. Oder: Er ist ein Linker. Das ist doch mal ein Ding, oder? Das ist ...«

»Klar!«, sagte Struller, lehnte sich im Sessel zurück und erklärte mit lässiger Stimme: »War mir sofort klar, dass mit dem Schneider was nicht stimmt. Und vor allem, dass er keine hohle Nazibirne ist. Ich habe ihn in der Vernehmung gefragt, warum Kuschinski für den Bodewig den Haussklaven macht und da sagt dieser Rotzsack zu mir: ›des Geldes wegen‹. Klar stimmt da was nicht! Zeig mir mal einen rechtsradikalen Skinhead, der den Genitiv beherrscht! Des Geldes wegen!«

Struller zuckte mit den Schultern. »Der hat den Skin nur gespielt. Ich wette, die Tattoos sind genauso wenig echt wie die Zähne vom Schwinder! Unser Schneider wohnt seit fünf Monaten in Düsseldorf. Davor hat er in Münster gewohnt. Und was tut man in Münster, außer Beten und Fahrrad fahren? Man studiert. Ich rufe jetzt eine ehemalige Kollegin von mir in Münster an und lasse mal ermitteln, was unser Nazi für Arme so studiert hat. Was guckst du denn so?«

»Das mit Schneiders Genitiv hättest du mir ruhig sagen können, dann hätte ich mir einiges an Arbeit ersparen können. Langsam merke ich, warum alle Kollegen dich für einen ausgemachten Kotzbrocken halten und mich bedauern, weil ich dir zugeteilt wurde!« Jensen drehte sich um und ließ die Tür in den Rahmen knallen, dass der Kalk rieselte.

Struller zog die Nase hoch. Okay, war auch nicht gut gelaufen. Vielleicht galt es doch mal, die Umgangsformen zu überdenken … Jensen schien doch eigentlich ganz in Ordnung zu sein. Waren aber auch alle empfindlich heute. Das Telefon klingelte.

»Struhlmann, Kripo Düs…«

»Entschuldige meinen Wutausbruch. Ich hänge noch ein bisschen zu sehr in unserer alten Beziehung. War halt was Besonderes für mich. Sag jetzt an, was ich für dich tun kann.«

Und Struller sagte es ihr.

»Okay, Pit, ruf mich gegen vier zurück!«

Struller meinte einen Kuss durchs Telefon zu hören und zog überrascht die Augenbrauen hoch. Dann klopfe es an der Tür. Jensen.

»Ähm, wollte mich nur eben für das Türzuschlagen entschuldigen. Sorry, aber ich hatte gedacht, was ganz Gutes ermittelt zu haben und war ein bisschen enttäuscht. Ich verzieh mich wieder und frag noch mal nach, wie das beim KK 12 mit aktuellen Vermissten aussieht, ich meine, ob jemand vermisst wird. Die wollten mir eine Liste zusammenstellen. Ich hake auch wegen dem Madim El-Nasri noch mal nach. Ähm, mit der Tür und so, soll nicht mehr vorkommen, noch mal sorry.«

Die Tür glitt leise in den Rahmen. Struller stand langsam auf und ging ans offene Fenster. So viel zu den Umgangsformen. Waren doch anscheinend alle voll in Ordnung, seine Umgangsformen, stellte Struller zufrieden fest, sammelte röchelnd Speichel in der Mundhöhle zusammen und spuckte einen schleimigen Tropfen aus der dritten Etage, der geräuschvoll in den Innenhof klatschte.

* * *

»Na ja. Es wird schon jemand vermisst«, erklärte der blonde Kollege beim KK 12, dem Dezernat für Vermisstensachen, der ein bisschen aussah wie DJ Bobo und dessen Handy während des kurzen Gesprächs laufend eingehende SMS meldete.

»Gladbach vermisst einen, der die Hundertprozentigen reinmacht, die Merkel einen, der den Bundeshaushalt in Ordnung bringt, und Didi Hallervorden einen, der immer noch über seine blöden Witze lacht.«

Jensen verdrehte die Augen.

Der Blonde grinste. »Kleiner Scherz. Aktuell sind vier Männer über zwanzig vermisst.«

Seine Finger hasteten über die Tastatur, und es erschienen vier Namen.

Die beiden gingen die Beschreibungen durch und Jensen konnte einen aussortieren, der Aids im Endstadium hatte und bei dem ein solch ausgeprägter Muskelansatz, wie ihn die zersägten Leichenteile vermuten ließen, auszuschließen war. Jensen machte sich eine Liste.

1. Bernd Prass
2. Hubert Rothbein
3. Herrmann Burchards

»Okay, Danke, Kollege.«

»Alles klar. Sag mal kurz deine Handynummer, falls ich mal was höre«, erklärte DJ Bobo und fügte den viertausend Telefonnummern in seinem Handy eine weitere hinzu.

* * *

Struller schleuderte den Bericht quer über seinen Schreibtisch.

Jensen zuckte zusammen.

»Der Bericht ist das Papier nicht wert, auf dem er steht«, knurrte Struller. »Der Schuhabdruck aus dieser Betonpampe ist für nix zu gebrauchen. Die Enden sind so verlaufen, dass man noch nicht mal ungefähr sagen kann, welche Schuhgröße der Typ gehabt hat. Ein Kleinkind wird es nicht gewesen sein. Von einem Profil mal ganz zu schweigen. Die können mal gerade einen Rollstuhlfahrer und einen Mann mit zwei Holzbeinen ausschließen.« Er grunzte unzufrieden und schlug sich eine Kippe aus der Packung. »Was haben deine Ermittlungen hinsichtlich der drei Vermissten ergeben?«

Jensen räusperte sich. »Bernd Prass ist polizeilich bekannt. Den haben die Kollegen schon dreimal von der Theodor-Heuss-Brücke gepflückt, weil er angeblich runter in den Rhein springen wollte. 1995 hat ihn ein Kollege vom Baugerüst an der St.-Margaretha-Kirche in Gerresheim geangelt. Dafür hat der vom Innenminister einen Verdienstorden bekommen. Beim letzten Mal wollte Prass vom ARAG-Hochhaus springen, aber da hat man ihn auch runtergequatscht, und jetzt wird er seit acht Tagen vermisst. Der zweite, Hubert Rothbein, ist polizeilich unbekannt, wohnt auf der Körtingstraße in Flingern und, nun ja, an dessen Stelle wäre ich auch weggelaufen.«

Jensen warf Struller ein Foto zu. Es zeigte das Ehepaar Rothbein auf einer dunkelbraunen Cordcouch sitzend vor Panoramatapete mit dem zeitlosen Motiv »Königssee im erwachenden Frühling«. Vater Rothbein war eher der unauffällige, schmächtige Typ, seine Frau verbreitete den fröhlichen, unbeschwerten Charme eines Claude-Oliver Rudolph, wenn der mit grimmiger Miene einen Totschläger bei der Arbeit spielt. Sie hatte auch in etwa die gleiche Frisur. Und war zwei Köpfe größer als ihr Gatte.

Struller erschrak kurz und nickte: »Der dritte?«

»Herrmann W. Burchards, fünfzig, Bauunternehmer, wohnt mit seiner Frau in Knittkuhl. Ging vergangenen Sonntag im Grafenberger Wald joggen und kam nicht wieder.«

»Klingt wie diese Ich-geh-mal-Zigaretten-holen-Schatz-Geschichte!«

»Na ja. Auf einem der Wildparkparkplätze hat man seinen Wagen gefunden. Er ist zumindest da hingefahren, wo er vorgab, hinfahren zu wollen.«

»Vielleicht hat er sich im Wald verlaufen.«

»Möglich«, brummte Jensen, der fand, dass er sich bei seinen Ermittlungen ziemlich viel Mühe gegeben hatte und dies durch seinen Mentor mal wieder nicht wirklich gewürdigt wurde.

Struller reckte sich, nahm einen letzten kräftigen Zug und zerquetschte die Kippe im randvollen Aschenbecher. Ihm war gerade etwas eingefallen. Er schnappte sich den Hörer und hackte Faserspuren-Haralds Nummer in die Tastatur.

Der knurrte am anderen Ende in den Hörer: »Zentrum der Arbeit, hier ist …«

»Halt die Klappe und pass auf! Struller hier. Ich muss wissen, was das für ein Sprengstoff war, mit dem man diesen Schwinder gen Himmel geschickt hat.«

»Hä?«

»Na, was für eine Marke das Zeug ist, was weiß ich, wie das heißt. Schwarzer Afghane, grüner Libanese, alter Wehrmachtsbestand, Sprengstoff aus Bosnien oder typisch für südamerikanische Söldnertruppen aus Honduras. Ihr habt doch so Listen bei euch! Nuschel ich oder hast du getrunken, Kollege?«

»Spinnst du, Struller, ich sitz hier bis zur Halskrause in der Arbeit und du machst mich blöde an, tickst du noch sauber?«

»Ich tick dir gleich was auf die Nase! Mach voran! Ich brauch das Ergebnis in 'ner knappen halben Stunde!«

»Bist du ...« Der Chef der Spurensicherung warf erbost ein paar wichtige Fachausdrücke für Insider durch die Leitung, skizzierte kurz das Unmögliche in Strullers Ansinnen, erklärte kompliziert, warum es unmöglich war, den Sprengstoff in der knappen Zeit zu untersuchen, und konnte lediglich zusagen, dass er mindestens drei Stunden für ein brauchbares Ergebnis brauchen würde.

»Gut, ich warte. Und beeil dich!« Struller legte zufrieden auf und warf einen Blick auf die GDP-Uhr an der Wand. »Um die drei Typen, die vermisst werden, müssen wir uns irgendwann mal kümmern. Aber erst mal hab ich Hunger!«

* * *

Nach einem fürchterlichen Mittagessen in der Kantine, das nur getoppt wurde durch einen weiteren, grässlichen Schamhaarvorfall auf dem Männerpissoir, klingelte gegen 14 Uhr das Telefon in Strullers Büro.

»Ja«, bellte Struller.

»Hier auch Ja. Ich hab eine Info.«

»Hast du auch einen Namen?«

»Ja, aber der tut nichts zur Sache.«

Struller checkte die Telefonnummer auf dem Display. Die Nummer ließ sich dem Raum des Polizeilichen Führungsstabs in der vierten Etage zuordnen. Keine einem Kollegen fest zugeteilte Nummer. Aber die Stimme kam Struller bekannt vor. »Was liegt denn an, Unbekannter?«

»Ich kann euch bei Madim El-Nasri weiterhelfen.«

Struller zog die Augenbrauen hoch. An dieser Spur hatten sich Jensen und er bisher die Zähne ausgebissen. Alle Versuche, den Typen irgendwie einzuordnen oder dessen Adresse rauszubekommen, waren im Sande verlaufen.

»Daran wären wir sehr interessiert.«

»Madim El-Nasri ist …« Am anderen Ende wurde eine Hand um die Hörermuschel gelegt. »Madim El-Nasri ist ein …« Dann waren Hintergrundlaute zu hören.

Eine weibliche Stimme fragte: »Herr Spurtmann, was machen Sie denn hier im …«

Klappernde Geräusche, es entstand ein heftiges, zischendes Getuschel. Struller drückte sich den Hörer tief in den Gehörgang und konnte erlauschen, wie jemand energisch zur Ruhe ermahnt und dann eine Tür geschlossen wurde.

»Hallo?«

»Ich bin noch dran«, zischte Struller.

»Madim El-Nasri ist ein afrikanisches Mittel zur, äh, zur Potenzsteigerung«, sagte die Stimme am anderen Ende und legte auf.

* * *

Struller hatte es fast bis zum Sportteil der *Bild*-Zeitung geschafft, als das Telefon auf seinem Schreibtisch wieder lärmte. Faserspuren-Harald meldete sich.

»Endlich«, sagte Struller. »Und?«

»Du hast Glück.«

»Wieso hab ich Glück?«

»Weil es sich bei dem Sprengstoff um TNT 23-B gehandelt hat.«

»Aha. Und was ist daran glücklich?«

»Das ist das Zeug, das unsere Bundeswehr verwendet.«

»Das ist nicht meine Bundeswehr. Und ich verstehe immer noch nicht, was daran glücklich für mich sein soll.«

Harald seufzte am anderen Ende der Leitung. Er hatte eigentlich einfach nur nett sein wollen.

»Das ist so genannter meldepflichtiger Sprengstoff. Der unterscheidet sich in seiner Zusammensetzung zum Beispiel von dem Zeug, das in der Baubranche verwendet wird. Dann wäre jeder dritte Bauarbeiter verdächtig gewesen. Oder was sich der kleine Hobbypyrotechniker mit Internetanschluss selbst zusammenmischen kann. Das wäre ja noch schlimmer. Nein, TNT 23-B ist ein bisschen komplizierter zusammengesetzt und hat eine deutlich höhere Sprengkraft. Noch bedeutend höher wäre die Wirkung gewesen …«

»Harald! Ich will keine Diplomarbeit schreiben! Bring's auf den Punkt!«

»Wenn von dem Zeug was wegkommt, dann erfahren wir das. Ich meine, es wird bei der Polizei angezeigt. Du kannst also jetzt nachgucken, wo, wann und wie viel von dem Zeug weggekommen ist. Das ist doch mal 'ne Spur!«

»Ja«, sagte Struller, »in der Tat. Das könnte uns tatsächlich ein Stück weiterbringen. Danke für die schnelle Arbeit, Harald!« Dann legte er auf.

Und Struller wusste auch schon, wer dieser Spur nachgehen würde. Er überlegte kurz, sein Opfer anzurufen, aber wenn man so einen Haufen Arbeit abdrücken wollte, tat man das besser taktisch geschickt und persönlich.

Dann klingelte erneut Strullers Telefon.

»Hallo, Stich aus der Gerichtsmedizin. Dachte, ich hätte da was Interessantes für euch.«

»Dachtest du oder hast du auch? Ist ein gewaltiger Unterschied!«, entgegnete Struller und schaltete am Telefon den Lautsprecher ein, damit Jensen am Tisch gegenüber mithören konnte.

»Wir haben die DNA der Körperteile, soweit wir sie feststellen konnten, untersucht und miteinander verglichen. Also, Leichenteile eins, zwei, drei und fünf gehören zu einer männlichen Person, Alter können wir nicht bestimmen. Der Betonarm gehört definitiv einer zweiten Person. Hier können wir das Geschlecht nicht bestimmen. Wir haben es mit zwei verschiedenen Personen zu tun.«

Jensen grinste zufrieden, sah er doch seine These hinsichtlich der Fundorte bestätigt. Von wegen Grünschnabel!

»Danke Doc, und lass dir mit dem schriftlichen Bericht ruhig Zeit. Tschüss dann!« Struller legte auf und nickte vor sich hin.

Jensen wollte sofort in eine kriminologische Diskussion einsteigen, aber Struller bremste ihn ab. »Jensen, wir dürfen die Schwinder-Geschichte nicht vernachlässigen! Angelika Lax heißt die Sekretärin vom Schwinder. Geh hin und vernimm die Gute mal. Ich möchte wissen, was am letzten Tag vor Schwinders großem und lautem Abgang im Büro so los war. Klatsch und Tratsch, muss nicht alles stimmen. Schleim dich bei der Tippse ein bisschen ein!«

»Na danke, Chef.«

»Ja, watt denn, watt denn? Die ist Jahrgang '69 und wohnt in Düsseltal auf der Sybelstraße. Feine Gegend. Feine Frau. Die Vernehmung macht bestimmt Spaß! Ich wollte, ich könnte hingehen, aber ich muss noch mal was ermitteln. Wir sehen uns morgen! Und los jetzt, tschüss!«

Kaum war Jensen weg, hackte Struller hastig eine Dienstnummer in den Apparat und hatte Glück.

»Schultze-Sperling, Poli...«

»Schon gut, ich weiß, wer du bist, mein Vögelchen.«

»Ach, Pit, du alter Charmeur. Ich hab da wirklich was für dich.«

»Dann schieß mal los, ich bin schreibklar.«

Nichts wurde losgeschossen, Struller sah seine schlimmsten Befürchtungen bestätigt und fluchte lautlos. Trau keiner Frau! Schon gar nicht einer mit Doppelnamen! Und schon überhaupt keiner Polizistin!

»Andrea ...«

»Heute Abend, hier in Münster, und du darfst die Frittenschmiede aussuchen. Das ist mehr als fair!«

Das fand Struller eigentlich auch. »Okay ...«

»Hol mich in der Fortbildungsstelle ab. Ich mach noch ein bisschen Sport und warte gegen neun am Tor!«

»Aber ...« Sie hatte aufgelegt. Oje, auch das noch! Sie wollte vorher Sport machen. Struller wusste sehr wohl, was das bedeutete. Er schlug mit der flachen Hand auf den Tisch. »Krieg ist Krieg, da muss ich durch!«

Kurze Zeit später krachte die Bürotür hinter Struller in den Rahmen, und er ging nach unten. Die vom Sprengstoff lebten irgendwo im hinteren Teil des Präsidiums. Das alte

Gemäuer hatten seine paranoiden Erbauer so angelegt, dass man sich auf dem Weg dorthin auf jeden Fall verlaufen musste. Es ging mehrmals nach rechts, dann drei Stufen hinauf, eine Treppe runter, wieder zwei Treppen rauf. Struller stieg über mehrere verhungerte Personen hinweg, die den Weg raus nicht mehr gefunden hatten, und erreichte schließlich einen schlecht beleuchteten, nach muffigem Bohnerwachs stinkenden Seitentrakt.

Struller riss die Bürotür auf. Ein blasser Mann zuckte zusammen und brachte eine kleine Patronenpyramide, die er vor sich auf dem Schreibtisch gebaut hatte, zum Einsturz.

»Tag, Böller, mitten in der Arbeit?«

»Kannste nicht anklopfen, Struller?«

»Ich hab Arbeit für dich.«

Der blasse Böller schüttelte den Kopf. »Keine Chance, Alter. Wir kriegen demnächst die restlichen neuen Knarren für die Kollegen. Das muss alles organisiert werden. Ich mach …«

»Mach den Mund zu, genau. Also, ich muss dich ja nicht an unsere Abmachung erinnern.« Struller schraubte sich auf seine ganzen 1,84 Meter hoch und pumpte Luft in den Brustkorb. Schon war die dämliche Krawatte wieder zu eng.

Böller runzelte seine hohe Stirn. »Wir haben keine Abmachung.«

»Du schuldest mir einen Gefallen, Böller!«

Der kratzte sich am Kopf. »Ich schulde dir keinen Gefallen.«

»Doch, und mehr sag ich dazu nicht! Also: Ich brauche eine Liste mit allen Sprengstoffdiebstählen der letzten achtzehn Monate. Aber nur Diebstähle von TNT 23-B. Das ist so ein Bundeswehrzeug. Dann brauche ich eine Liste mit allen Personen, die im Zusammenhang mit diesen Diebstählen in Erscheinung getreten sind. Also, nicht nur überführte Täter, sondern auch Verdächtige, denen man nichts hat nachweisen können.«

»Solche Listen gibt es nicht«, protestierte Böller vorsichtig.

Struller schüttelte den Kopf. »Natürlich gibt es solche Listen nicht. Is ja gar nicht erlaubt! Gäb's solche Listen, würde ich mir eine kopieren und du bräuchtest nicht extra eine anzufertigen.«

Böller wurde noch eine Spur blasser, nahm aber allen Mut zusammen und murmelte aufmüpfig: »Ich brauche sowieso keine Liste für dich anzufertigen. Das ist hier eine ganz andere Abteilung! Du hast mir gar nichts zu sagen …«

Struller stützte sich auf den Schreibtisch und sah Böller scharf an: »Böller! Mein lieber Böller! Zwing mich nicht, jetzt Sachen auszusprechen, die wir beide doch lieber unausgesprochen lassen wollen. Zwing mich nicht! Du weißt genau, was ich meine! Oder? Wir haben uns verstanden?«

Böller senkte den Blick. »Woher weißt du davon?«

Struller nickte vielsagend. »Wenn du wüsstest, was ich alles weiß! Also, wann kann ich die Sachen haben?«

Böller riss eine Schreibtischschublade auf und wischte die Patronen hinein. »Ich fang gleich an.«

»Gut so.«

Struller ließ Böller in seinem Verschlag zurück. Jeder hatte irgendeine Leiche im Keller liegen. Man musste die Leute nur ab und zu daran erinnern. Er zuckte zufrieden mit den Achseln. Was immer es bei Böller konkret auch sein mochte ...

Jetzt stand noch die Sache mit Andrea aus. Das würde schwieriger werden. Erheblich schwieriger! Struller entschied, dass er in dieser Angelegenheit irgendwie Beistand brauchte. Also fuhr er erst mal zu Krake ins *Aquarium*.

* * *

Die Kneipe war mäßig voll, aber verqualmt wie auf einer Marlboro-Party. Es lief ausnahmsweise irgendwas Schreckliches aus den Charts. Vokuhila immer noch am selben Platz, hatte seine Post allerdings bearbeitet. Aus einem Brief hatte er einen Flieger gebastelt, den anderen im Aschenbecher verbrannt.

»Hat der eigentlich einen Job?«, fragte Struller.

»Ach was! Hat der doch gar keine Zeit für. Der sitzt doch immer hier«, erklärte Krake.

»Aha. Ein Alt, bitte.«

»Du hast früh Schluss. Was machst du eigentlich, wenn dein Chef rauskriegt, dass du mehr bei mir in der Kneipe als im Büro bist?«

»Hast dir heut Morgen wohl schon kräftig mit beiden Händen auf die Schenkel geklopft, was?«

»Arsch!«

»Nee, mal was anderes. Ich hab heute noch ein Date.«

Krake fiel fast das Glas aus der Hand. »Dass ich das noch erleben darf! Ein Wunder ist geschehen.« Er hielt beim Bierzapfen inne. »Du gehst in'n Puff?«

»Bei meinem Gehalt? Du spinnst wohl. Nee, kannste dich noch an die Vogeltante erinnern?«

»Wusste ich es doch!«, schrie Krake, »ich habe es immer geahnt!«

»Was hast du geahnt? Ich hab doch immer über die Schultze-Sperling gelästert. Das hat doch keiner gemerkt, dass da was lief zwischen uns. Ich meine, ich und 'ne Frau …«

Krake servierte grinsend das Bier.

»Mensch Pit, das war die einzige Zeit, seit ich dich kenne, und das sind schon über hundert Jahre, dass du morgens rasiert warst und keine schrecklichen Klamotten von vorm Krieg getragen hast. So was wie diese braune, gestrickte Beleidigung um deinen Kragen da hätte es damals nicht gegeben. Und hier haste im Dienst immer nur Kaffee getrunken. Ich wär wirklich ein beschissener Wirt, wenn ich das nicht gemerkt hätte.«

»Du bist ein beschissener Wirt! Na ja, auf jeden Fall treffe ich mich heut noch mit ihr. Jetzt bin ich nervös. Also, gib mir mal schnell ein Gedeck! Und zu keinem ein Wort, sonst brech ich dir den Arm!«

Nach dem Alt, 'nem Killepitsch, der runterging wie Öl, und einer Packung Tictac ging Struller nach Hause, duschte und rasierte sich. Er zog ein frisches Hemd an, was wirklich überfällig war, überlegte kurz, die Krawatte zu wechseln, aber das war jetzt eine Sache des Prinzips: Das braune Teil musste sein angeborener Charme ausgleichen.

* * *

Um kurz vor neun bog er mit dem neuen Dienst-Variant von der Weseler Straße in Münster nach links vor die Wache der Polizeifortbildungsakademie. Seinen leicht beschleunigten Puls ignorierte er. Das lag bestimmt am Wetter.

Da stand sie. Seine »Vogeltante«. Blue Jeans, die an den richtigen Stellen ein bisschen eng saßen, eine dunkelrote Bluse, für die dasselbe galt, lange blonde Haare und riesige Augen. Und dieser riesige Mund! Und, wirklich, da in der Nase: so ein kleiner, niedlicher Stecker.

»Hallo, Cowboy, nimmst du mich mit? Und darf es auch eine Pizza sein? Ich kenne da eine ganz neue, ganz gute Pizzeria gleich um die Ecke.«

Sie glitt auf den Beifahrersitz und eine knappe halbe Stunde später saßen sie bei Kerzenlicht, Lasagne und italienischer Musik an einem rustikalen Holztisch – für Strullers Geschmack ein bisschen zu nah beieinander. In diese herrlich romantische Atmosphäre hinein, die vor brodelnder Erotik nur so triefte, fragte Struller: »Schneider?«

Andrea klimperte hektisch mit den Wimpern. »Süß. Ich habe auch gerade an ihn gedacht.«

»Ich meine ...«

»Okay, okay. Ich habe mich erst mal bei den Kollegen umgehört. Als ich denen erzählt habe, dass Schneider in Düsseldorf als tätowierter Rechtsextremer mit Glatzkopf rumrennen soll, brach einer von denen in einen regelrechten Lachanfall aus. Irgendwann hat er dann wieder Luft gekriegt und mir erzählt, dass dieser verrückte Schneider vor ein paar Jahren mal mitten in der Nacht, besoffen wie eine Haubitze, in die Wache reingeschneit sei und sich als V-Mann in der linken Szene angeboten habe. Die Kollegen haben ihn ausgelacht und rausgeschmissen.« Andrea schob langsam ein Nudelstückchen zwischen ihre dezent geschminkten Lippen.

Struller schluckte unwillkürlich automatisch mit.

»Doch er soll es recht hartnäckig weiter versucht haben, irgendwie in die V-Mann-Szene reinzukommen. Er ist noch an andere Dienststellen herangetreten. Ob er dort mehr Glück hatte, muss ich noch ermitteln. Bisher aber Fehlanzeige!« Ein paar langsam und gefühlvoll in French Dressing getauchte Blätter grünen Salats folgten der Lasagne.

Das kleine Nasenpiercing trieb Struller eine dicke Schweißperle den Nacken hinunter.

»Aktenkundig ist der Schneider hier bei uns in Münster nur einmal geworden. Er hat mal einen Professor bedroht. Das war auf der Uni. Der verrückte Schneider hat nämlich versucht, Medizin zu studieren, ist nach dem dritten Semester aber geflogen, weil wohl mit seinem Abi was nicht gestimmt hat. Das hatte sein Prof aufgedeckt und Schneider hat ihm dann irgendwann nach dem Unterricht im Flur aufgelauert und ihn bedroht. Soll ein Messer im Spiel gewesen sein. Nichts Besonderes, eine Anzeige ist seinerzeit von der Staatsanwaltschaft eingestellt worden.«

»Aha«, sagte Struller.

»Auf jeden Fall hat Schneider dann Musik und Journalistik studiert.«

»Immerhin zeigt sich unser Mann flexibel, was seine berufliche Zukunft angeht.«

Andrea winkte ab und versenkte ein Stück überbackenen Käse. »War aber wohl auch nix. In Journalistik hat er eigentlich nur ein paar Kurse besucht, dann war Ende. Und sein Musikstudium hat sich auf einen Aufbaukurs in südafrikanischer Trommelkunde beschränkt.« Eros Ramazotti schmachtete seine Geliebte an und Andrea stach mit der Gabel über den Tisch nach Struller. »Dann habe ich mich in der Szene mal umgehört. Neben mir wohnen zwei lesbische Langzeitstudentinnen, die kennen an der Uni jede und auch ein paar Männer. Die wussten sofort, wen ich meine, und erzählten, dass der Schneider irgendwie ein ganz komischer Typ gewesen sein muss. Man kannte ihn an der Uni, aber so richtig wollte keiner was mit ihm zu tun haben. Da muss auch irgendwas vorgefallen sein. War auch die Sekretärin vom Leiter der Uni irgendwie mit involviert, aber was Genaues wussten die beiden auch nicht. Insbesondere soll er kein Politischer gewesen sein. Links nicht, rechts nicht, nix nicht. Seit einiger Zeit ist er auch weg aus Münster!«

»Hm, südafrikanisches Trommeln klingt nicht besonders rechtsextrem.«

»Nee, eigentlich nicht. Eher ökomäßig links.«

»Auch nicht besser!«

»Ansichtssache, Pit. Und was den rechten Schneider angeht: Man muss schließlich den Feind kennen, den man bekämpfen will, sag ich immer. Prost, Struller!«

»Salute, bella bionda!«

»Oh, parla italiano? Das wird ja immer besser!«

Wurde es dann auch. Auch wenn Struller das nicht wollte. Anfangs. Aber was genau wollte er eigentlich? Auf jeden Fall noch eine Karaffe von dem köstlichen Wein. Grazie. Prego. Und so eng saßen sie beide auch gar nicht beieinander. Zumindest über dem Tisch nicht. Unterm Tisch wurde es schon manchmal eng. Sehr eng. Die fürchterliche Hintergrundmusik störte nicht mehr als ein einziges Gegentor zum 5:1 in der 90. Spielminute, und eigentlich war Struller schon lange klar, dass es nach der zweiten Halbzeit eine Verlängerung geben würde. Egal wie's stand. In Münster. Also ein Auswärtsspiel.

»Fahren kannst du aber nicht mehr, mein lieber Peter …«, summte Andrea ihm ins Ohr. Du kannst natürlich auf meinem Sofa schlafen.«

Struller zog eine Flunsch. Sofa …

»Heh, keine Angst, ich habe gar kein Sofa. Das sagt man doch nur so.«

»Hm, weiß nicht, ich kenne nur Frauen mit Sofa.«

»Soso«, erwiderte Andrea pikiert und vielleicht ein bisschen kühler als geplant. »Du sagst am besten nichts mehr, und ich hole uns ein Taxi!«

»Das ist wohl das Beste!«, sagte Struller hastig und fragte sich, was er diesmal denn wieder falsch gemacht hatte.

* * *

Jensen hatte sich noch eine erfrischende Dusche und ein erfrischendes Fertiggericht gegönnt. Er schlüpfte in ein schickes, teures Hemd mit hochgeschobenem Kragen und gelte sich eine prima strubbelige Frisur ins lange blonde Haar. Nach so einem Tag hatte er ein bisschen Pflege verdient! Und weil sonst keiner in seinem kleinen Loft in der Stresemannstraße zur Verfügung stand, hatte er also selbst Hand angelegt.

Alles im Rahmen natürlich.

Erst noch ein bisschen arbeiten, und dann war an diesem Abend noch Flanieren angesagt, vielleicht in dem neuen Club auf der Oststraße. Ein letzter Blick in den Spiegel, ein Strähnchen richtig gelegt und ab dafür! Prima, der Mustang stand unversehrt in der Parkbucht, was hier im Bahnhofsviertel schon was bedeutete, und los ging es in Richtung Sybelstraße, wo eine hoffentlich attraktive Frau Lax, Jahrgang '69, auf ihn wartete.

Attraktiv war sie. Selbst in diesem Zustand! Aber …

»Polizei. Ja, dann komm mal rein, junger Mann. Brauchst den Ausweis nicht zu zeigen! Dich lasse ich auch ohne Marke rein, Süßer.«

Das war ein bisschen anders, als Jensen erwartet hatte.

»Du musst 'tschuldigen, ich bin ein wenig angetüddelt«, sagte sie, zog die hellblaue Bluse zurecht und schwankte vor Jensen zurück in die Wohnung. Der folgte ihr einfach mal. Die Lax war blau wie der Julihimmel!

»Ähm, soll ich morgen noch mal wiederkommen?«

»Och nee!« Sie verzog das Gesicht. »Bloß nicht. Ich kann ein bisschen Unterhaltung gebrauchen, jetzt. Ist so viel passiert. A-Aber das weißt du ja. Setz dich doch, mein Junge.«

Jensen ließ sich in eine gelbe Ledercouch fallen. Mein Junge? So viel jünger war er ja nun auch nicht. Er befand sich, wie er anerkennend feststellen musste, in einer absolut erstklassig ausgestatteten Erdgeschosswohnung mit einer großen Fensterfront, in die ein breites Schiebeelement zur Terrasse hin eingelassen war. Die Wohnung war weiß verputzt, mit Terrakotta gekachelt und ebenso teuer wie stilvoll eingerichtet.

Nur die Bewohnerin war nicht mehr ganz so stilsicher. Ebenso wenig zielsicher, wie sie nun bewies, da sie versuchte, sich ein weiteres Glas Sekt einzuschütten. Oder war das Champagner? Jensen kannte sich da nicht so aus, wurde aber sofort aufgeklärt.

»Auch ein bisschen Kribbelwasser? Is ein ganz guter Scham… hups …pagner!«

»Also, eigentlich bin ich ja quasi im Dienst …«

»Nur ein kleines Tröpfchen, huch, schon wieder gedröppelt. Ach, direkt auf die Bluse. Huhu, hoffentlich wird die nicht durchsichtig. Ich hab gar nichts drunter …«

Das hatte Jensen auch schon bemerkt und versuchte sich jetzt auf drei, vier Fragen zu konzentrieren. Und dann nichts wie weg hier!

»Ich bin natürlich wegen Ihres …«

»Ach, komm, wir duzen uns doch!«

»Wegen deines Chefs hier, dem Herrn Martin Schwinder.«

Angelika hielt einen kurzen Moment inne, atmete einmal heftig ein und aus und kippte das Gläschen in einem Zug runter. »Ja. Der ist ja jetzt tot, der Schwinder!«

Jensen versuchte die Reaktion irgendwie einzuordnen, was ihm aber nicht gelang. Es gelang ihm auch nicht, das angebotene Glas irgendwie auszuschlagen.

»Und weißt du, was dieser dreckige Köhler …«

»Das ist Schwinders Partner?«

»Das ist ein Wichser! Was der gleich am nächsten Tag gemacht hat? Was der gemacht hat? Was diese Sau gemacht hat?«

Jensen wusste es nicht und schwieg.

»Entlassen hat der mich. Zack. Bums. Gekündigt.«

Jetzt war Jensen aber doch schockiert. Gleich am nächsten Tag, das ist ja echt keine Art!

Sie hatte sich ein neues Gläschen eingeschenkt und schwankte gefährlich nahe heran. »Und weißt du, was der noch gesagt hat? Die Sau?«

Wusste Jensen auch nicht und nippte am Glas.

»Hat gesagt, ich hätte die Stelle als Schwinders Sekrkrkretärin nur gekriegt, weil ich mich von dem hab bumsen lassen. Hat der gesagt! Ist das eine Art? Und so geguckt hat er. Als wär das was Schlimmes!«

Jensen empörte sich. »Das geht doch so nicht. Das kann der doch nicht machen! Gibt es denn da keine Gewerkschaft oder so was?«

Angelika riss den Kopf hoch. »Ich hab genau gewusst, wo der Hase lang hobbelt!«

»Gewerkschaft?«

»Quatsch Gewerkschaft! Ich hab dem die Hose aufgemacht und ihm erst mal einen geblasen!« Sie nippte am Glas. »Und was sag ich?«, fragte sie grinsend. »Ich hab die Stelle wieder. Als Skreeeetärin vom Köhler. Ja, Mann! Das muss doch gefeiert werden!«

Jensen schüttelte innerlich das Haupt und trank aus Versehen das ganze Glas leer, was seiner schwarzhaarigen Partnerin schwer gefiel.

»Aha, mein kleiner Polizist hat Geschmack gefunden. Und weißt du was, Süßer, ich kann noch kribbeliger.« Sie warf Jensen einen kleinen Schmollmund zu und der einen erschreckten Blick auf sein Hose.

Hastig fragte er: »An dem Tag, an dem, na ja, das mit Schwinder, wer war denn da sein letzter Besucher?«

Angelika leerte die Flasche, reichte Jensen das gefüllte Glas und ließ sich neben ihn aufs Sofa fallen. Sekt schwappte, und die Bluse war jetzt wirklich fast durchsichtig. Köhlers neue Sekretärin überlegte kurz. »Das war dieser Zeitungsfritze. So ein kleiner, ungepflegter mit Vollbart.«

»Jürgen Rempe?«

»Genau. Der vom *Rheinkurier*. Der kam regelmäßig. Hihi. Nicht so wie der Martin. Das war immer was bei dem ...«

»Worum ging es bei dem Gespräch?«, fragte Jensen hastig.

»Keine Ahnung! Der Rempe ist praktisch ins Büro gestürmt, und ich hab mich sofort hinter meinen Schreibtisch verkrochen. Hab gemerkt, dass da die Stimmung nicht gut war. Zwischen den beiden. Hm. Vibrations, verstehst du? Habbich ein Gespür für. So wie zwischen uns beiden. Da spür ich auch was! Jetzt. Ist dir auch so warm?«

Das hätte Jensen bejahen können, ließ es aber lieber bleiben. Was war noch Frage vier? Ach ja. »Wann ist der Rempe dann wieder gegangen?«

»Rempe, Rempe?« Sie schmiegte sich an ihren Nebenmann und ihre Bluse faltete sich irgendwie ganz von alleine auseinander. »Wieso denn immer Rempe? Lass uns doch lieber ...«

Jensen gab es auf und wechselte die Strategie. »Oh, erst die Arbeit, dann das Vergnügen. Sag schnell, wann ist der Rempe denn wieder abgehauen?«

»Hm, weiß ich doch nicht, Süßer. Martin hat mich irgendwann nach Hause geschickt. Gegen vier oder so.

War eh nichts mehr zu tun im Büro! Alle anderen waren schon weg. War auch viel zu ... heiß.«

Ihre Finger, mit wirklich schön gepflegten Fingernägeln, wie Jensen aufmerksam feststellte, gingen langsam aber zielstrebig auf Wanderschaft.

»Woher kennst du denn den Schwinder?«

»Och nee ...«

»Nur noch die Frage, ja? Dann bin ich fertig.«

»Hm, wann du fertig bist, das bestimme ich. Du bist doch nicht auch einer von diesen soften Schlaffies? Und dann die langen Haare. Bist du etwa schwul?«, fragte Angelika mit plötzlich besorgtem Ausdruck im Gesicht.

»Oh, das wurde mir noch nicht nachgesagt. Hattest du in der Zeitung inseriert?«

»Nee. Ich habe den Martin mal in einer Kneipe kennen gelernt. Der war auf 'nem Seminar in Münster. Ich komme nämlich von da. Kann man gar nicht mehr hören, ich mein ... meine Aussprache?«

»In Münster?«

»Ja, da hab ich auch schon als Sekretärin gearbeitet. Das hat echt gleich gefunkt zwischen uns ... Also, jetzt der Martin und ich. Ich hatte eh grade keine Arbeit, und da hat er mir erst eine Bude hier in Düsseldorf besorgt. Hihi, und dann hab ich's ihm besorgt. Tja ...« Ihr Glas war wieder leer. »Aber er es mir eigentlich nicht. Ich stehe nämlich mehr auf was Hartes! Bei mir kann es ruhig schon mal richtig zur Sache gehen, wenn du weischt, wasch isch meine. Wie sieht das denn bei dir aus, Süßer?«

»Och. Von Zeit zu Zeit. Was für Fälle hatte der Schwinder denn gerade?«

»Also, auf alle Fälle brauchen wir beide noch was zu trinken! Entspann dich doch mal! Warte ich helf dir ...«

Jensen rettete sich gerade noch. »Du, ich müsste doch erst mal schnell auf die Toilette.«

»Da vorne«, zeigte Angelina und knöpfte die obersten drei Knöpfe ihrer Bluse auf. Die Bluse hatte nur drei. »Geh du mal, ich zieh mir in der Zwischenzeit was anderes an. Stehst du auf ein bisschen Latex, Süßer?«

»K-klar«, stotterte Jensen, zog schnell die Badezimmertür hinter sich zu und drehte den Schlüssel rum. Er holte tief Luft, sah sich um und verschluckte sich prustend. Was ihn da draußen erwartete, mit Latex und ohne, hatte einer seiner Vorgänger auf mehreren Hochglanzfotos festgehalten und Angelika gerahmt über der Badewanne, in der nicht weniger als sechs Personen gleichzeitig bequem Platz gehabt hätten, aufgehängt. Jensen entdeckte Gegenstände, die er niemals einem Geschlechtsakt zugeordnet hätte. Und natürlich hatte er auch schon einige Filme gesehen und auch schon einiges erlebt. Er war ja nicht prüde, überhaupt nicht, aber das ein und das andere war in etwas konservativeren Staaten Amerikas sicherlich verboten.

Okay. Jensen sammelte sich. Viel an Informationen war hier nicht mehr zu holen. Also, Abflug! Und zwar durch die Mitte.

Er drehte den Schlüssel und machte die Tür einen Spalt weit auf. Direkt vor der Tür wartete Angelika. Und das, was Angelika anhatte, umhatte – irgendwie an ihrem Körper befestigt hatte, war das Schärfste, was Jensen je gesehen hatte. Ihm klappte der Mund auf. Er wusste vor lauter Eingriffen und Einsichten gar nicht, wohin mit den Augen. Dazu hatte sie sich noch einen knallroten Lippenstift über den Mund gezogen und hielt in der Hand eine Gerte, wie sie zum Züchtigen wildgewordener Hengste benutzt wird.

Sie schüttelte die schwarze Mähne. Ihr Mund öffnete sich und sagte: »Komm her! Ich steh auf Polizisten!« Sie griff sich zwischen die Beine.

Jensen warf die Tür wieder zu, drehte den Schlüssel hastig rum und wirbelte nach hinten. Er fegte ein paar längliche Gegenstände, über die er nicht weiter nachdenken wollte, vom Fensterbrett und riss das Toilettenfenster auf. Mit einem Ruck war er oben, zog sich durch den Rahmen und landete draußen auf dem Rasen im Vorgarten. Hier erschreckte er einen Junkie, der gerade dabei war, die hintere Seitenscheibe eines VW Golfs einzuwerfen. Der ließ einen Pflasterstein fallen und rannte weg. Jensen rannte ebenfalls weg. In die andere Richtung.

Er sprang in seinen Mustang, den der Junkie verschont hatte, fuhr nach Hause, duschte kalt und legte sich sofort ins Bett, weil er keine Lust hatte, in irgendeinem Café auf der Oststraße noch irgendjemanden kennenzulernen.

Für heute hatte er genug kennengelernt.

3. Tag

Am nächsten Morgen erwachte Struller in einem Bett, das nicht sein eigenes war. Seine Augen rollten vorsichtig durchs Zimmer. Klar: Andreas Zimmer, Münster, Auswärtsspiel.

Was genau war alles passiert? Autobahn, Andrea, Pizza, Nasenstecker, Wein, noch eine Karaffe Wein, noch mehr Wein, Taxi, Wohnung, Bett. Struller schielte kurz unter die Bettdecke und sah nichts, also keine Kleidung.

Sein Blick fiel auf die neongrüne Digitalanzeige des Weckers auf Andreas Nachttisch. Halb acht war es schon. Er hatte verschlafen. Schnell schlüpfte er aus dem Bett.

Nebenan im Flur wählte er auf Andreas Telefon Jensens Nummer im Büro. Halb acht. Als Praktikant würde der doch wohl schon da sein.

»Jensen«, meldete sich Jensen sofort.

»Pit hier. Ich habe gestern meine Tante Dorothea in Coesfeld besucht. Jetzt hab ich eine Autopanne. Erkläre das dem Chef, wenn er fragt, äh, dass ich mit dem schwulen Golf kurz in die Werkstatt muss. Scheiß Dienstwagen! Immer Ärger! Danke!« Struller legte direkt auf. Dann gab's auch keine Nachfragen.

In diesem Moment schob sich Andrea an ihm vorbei ins Bad. So wie Gott sie erschaffen hatte. Und dabei hatte der sich wirklich Mühe gegeben! »Morgen, mein Schatz.« Sie stoppte, drehte sich und küsste ihn zärtlich auf die Wange.

Strullers Hals wurde eng. »Guten Morgen, äh, du auch schon auf? Musst du heute arbeiten?«

»Hmmmm, nein, mein Schatz, ich habe mir gleich gestern nach deinem Anruf dienstfrei genommen.« Sie setzte eine verspielte böse Miene auf. »Dann können wir ja noch ganz in Ruhe nachholen, was wir gestern verpasst haben, als du direkt eingeschlafen bist, meine kleine Schlafmütze. Und nachher zusammen frühstücken. Und nachher noch mal was nachholen und ...«

»Andrea, tut mir leid, aber ich muss wirklich direkt fahren jetzt, also ich bin schon verdammt spät dran und bis Düsseldorf ...« Struller verließ hastig das Badezimmer.

* * *

Zur gleichen Zeit klappte Jensen die Akte mit Faserspuren-Haralds Spurenbericht von der *Schönen Aussicht* zu. Die Männer dort hatten trotz ihrer großen Lupen nichts weiter Brauchbares gefunden. Gerade wollte er die Akte abheften, da brach in Düsseldorf, genauer gesagt in Jensens Büro, die Hölle aus.

»KK 11, Jensen?«

»Im Nordfriedhof ist der Torso eines Mannes gefunden worden.«

»Ähm, ich bin alleine hier.«

»Eine Streife und die Zeugen warten«, zeigte sich der Kollege der Leitstelle unbeeindruckt.

»Ich bin nur der Praktikant«, schrie Jensen ins Telefon, aber da hatte der Kollege schon aufgelegt.

Ruhe bewahren, Übersicht gewinnen!

Jensen stand auf, schob sich die Dienstwaffe ins Holster. Dann stellte er seine Sporttasche auf den Schreibtisch, drückte auf dem Gerät da drinnen ein paar Tasten und verließ das Büro, ohne die Tür hinter sich zu verschließen.

»Na toll! Struller besucht Tante Dorothea und ich habe jetzt die ganze Scheiße am Arsch«, fluchte er und gab Vollgas.

Am Nordfriedhof an der Kaiserswerther Straße angekommen, wunderte er sich über einen Rettungstransportwagen mit eingeschaltetem Blaulicht am Tatort. Bei dem Begriff Torso konnte man doch davon ausgehen, dass man es mit einem Toten zu tun hat. Selbst wenn der Mensch als Ganzes mal sehr gesund gelebt haben mag! Die beiden Sanitäter kümmerten sich um eine junge und, wie Jensen fand, sehr attraktive Frau mit schulterlangen braunen Haaren.

Ein uniformierter Kollege, der hochgegelte Haare hatte, ein sympathisches, breites Grinsen im Gesicht trug und den Fundort sicherte, winkte ihn heran. »Ich wünsche einen wunderschönen, guten Morgen erst mal, Ingo mein Name«, erklärte Smiley und zwinkerte Jensen zu.

»Guten Morgen auch. Gute Laune?«

»Immer, Kollege, immer. Was man von der wirklich sehr attraktiven, jungen Dame leider nicht behaupten kann.« Er deutete auf die Frau bei den Sanis. »Die wollte nämlich heute Morgen gegen 7.15 Uhr das Grab ihrer Eltern besuchen, um es für die kommenden Feiertage ein wenig herzurichten, und wurde gar böse überrascht. Das Grab ist dort drüben.« Er zeigte in die andere Richtung. »Nun ja, und da musste sie dann feststellen, dass der Grabstein ihrer Eltern in der vergangenen Nacht, wie soll ich es formulieren, nicht unbedingt verschönernd drapiert worden ist. Mit einem menschlichen Torso.«

»Schreibst du mir einen Bericht?«

»Den fax ich dir sogar rüber, Kollege.«

»Danke.«

Doc Stich war schon vor Ort, hatte seine Arbeit beendet und außerdem eine gute Nachricht: »Diesmal habt ihr Glück. Der Torso ist einwandfrei männlich. Das könnte auch ein Laie sofort feststellen, weil er keine …«

»Ist klar!«, unterbrach ihn Jensen, der nach einem Blick auf die menschlichen Überreste erheblich mit aufsteigender Übelkeit zu kämpfen hatte.

»Ich denke, dass ich diesmal auch gute Chancen habe, die genaue Todesursache feststellen zu können.«

Jensen verstand nicht und zog die Augenbrauen hoch. »Also, Doc, der Kopf ist ab. Ich denk mal, das ist in aller Regel tödlich.«

»Mein Gott, bist du schwer von Begriff! Der Täter wird dem Typen sicher nicht bei lebendigem Leibe den Kopf abgetrennt haben! Das gibt's nur im Kino! Der Typ ist vorher vergiftet worden. Oder erschlagen. Oder er ist an Altersschwäche gestorben, Mann. Wo ist eigentlich Struller?«

»Unterwegs!«, knurrte Jensen zurück, der rot geworden war und Stichs Seitenhieb sehr wohl verstanden hatte. Von wegen blöder Praktikant!

»Außerdem und quasi als Bonbon weist die Leiche eine interessante Tätowierung auf«, fuhr Doc Stich weiter fort.

»Aha. Schreib es bitte in den Bericht und fax ihn rüber! Am besten schnell!«

»Guck dir die Tätowierung doch besser gleich an. Hier, guck, kann man ganz gut erkennen. Wenn man die Haut hier ein wenig strafft! Sieht aus wie ein C. Ein Halbkreis. Kann man prima erkennen! Schönes Tattoo! Oder ein Halbmond? Halt ein C, oder? Guck doch mal! Guck! Was guckst du denn so?«

Jensen schluckte ein paar Mal. »Ich hätte lieber einen Bericht. Für die Akten«, sagte Jensen und fügte hastig hinzu: »Ich kümmere mich erst mal um die Zeugin.«

Jensen ließ Doc Stich stehen, pumpte vorsichtig frische Friedhofsluft in seine Lunge und schob die beiden Sanitäter zur Seite. »Ich kann mir denken, wie schlimm das für Sie sein muss. Wer tut nur so was? Ich heiße Jensen, bin von der Mordkommission und habe da selbst mal was Ähnliches erlebt …«

Nach wenigen Minuten notierte Jensen sich ihre Handynummer. Für den Bericht. Er bereitete gerade die Phase zwei seines auf die Eroberung der attraktiven, jungen Dame ausgerichteten Plans vor, als der blonde Kollege mit den gegelten Haaren ihn erneut heranwinkte.

»Du warst Jensen, oder?«

»Bin ich immer noch.«

»Dann herzlichen Glückwunsch! Ich würde sagen: Das ist heute *dein* Tag. Ist ja wie Ostern. Jemand hat anonym bei den Stadtwerken angerufen und eine Störung gemeldet. Die sind dann dorthin gefahren. In einem offen liegenden Abwasserrohr in der Königsberger Straße, da wird eine neue Leitung zum McDonald's gelegt, hat man hinten im Sieb ein Bein entdeckt.« Er schüttelte den Kopf. »Da kann man sich ja direkt vorstellen, wie die sich erschreckt haben müssen.«

Jensen spurtete zum Auto, wollte noch kurz der Zeugin zuwinken, aber die wurde schon wieder von den Sanitätern belagert. Er ließ den Motor aufheulen, die Reifen drehten durch und wirbelten kleine Steine durch die Luft. Kleine Steine und einen größeren. Dieser größere traf einen kleinen Pudel mit hellblauem Strickjäckchen genau am Kopf. Der Hund heulte sofort jämmerlich auf und zerrte so ruckartig und heftig an der Leine, dass die Oma, die mit ihm unterwegs war, um Opa zu besuchen, ins Straucheln kam, das Gleichgewicht verlor und in ein neues Loch stürzte, das zwei Arbeiter gerade für die Beerdigung am Nachmittag ausgehoben hatten.

Aber das bekam Jensen nicht mit, denn er war gerade dabei, die Ruhe zu bewahren und Übersicht zu gewinnen.

* * *

Eine knappe Viertelstunde und ein halbes Dutzend Beinaheunfälle später bog Jensen, immer noch auf Struller fluchend, auf zwei quietschenden Reifen in die Königsberger Straße ein und bremste seinen alten Karren (den neuen Dienstwagen hatte natürlich Struller, dieser Sack!) direkt vor einer Gruppe Menschen, die alle im Kreis standen und in ein Loch starrten. Er öffnete das Handschuhfach und entnahm dem Auto eine Taschenlampe.

Einer löste sich aus der Gruppe, kam auf Jensen zu und streckte ihm die rechte Hand entgegen: »Riethmeier, Gas, Wasser, Scheiße. Guten Morgen.«

Jensen schüttelte die Hand.

»Spurensicherung ist noch nicht da.«

Jensen nickte. »Die sind alle noch am Nordfriedhof. Und?«

Der Kollege deutete auf das circa zwei Quadratmeter große und zwei Meter tiefe trichterförmige Loch zu ihren Füßen, an dessen Boden ein dunkler Kanalschacht schwarz vor sich hingähnte. »Man glaubt es kaum, was die Leute so alles die Toilette runterspülen. Da hinten in dem Kanal drin steckt zum Beispiel ein Bein«, erklärte er grinsend.

»Ich geh mal vorsichtig gucken«, entschied Jensen und rutschte mit beiden Füßen die Mulde runter.

»Es gibt übrigens eine Folge von Raumschiff Enterprise, in der Spock auch in so einen Tunnel klettern muss! Pass auf dich auf!«, rief Riethmeier ihm hinterher. »Und Vorsicht! Is glatt da unten! Stinkt übel nach Pipi!«

»Jow«, bestätigte Jensen, rümpfte die Nase und passte auf, dass er in nichts Festes trat. Er hielt die Lampe ins Schwarze und sah nichts, weil die Batterien alle waren. Das war doch überall gleich, auf jeder Dienststelle: Lampen tun es nie!

»Hier, nimm meine!«, meldete sich ein blondierter Kollege mit roten Koteletten und einer Stefan-Raab-Brille, der neben Riethmeier aufgetaucht war.

»Is 'ne Mag Charger, super Teil! Muss man haben! Gibt's für 169 Euro im Policeshop auf der Tannenstraße. Mit Akku, Tasche, bla bla und alles. Hepp!« Er warf Jensen die schwarze Lampe zu.

Jensen fing sie auf, ging vorsichtig in die Hocke, atmete noch einmal tief durch und hielt einen Lichtstrahl ins runde, dunkle Loch. Unten wurde es taghell, und circa zwei Meter schräg unter ihm entdeckte er, festgeklemmt an einem in der Wand eingelassenen, verrosteten Eisenhaken, das beigefarbene Bein.

»Ich kann es sehen«, sagte er noch, und plötzlich verloren seine Schuhe den Halt und er das Gleichgewicht. Er kippte vornüber, wollte sich noch abstützen und rutschte kopfüber hinein in den Schacht, geradewegs auf das Bein zu. Er schloss die Augen und rutschte weiter, bis er direkt dagegenprallte. Weiter ging es nicht, denn das Bein hatte sich mit einem markerschütternden Knacken quergestellt und blockierte nun den Schacht.

Jetzt hatte Jensen endlich Zeit hysterisch zu schreien. Das Bein drückte ihm kalt und hart ins Gesicht. Purer Ekel durchflutete seinen Körper. Er würgte und schrie gleichzeitig und merkte erst gar nicht, dass die beiden Kollegen nacheinander ihm hinterher in die Grube gesprungen waren. Einer von ihnen bekam seine Beine zu packen und beide zogen ihn langsam wieder hoch. Jensen brüllte entsetzt auf. Die zogen nicht nur ihn, sondern ihn und das Bein hoch, denn irgendein Stoff- oder Hautfetzen, der schleimig am Bein gebaumelt hatte, hatte sich in seinem Schulterholster verhakt, und so wurden beide gleichzeitig nach oben in die Sonne gezogen. Panisch riss er den Fetzen vom Holster und stieß den Stumpen zwei Meter weit weg, über den Muldenrand, wo er scheppernd auf dem Asphalt landete.

Jensen schrie immer noch.

Zwei kräftige Arme schüttelten ihn. Riethmeier schüttelte ihn. Und lachte dabei! Jensen taumelte und schlug um sich. Eigentlich lachten jetzt alle.

Und dieser verrückte, blondierte Typ ließ sich von einem der Stadtwerktypen das Bein zuwerfen, wirbelte mit dem Stumpen durch die Luft und rief: »Hallo! Hallo! Kollege! Das ist ein Schaufensterpuppenbein! Hallo!«

Riethmeiers grinsendes Gesicht tauchte vor Jensens blasser Nase auf: »Geht's wieder? Okay! Is klar, die Rechnung von der Reinigung schick ich dir zu, Mann!«

»Ich kenn da 'ne gute Reinigung in der Westfalenstraße. Einmal die komplette Garnitur für 8,50 Euro«, rief Stefan Raab und nahm Jensen die Mag Charger wieder ab, die dieser die ganze Zeit über mit verkrampften Fingern festgehalten hatte.

Jensen hatte sich jetzt wieder gefangen, schnaufte noch ein paar Mal und nickte Riethmeier zu. »Dein Kollege weiß aber auch alles, oder?«

»Genau! Deshalb nennen wir den auch Schlaubi!«

Jensen war komplett bedient. Und eingesaut. Und roch nach Pisse! Er ranzte seine beiden Kollegen an, die immer noch feixten: »Ich brauche sofort einen Bericht. Ich möchte wissen, wer die Störung den Stadtwerken gemeldet hat! Ich brauche die kompletten Personalien aller Zeugen, und vergesst nicht wieder die Postleitzahlen!« Er kletterte grußlos in den Wagen und ließ eine grinsende Bande von Ignoranten zurück, die sich köstlich amüsierten.

Im Funk schrie einer rum, genervt drehte er das Gerät leiser und fuhr los. Erst zu Hause duschen, was Frisches anziehen und dann zurück ins Präsidium und die Kollegen zusammenscheißen, deren Bericht dann noch nicht eingetroffen sein wird! Guter Plan!

Jensen fuhr ziemlich zügig die Ronsdorfer Straße runter. Auf dem kleinen, schmutzigen Alleestück der Straße, kurz vor der kleinen Tankstelle auf der rechten Seite, musste er einem mitten auf der Fahrbahn liegenden Plakat ausweichen.

»So 'ne Scheiße! Wat liegt denn hier der ganze Rummel auf der Straße?«, maulte Jensen lauthals, hielt den Wagen an, stieg aus und trat wütend das überdimensionale Plakat von der Straße. Es war ein zweiter, gezielter Tritt erforderlich. Jensen verlor das Gleichgewicht, drehte sich elegant um hundertachtzig Grad, fiel nach hinten und saß mit seinem Hintern mitten auf dem Plakat.

»Au. So'n Shit!«

Er rappelte sich fluchend auf und blickte direkt in die vier finster aussehenden Gesichter auf dem roten Plakat. Es war eine Band zu sehen, die dreinblickte, als hätte man sie seinerzeit unter Androhung von empfindlichen Übeln zum Foto-Shooting gezwungen. Eine Heavy-Metal-Band. Wahrscheinlich quälen sie junge Katzenbabys, dachte Jensen.

Er gewann langsam seine Fassung wieder. Ein Taxi fuhr hupend an seinem mitten auf der Straße abgestellten Vectra vorbei. Jensen warf ihm einen Stinkefinger hinterher und dann wieder einen Blick auf das Tourneeposter zu seinen beschmierten Füßen. In irgendeinem Teil seines Gehirns hatte etwas wild und hartnäckig gehämmert. Nachdenklich schaute er sich das Plakat noch einmal genauer an.

Dem Typen ganz rechts auf dem Plakat standen nicht nur die Augen merkwürdig und viel zu eng beieinander, nein, er hatte auf seiner linken Brust eine Tätowierung. Einen Halbmond, der aussah wie ein C!

»Das rettet den Tag!«, brüllte Jensen sofort und erschreckte zwei Tippelbrüder, die durch die Straße zogen und achtlos weggeworfene Pfandflaschen der vergangenen Disconacht aufsammelten, um sie gegen Entgelt einer Wiederverwertung zuzuführen.

Yülügül. Metal-Rock aus Marokko, las Jensen unter dem Plakat, *18.06. live im Consum* ...

Begeistert von sich und dem Zufall lud Jensen den Sensationsfund auf die Rücksitzbank und fuhr wieder los.

* * *

Frisch geduscht und gestylt wich Jensen, mit dem Plakat unterm Arm, eine knappe Stunde später vor dem Präsidium einem torkelnden Halbbesoffenen aus, der gerade aus dem Polizeigewahrsam entlassen worden war und sich auf dem direkten Weg zum nächstgelegenen Büdchen befand, um nachzufüllen. Die Kiste hatte er gut parken können, denn der Parkplatz vom Vortag war schon wieder frei gewesen. Und lag sogar im Schatten. Struller würde staunen, war sich Jensen sicher, als er mit dem Plakat voran in dessen Büro stürmte.

»Alles okay mit Tante Dorothea?«

Jensen stockte. Der Typ, der neben und zusammen mit Struller im Büro 1321 auf ihn wartete, war der Kommissariatsleiter, Kriminaldirektor Brenner. Und was wollte der? Und warum guckte der so komisch? So finster? Und warum hatte der seine Sporttasche auf dem Arm?

»Äh, Morgen, zusammen.«

»Morgen, Jensen. Ein Familienfoto?«, fragte Struller und deutete mit ausdrucksloser Miene aufs Plakat.

»Äh, nur eine Spur in der Torsosache. Die Leiche vom Nordfriedhof«, stammelte Jensen und schob das Plakat mit den finsteren, halbnackten Typen vor rotem Hintergrund schnell hinter den Schreibtisch.

Brenner räusperte sich. »Herr Jensen, kommen wir gleich zur Sache. Was ist das hier?« Er hob Jensens Sporttasche leicht an.

»Eine Sporttasche, Herr Kriminaldirektor.«

Struller verdrehte die Augen.

»Das sehe ich selbst! Der Verschluss der Sporttasche ist mit einem Schloss verschlossen. Warum?«

»Damit in meiner Abwesenheit keiner reinguckt.«

»Das ist mir natürlich auch klar, Jensen, aber was ist das für ein Loch hier vorne?« Ein teuer manikürter Zeigefingerfingernagel deutete auf eine kreisrunde, mit einer Schere ausgeschnittene Öffnung am vorderen Ende der Tasche.

Jensen schluckte schwer. »Ein Loch. Nur ein Loch.«

»Aha. Nur ein Loch! Sie haben es hier nicht mit einem blöden Penner zu tun, Jensen!« Brenner drehte die Tasche herum. »Wenn man hier reinguckt, sieht man ein Objektiv. Das Objektiv einer Kamera. Einer versteckten Kamera! Was filmen Sie hier in meinem Kommissariat mit versteckter Kamera?«, grollte Brenner triumphierend.

Jensen nahm die Tasche mit einer schnellen Handbewegung an sich.

»Darf ich? Danke. Ganz einfach! Hier in meinem Portemonnaie ist der Schlüssel. So. Ich schließe die Tasche auf ...« Jensen entnahm der Tasche eine kleine Filmkamera und schob die Tasche mit dem Fuß unter seinen Schreibtisch. »Dies ist eine kleine Kamera, die, das haben Sie ganz richtig vermutet, Herr Kriminaldirektor, auch als versteckte Kamera eingesetzt werden kann. Ich bin, das können Sie nicht wissen, leidenschaftlicher Vogelkundler. Ein altes, aber in jüngerer Zeit sehr vernachlässigtes Hobby. Um in einem Wald bei Wachtendonk, der einer entfernten Verwandten mütterlicherseits gehört, das in wenigen Tagen bevorstehende Schlüpfen dreier niederrheinischer Waldschleiereulen filmen zu können, habe ich mir diese kleine, aber sehr teure Kamera von einem Freund geliehen, der als freier Mitarbeiter für den WDR arbeitet und mit dem ich zusammen das Abitur gemacht habe. Diese Kamera ist, wie ich schon sagte, sehr teuer, und deshalb habe ich sie erstens in dieser unansehnlichen, alten Sporttasche versteckt, weil ich sie nicht offen, für jedermann sichtbar, an einem Baum befestigen möchte. Zweitens ist sie auf diese Weise zumindest ein bisschen wettergeschützt. Obwohl mein Freund sie als äußerst wetterunempfindlich beschrieben hat. Aber ich gehe mit anderer Leute Eigentum immer sehr vorsichtig um. Und verschlossen ist die Sporttasche, damit man mir die Kamera nicht entwendet.«

Jensen nickte zu Struller, der mit hochgezogenen Augenbrauen und fest zugekniffenen Lippen zugehört hatte. »Hauptkommissar Struhlmann war so freundlich, mich gestern darauf hinzuweisen, dass auch Polizisten nur Menschen sind und selbst hier im Polizeipräsidium, also quasi unter den wachen Augen des Gesetzes, ab und an was wegkommt. Herr Kriminaldirektor, das

Risiko wollte ich mit fremder Menschen Eigentum nicht eingehen.«

»Ähm ...«

»Ich bitte höflichst um Entschuldigung, sollte die Tasche mit Kamera zu welch auch immer gearteten Irritationen geführt haben. Sehen Sie ...« Jensen ließ die Ladeklappe für die Filmkassette aufschnappen. »Es ist noch nicht mal ein Film eingelegt. Die besonders lichtempfindlichen Filme, für den Fall, dass die süßen drei nachts schlüpfen, bekomme ich erst heute Abend.« Jensen hielt dem verdutzten Penner-Brenner die leere, aufgeklappte Lade unter die Nase.

»Tja, dann ... bin ich ja froh ... dass alles ... also ... seine Richtigkeit hat, Herr Jensen.« Brenner rieb sich den Hals am Hemdkragen und knetete seine manikürten Finger durch. Er bedachte Struller mit einem kurzen Blick.

Dieser zog die Achseln hoch und sagte: »Ich habe Ihnen ja gleich gesagt, dass es eine sehr vernünftige Erklärung für die Kamera in der Sporttasche mit Loch geben wird.«

»Ja, gut. Dann will ich auch nicht weiter stören ...«, murmelte Brenner mit kurzem Blick auf das Poster, »... bei der Arbeit. Meine Herren.« Er zog die Tür hinter sich zu.

Jensen pfiff sich ein bisschen Luft über die Nase.

Struller sagte: »Es geht ihr gut.«

»Bitte? Wem?«

»Meiner Tante Dorothea aus Coesfeld geht es gut. Hattest du doch gefragt. Und jetzt mal Klartext, mein langhaariger Freund. Was filmst du hier in meinem Büro mit versteckter Kamera?«

»Die Geschichte war doch gut.«

»Für Penner-Brenner, den Garnichtserkenner, hat sie wohl gereicht, ja. Also? Was ist das für eine Kamera?«

»Die hab ich tatsächlich von einem Bekannten. Der arbeitet zwar nicht beim WDR, aber der kennt jemanden, der solche Teile schnell und kurzfristig besorgen kann. Ganz legal!«, fügte Jensen noch hinzu und war froh, dass Brenner die abgeschliffene Stelle nicht aufgefallen war, wo vorher vielleicht mal eine Gerätenummer gestanden hatte.

»Aber du wolltest keine Vögelchen damit heimlich filmen!«, unterbrach Struller.

»Ich könnte mir kaum was Langweiligeres vorstellen. Das letzte Mal, dass ich was heimlich gefilmt habe, waren das Mädchen in Wankum an der Blauen Lagune, die sich oben ohne gesonnt haben.« Und mit einem Blick auf Struller, der die Augenbrauen hochgezogen hatte, fügte Jensen hastig hinzu: »Und das ist lange her! Nee, ich hatte damit was anderes vor. Als du heute ins Büro gekommen bist, hast du doch vorher, wie immer, das Pissoir kontrolliert.«

»Ja. Und das haarige Ferkel hatte schon wieder zugeschlagen!«

»Und die Tür stand schon offen?«

»Ja.«

»Wo stand meine Sporttasche?«

»Auf deinem Schreibtisch. Ähm, *ich* hatte eigentlich *dir* eine Frage gestellt.«

Jensen nickte zufrieden und tippte auf die Kamera. »Dann ist ja alles klar! Ich habe die Sporttasche absichtlich da hingestellt, wo ich sie hingestellt hatte. Dann hab ich sie so ausgerichtet, dass sie bei offen gelassener Bürotür filmt, wer die Herrentoilette aufsucht.«

Struller schlug sich eine Ernte aus der Schachtel.

»Ich habe kontrolliert, dass die Keramik sauber ist und vor dem Verlassen des Büros die Kamera eingeschaltet. Wenn du sagst, dass jetzt ein lustiges Schamhärchen oben auf dem Becken klebt, wissen wir zumindest, wer alles auf der Toilette gewesen ist und wir können den Täterkreis deutlich einschränken!«, triumphierte Jensen.

»Tja. Vielleicht hätte man vorher eine Filmkassette einlegen sollen«, gab Struller zu Bedenken und nahm einen tiefen Lungenzug.

Jensen bückte sich, legte die Kamera ab, zog die Sporttasche unterm Tisch hervor, langte hinein und brachte mit einem Grinsen ein zweites, baugleiches Modell ans Tageslicht. »Alter Fuschzettel-Trick! Ich habe mir gleich zwei besorgen lassen. Falls mal das passiert, was jetzt passiert ist. Und glaub mir, hier ist 'ne Kassette drin, die ist so was von heiß! Das ist so ein Bewegungsding, das nur aufnimmt, wenn sich vor der Linse was tut. Der Akku läuft über vierundzwanzig Stunden. Ein krasses Wahnsinnsteil!«

Struller zerquetschte eine Kippe im Ascher. »Und was ist das für ein Poster? Werbung für die nächste Erotikmesse in der Phillipshalle?«

Jensen grinste. »Schau dir doch mal die Brüste an.«

»Du bist schwul? Okay. Hatte ich mir schon gedacht. Diese langen Haare. Das ist kein Problem für mich.«

»Guck sie dir einfach mal an, Pit!«

Struller ging ganz nah ran. »Dem hier stehen die Augen ein bisschen sehr eng beieinander. Und der hier sieht aus wie geschminkt. Und der hier …«

Jensen nahm den Bericht der Spurensicherung von Strullers Schreibtisch und deutete auf das Foto des Friedhof-Torsos darin.

»Findest du nicht auch, dass das dieselbe Tätowierung ist?«

Struller schnalzte mit der Zunge und hielt den Spurenbericht neben das Poster. »Das finde ich sehr wohl. Jetzt fahren wir in diesen *Consum* und gucken mal, ob wir die Band nicht auftreiben können. Beziehungsweise das verbleibende Trio. Und das Band, wann wertest du das aus?«

»Ich rufe einen Kumpel an, der arbeitet als Freier Mitarbeiter gleich hier um die Ecke in der Stromstraße. Dem kann ich das Teil heute Mittag bringen. Wenn der da ist und Zeit hat, zieht der mir das sofort auf Video.«

Struller nickte. »Okay. Dann los. Und erzähl mir die Geschichte mit dem Torso und dem Tattoo, und war da nicht noch was mit 'nem Bein?«

»Äh, mit einem Bein war da eigentlich nichts.« Jensen tippte seinem Partner an die Schulter.

»Aber war doch eine gute Idee mit den Kameras, oder?«

»Du musst aufpassen«, erwiderte Struller, »die Gerätenummern sind rausgefeilt. Jeder Polizist, der nicht ganz so blöd ist wie Penner-Brenner – und davon gibt es in Düsseldorf nicht viele – sieht das sofort!«

* * *

Jensen kachelte über die Erkrather Straße durch Flingern.

Struller stöhnte: »Fahr ordentlich. Ich habe vier Jahre auf einen neuen Zivilwagen gewartet. Wenn du den kaputt fährst, muss ich dich töten.«

Das *Consum* lag auf der linken Seite der Straße. Durch einen Torbogen gelangte man in einen gruseligen, finsteren Innenhof, in dem man nicht als Leiche abgelegt sein mochte.

Linker Hand befand sich ein kleines Büro, in dem zwei Angestellte eine ganze Menge Flugblätter von links nach rechts stapelten. Einer von beiden schaute nicht mal auf, als Struller die Marke zückte, der andere öffnete hastig ein Fenster, aber den süßen Geruch hätte sogar ein Typ ohne Nase erschnüffeln können. Struller und Jensen zogen es vor, das Marihuana-Deliktchen zu ignorieren und befragten die beiden nach der marokkanischen Heavy-Metal-Band.

»Total abgefahrene Typen, Mann, aber krass drauf, Alter. Schräge Sache. Na, wenn sich 'ne Metal-Band schon Halbmond nennt ...«

»Halbmond?«

»Yülügül ist tunesisch und heißt Halbmond«, nuschelte einer der beiden, ohne von irgendwelchen Papieren aufzusehen, als ob das Wissen um die Vokabeln für Himmelskörper zur Allgemeinbildung gehörte.

Mal wieder zwei Typen, die Bullen für doof hielten. Jensen fing an, sich die Sache mit dem BTM-Konsum noch mal zu überlegen.

Struller hingegen blieb gelassen: »Wo können wir die Band finden?«, fragte er.

»Na, auf jeden Fall nicht in den Charts!«

Die beiden grinsten sich an.

»Geht's ein bisschen konkreter?«

»Nicht in den deutschen Charts.«

Die beiden Typen lachten sich jetzt glatt kaputt.

Struller machte einen Schritt auf die beiden zu und wischte mit einer flotten Handbewegung viertausend Flugblätter vom Tisch, die quer durch den Raum lustig Richtung Boden segelten.

Der Nichtaufgucker sprang entsetzt auf. »Heh!«

Struller schubste ihn zurück in seinen Hocker. »Geht's jetzt ein bisschen konkreter? Oder muss ich dir einen Arm brechen?«

»Heh, bleib cool, Mann!«, mischte sich der andere ein. »Wie seid ihr denn drauf, Mann? Im Keller, Mann, da sind Proberäume. Ich glaub, da hängen noch zwei von denen rum, Mann!«

Um die Ecke führte eine Steintreppe nach unten in die Katakomben. Auf einer Holztür stand: *Bon Jovi sind Scheiße!*

»Stimmt«, murmelte Struller, zog seine SigSauer aus dem Schulterholster und stieß die Tür auf.

Zwei dunkle Typen waren gerade dabei, Musikinstrumente zusammenzupacken. Auf der Bassdrum stand in abgeblätterten Buchstaben: *Yülügül.* Jensen sammelte zwei Pässe ein, blätterte sie durch und musterte die Stempel. Die Aufenthaltserlaubnis war bei beiden abgelaufen. Das mussten sie sich auf der Wache genauer anschauen.

Struller zögerte nicht lange und legte dem Drahtigen der beiden Handschellen an. Jensen drehte sich zu dem anderen um. Der schaute kurz zur Tür hin und stieß ihn zur Seite, woraufhin Jensen zum zweiten Mal an diesem Tag im Modder landete.

»Scheiße, der haut ab!«, schrie Struller.

Jensen rappelte sich auf und folgte dem Mann durch den engen Gang die steile Treppe hinauf. Er sprang über einen Abfalleimer, den ihm im Vorbeirennen der Typ in den Weg warf. Zehn Meter lagen zwischen den beiden. Der Heavy-Rocker hielt auf den Toreingang zu, und gerade in dem Moment, als er hineinlief, kam von vorne ein alter Daimler viel zu schnell um die Ecke geflogen. Der Marokkaner landete vorne auf dem Kühler und federte locker in Jensens Schließacht, ohne sich nennenswert zu verletzen.

Jensen winkte dem Daimlerfahrer freundlich zu, der den Rückwärtsgang eingelegt hatte und sicherheitshalber eine Unfallflucht beging. War aber nicht schlimm, fand Jensen. Ausnahmsweise.

Struller hatte seinen Gefangenen die Treppe hochgeschoben, beugte sich in den Zivilwagen und funkte die Leitstelle an. »Düssel für den 94/12, ich brauche einen Bully für einen Transport. Zwei Personen vom *Consum*, Ronsdorfer Straße, zum PP.«

»Ihr steht gar nicht auf dem Schirm!«, bemängelte der Mann von der Leitstelle.

»Kann schon sein. Wir brauchen das Fahrzeug aber trotzdem zum Transport.«

»Ja, da gibbet gar keinen Einsatz für!«

»Krieg ich jetzt den Wagen oder was?«, maulte Struller. Augenscheinlich war es einfacher, die beiden festzunehmen, als bei diesem Sesselfurzer ein Fahrzeug anzufordern.

»Äh, EB.«

»Yo«, quetschte Struller.

»Ich habe euch einen Einsatz aufgemacht.«

»Das ist ja prima.«

»Jetzt drück mal 1 und dann die 4, dann stehst du in der Festnahme am Tor 3.«

»Ich steh aber am *Consum*, hinten im Hinterhof. Ich brauche zügig ein Transportfahrzeug!«

»Ja, EB.«

Es vergingen zwei weitere Minuten.

»So. Düssel 94/12 für Düssel.«

»Kommen.«

»Dann jetzt die 1 und die neue 3 oder 4, oder direkt die 4, dann musste aber vorher die 1 drücken, auch wenn du direkt die 4 drücken willst, kannste eigentlich so machen, du stehst ja schon da ...«

Struller verdrehte die Augen, drückte nur mal so aus Spaß die 6, woraufhin sich im Computer laut Display das komplette Einsatzmittel bei der Leitstelle abmeldete. Struller hasste diese Formalitäten.

»94/12 für Düssel!«

»Ja?«

»Das war jetzt nicht witzig, drück doch einfach mal die 4.«

»Ich komm gleich rum und drücke dir einen Finger ins Auge!«, zischte Struller, drückte dann aber doch die 4, und endlich war die Leitstelle bereit, das erforderliche Fahrzeug zu entsenden, woraufhin nach weiteren zehn Minuten ein Bully der PI Ost eintraf, der mit einer 1,50 Meter großen Kollegin besetzt war, die während der kurzen Besprechung und Lageeinweisung vor Ort vier Zigaretten rauchte und einen alten Kaffee aus einem McDonald's-Becher trank.

Die spannende Festnahme kommentierte sie beeindruckt: »Ja, Hut ab!«

Der andere Kollege, der circa zwei Meter groß war, sah aus wie ein Messdiener aus Gerresheim und stellte entsetzlich viele Fragen.

Dann endlich fuhren alle zum Präsidium. Dort angekommen, schälte Struller sich aus dem Wagen und bat die Kollegen, ihm die Vögel in sein Büro zu bringen. »Jensen, renn du doch mit dem Filmchen, du weißt schon, rüber zum WDR. Ich platze vor Neugier. Ich springe derweil mal zum Gewahrsam, reserviere zwei Hotelzimmer und besorge einen Dolmetscher.«

»Ja, Hut ab!«, sagte die Kleine, grinste und steckte sich eine Zigarette an.

Der lange Kollege räusperte sich: »Habt ihr auch so einen Hunger? Wo ist denn hier die Kantine? Ist die gut? Kann man da was essen? Eine Kleinigkeit, vielleicht? Oder was trinken? Was Kaltes? Is euch auch so heiß?«

Struller blinzelte nervös und wischte sich mit einem Taschentuch den Schweiß von der Stirn.

* * *

»Guten Tag, ich bin der Dolmetscher, mein Name ist Bülent«, sagte der Mann, der kurz drauf Strullers Büro betrat. Er sprach akzentfrei deutsch und hatte nur ein Auge. Rechts. Das war braun. Und er trug eine Brille. Wahrscheinlich war er kurzsichtig. Rechtsseitig. Links ja sowieso. Extrem sogar.

»Hallo, ich bin Struhlmann, und das sind die Herren El Tabuti. Zwei Brüder aus Casablanca. Steht im Pass, und leider sprechen sie kein Wort deutsch.« Struller deutete auf die beiden in Stühle gedrückten Gefangenen.

Einer der beiden blickte den Dolmetscher an und zischte was.

Struller hob die Augenbrauen: »Was hat er gesagt?«

»Och, nix besonderes!« Bülent ließ sich auf einem Stuhl nieder. »Er hat meine Mutter verflucht und mir Aids an den hässlichen Hals gewünscht, also kein Grund zur Aufregung. Er spricht einen Dialekt aus dem Westen Marokkos. Das ist gut. Den kann ich.«

Der Mann mit dem schicken Armschmuck auf dem Rücken fing erneut an zu reden. Struller sprang auf, aber mit einer beruhigenden Handbewegung hieß Bülent ihn, wieder Platz zu nehmen. Dann war der Mann fertig.

»Was hat er gesagt?«

»Er hat sich in etwa so ausgedrückt: Ich möchte einen Anwalt sprechen. Ich kenne meine Rechte und verweise auf die Genfer Menschenrechtskonvention. Ich weiß, dass ich das Recht habe zu schweigen, dass ich mich nicht selbst belasten muss. Ich werde nicht aussagen. Ich habe Durst und ich muss scheißen. Das gilt auch für meinen Bruder, du Wichser!« Er wechselte mit Struller einen Blick.

Der bat: »Sagen Sie ihm bitte, es geht um Mord.«

Das tat Bülent und übersetzte nach der sehr einsilbigen Antwort des Gefangenen: »Du bist auch ein Wichser!«

Struller schüttelte den Kopf. »Ja, dann. Sperren wir die mal eine Nacht bei uns in den Keller! Und wir, wir machen Feierabend und morgen, Herr Bülent, treffen wir uns dann alle noch mal.«

Struller ließ die beiden lustigen Brüder wieder ins Gewahrsam bringen, dann klingelte das Telefon. Penner-Brenner war dran und schlug für den morgigen Vormittag eine Pressekonferenz vor.

»Von mir aus«, knurrte Struller, der von Pressekonferenzen nichts hielt. »Machen Sie ruhig ... Mit mir? Och nee ... Ich nich. Der Jensen ... Was? Zu lange Haare soll der haben? Das trägt man heute doch so ... Nee, ich nich. Wofür haben wir denn die Pressestelle?«

Penner-Brenner drängte, aber dann fiel Struller noch eine nette Lügenstory ein. Ein paar Balken bogen sich und Penner-Brenner legte erschreckt auf.

Struller steckte sich zufrieden eine Kippe an. »Was der Jensen kann, kann ich auch!«

Dann klingelte wieder das Telefon. War seine Story doch nicht so überzeugend gewesen?

»Struhlmann?«

»Jensen hier. Nix Schlimmes passiert. Also, eigentlich. Also, mir geht's gut.«

Struller schickte ein Runzeln durch den Hörer. »Das ist schön. Bist du bekloppt? Warum rufst du an? Hast du den Film?«

»Ich war auf dem Weg dahin. Mein Kumpel macht eine kleine Reportage über frei lebende Schweine in Reisholz. Da musste ich hinfahren.«

»Is klar.«

»Ist viel Verkehr unterwegs, weißt du. Kann also noch was dauern bei mir. Bis ich zurück bin. Auch wegen des Unfalls.«

Struller fiel fast der Hörer auf die Platte. »Was für ein Unfall?«

»Meiner.«

»Wie, deiner?«

»Ich kenne mich ja hier in Düsseldorf noch nicht so ganz gut aus, und links abbiegen darf man ja eigentlich nirgendwo. Kann man aber doch, ich mein, wenn man will. Also, da hab ich was übersehen. Anfangs. Nachher nicht mehr. Aber da konnte der andere Wagen nicht mehr rechtzeitig bremsen.«

»Der andere Wagen?«

»Der Streifenwagen. Plötzlich war er da und schon war er drin. In der rechten Seite, aber mir ist nichts passiert.«

Struller blieb ganz ruhig und schlug dreimal mit der Stirn auf die Schreibtischplatte.

»Tja, sorry. Wir stehen also hier in der Polizeiinspektion Ost. Der andere Streifenwagen ist einer aus Wersten. Der Düssel ist sich noch nicht so ganz klar, wer nun den Verkehrsunfall aufnehmen soll. Zuerst sollte einer aus der PI Ost kommen, aber die sind ausgebucht. Wahrscheinlich kommt gleich ein Fahrzeug aus der Polizeiinspektion Mitte. Bist du noch dran?«

Struller schwieg.

»Ich meine, Pit, äh, wir haben doch noch den anderen Wagen. Der ist doch auch noch ... da. Der hat es die letzten Jahre doch auch getan, hast du gesagt ... Irgendwie. Und eine Klimaanlage ist auch schädlich, hab ich gelesen. In einer Zeitung. Letztens. Hallo? Bist du noch da?«

Aber Struller war schon auf dem Weg in Krakes *Aquarium*.

* * *

Eine mit Fluchen und Verwünschungen vollgestopfte Stunde später stieß Struller Krakes Eingangstür mit einem Ruck auf. Krake kreiselte herum, wer da so wild hereingestürmt kam. Struller rempelte im Vorbeigehen den auf der Theke ruhenden Vokuhila an und pflanzte sich grußlos auf einen Hocker.

»Der Struller, auf den haben wir ja schon gewartet!«

»Keine Opern! Erst 'n Bier, Theken-Commander!«

»Hö?«

»Bind dir deinen Schlabberärmel da weg, sonst hängt der gleich noch in meinem Bier, Krake!«

»Sind wir vielleicht ein wenig gereizt?«, fing Krake an und bekam gerade noch rechtzeitig die Kurve, nachdem er Strullers eiskalten Blick in seinen Augen gespürt hatte.

Struller steckte sich wortlos eine Ernte in den rechten Mundwinkel und murmelte was von »im Rhein ertränken«, »schänden« und »Hoden zerquetschen« vor sich hin.

»Wer so freundlich ist, kriegt ein extra abgestandenes Bier.«

»Nix Neues!«

Struller befand sich ganz offensichtlich in einem tiefen schwarzen Loch. Ohne Auto! Das war das Schlimmste. Nichts, aber auch gar nichts und vor allen Dingen niemand, niemand könnte ihn hier rausholen. Er griff in die Erdnussschale, die sich als Aschenbecher erwies.

»So 'ne Scheiße.«

»Ach was soll's, Pit. Du bist doch sonst nich so wählerisch«, behauptete eine dunkle Stimme vom Tisch hinten in der Ecke. Struller drehte sich um, und da war sie, die Münsteranerin.

So 'ne Scheiße, stellte Struller wieder fest, dachte es aber nur. In einem roten, eng anliegenden Kleid, mit einer Stola um den Hals und hochhackigen Schuhen, so stand sie vor Struller. Der kleine Nasenstecker glitzerte in Krakes schummriger Kneipenbeleuchtung. Das brachte selbst bei Struller die Kippe im Mundwinkel leicht ins Wippen. Leicht! Aber immerhin! Andrea stand auf, kam langsam näher und bohrte einen tiefen Blick in die wässrigen blauen Augen des alten Haudegens.

»Du siehst angespannt aus, Pit. Ich kann das ändern.«

Struller zerquetschte die Zigarette in Jensens Gesicht, das sich als Aschenbecher erwies.

»Is heute wirklich einen Versuch wert, Baby!«

Krake kippte die Kinnlade nach unten. Als die beiden schon fast draußen waren, rieb er sich die Augen, fing sich und stammelte: »Struller, ich krieg noch Kohle fürs Bier!«

Über den Boden Richtung Ausgang schwebend kam von Struller nur ein: »Aber sicher! Morgen oder so.«

Krake packte sich einen Lappen und widmete sich wieder seinem Spülwasser, einem Glas und einem roten Lippenstift am oberen Rand. Er grinste. In der Box über der Theke saß Elvis Presley und sang: »Love me tender!«

* * *

Jensens Kumpel, bei dem er sich den Inhalt seines kleinen, haarigen Videos ansehen und ihn dann auf CD brennen lassen wollte, war auf seinem Handy nicht mehr zu erreichen. Vielleicht hatten ihn die fürchterlichen Reisholzer Schweine gefressen. Dann musste die Enttarnung des unheimlichen Schamhaarschüttlers eben einen Tag warten.

Die Kollegen hatten ihn im Streifenwagen zurück ins PP gebracht. Der Variant war platt, und tatsächlich würden sie wieder mit dem alten, silberfarbenen Opel Vectra durch die Gegend zuckeln müssen. Dieser Vectra. Als seinerzeit nach dem Mauerfall ausrangierte Streifenwagen nach Brandenburg geschickt worden waren, um der Polizei dort auf die Füße zu helfen, war die Kiste schon als zu alt und nicht zumutbar von der Liste gestrichen worden. Nahm Jensen zumindest an, denn er war ja nicht dabei gewesen.

Er seufzte. Struller würde ihn morgen killen!

Er überflog zwei Listen, die ein übernächtigt und blass aussehender Kollege namens Böller ohne weitere Erklärung abgegeben hatte. Der Kollege hatte ein bisschen muffig und nach altem Schweiß gerochen. Jensen hatte den Eindruck, dass er sehr erleichtert war, ihn und nicht Struller hier im Büro angetroffen zu haben.

Konnte es sein, dass einige Kollegen Angst vor Struller hatten?

Er überflog die erste Liste. Es hatte in den vergangenen achtzehn Monaten sieben Diebstähle des Sprengstoffs TNT 23-B gegeben. Vier davon hatten die Kollegen aufgeklärt. In zwei Fällen blieb das Zeug verschwunden. In einem Fall hatte sich irgendein Unteroffizier verrechnet. Es fehlte also gar nichts!

Die zweite Liste enthielt alle in diese sieben Vorgänge involvierten verdächtigen Personen. Alles sogar alphabetisch. Da hatte sich jemand viel Arbeit gemacht.

Abels, Adelmann, Berretz, Busch, Dubinski, Kniepert und so weiter bis Trunnier, Wienhold und Ziemer. Insgesamt vierundvierzig Namen.

Und Jensen hatte schon eine Ahnung, wer diese Liste abarbeiten musste. Am besten wäre es, er ließe die Liste einfach verschwinden ... Jensen öffnete seine Schreibtischschublade. Der gruselige Geruch, der ihm entgegenschlug, erinnerte ihn daran, dass dort Schwinders Dritte noch vor sich hingammelten und ihrer finalen Entsorgung harrten.

Hastig schloss er die Schublade und schob die beiden Listen stattdessen unter ein paar Akten, die sich mittlerweile auf seinem vor wenigen Tagen noch jungfräulich leeren Schreibtisch vorwurfsvoll stapelten.

Jensen seufzte. Das hatte er sich alles anders vorgestellt.

Sein Mustang stand auch noch im Innenhof, und den musste er noch wegsetzen. War ja kein Privatparkplatz! Er schlich durch die inzwischen menschenleeren Flure nach draußen in den Innenhof des Polizeipräsidiums. Er zog die Tür auf und ließ sich in den alten, ausgesessenen Fahrersitz fallen.

Dann warf er die Who ins Kassettenfach und riss eine der Becks-Dosen auf, die er für unerwartete Notfälle im Kofferraum gebunkert hatte.

Heute war so ein Notfall.

Eindeutig!

Struller würde ihm morgen wegen des Golfs den Hals umdrehen. Ihn töten. Hatte er ja gesagt.

Jensen drehte den Fahrersitz zurück und begann sich volllaufen zu lassen. Schließlich hatte man hier alles, was man braucht: Im Polizeigewahrsam konnte man sich waschen, in der Kantine bei Speedy morgen frühstücken und direkt wieder arbeiten.

Die Who spielten *I Can See For Miles And Miles And Miles!*

4. Tag

Am nächsten Morgen ersparte sich Struller große Recherchen und Überlegungen über das, was passiert war. Es war passiert! Basta! Neben ihm im Bett lag Andrea Schultze-Sperling, und das war gut so! Er warf einen Blick in die Runde, grinste, als er den umgeworfenen Sessel sah und schwang sich auf die noch wackeligen Beine. Im Vorbeigehen pflückte er ein rotes Höschen vom Deckenfluter. Sieben Uhr.

Er schluffte mit sich und der Welt zufrieden in die Küche und weckte seine Kollegin mit Kaffeeduft.

Doch dieser Zustand hielt leider nicht lange an.

»Jetzt wird es aber Zeit, Baby, die Mörder warten«, drängelte Struller nur ein paar Minuten später. Er war seit einer halben Stunde fertig. Sogar die olle Häkelkrawatte hatte er neu gebunden. Und die Tante kramte gerade die vierundzwanzigste Tube mit irgendwelchem Zeug aus ihrer Tasche.

»Was machst du denn da noch?«

»Ich leg noch ein bisschen Bräune auf.«

»Bräune?«

»Braune Creme. Ich hab gar keine Zeit fürs Sonnenbaden oder für die Sonnenbank, aber mit ein bisschen dunklem Teint sieht man doch gleich viel gesünder aus. Solltest du auch mal ausprobieren. Was guckst du denn so?«

* * *

Der Kollege aus der PI Südwest, der ein bisschen so aussah wie Stig Töfting, klopfte sich an der Seitenscheibe die Knöchel blutig. Endlich wurde Jensen wach und rieb sich die verquollenen, roten Augen.

»Aufstehen, Kollege, die Nacht ist rum!«

Ein zweiter Kollege lachte amüsiert. Jensen grüßte dankend und schob die sieben leeren Becksbierdosen unter den Beifahrersitz. Er guckte auf die Uhr im Holzarmaturenbrett. Ein bisschen beeilen musste er sich schon, aber dann würde er noch vor Struller im Büro sein und am PC sitzen, wahrscheinlich um kurz drauf seine verdiente Strafe entgegennehmen zu können.

Er seufzte und warf einen mutigen Blick in den Rückspiegel. Die letzte Nacht war ihm förmlich ins Gesicht geschrieben. Dreitagebart, tiefe Augenränder, zerzauste Frisur. Sogar das Metallteil des Gurts hatte einen Abdruck auf seiner Wange hinterlassen. Mit dem Gesicht würde er sogar Kindern aus Flingern einen Schreck einjagen können.

Auf dem Weg ins Büro legte er einen Zwischenstopp bei den Toiletten mit leichter Morgenpflege und einen weiteren in der Kantine ein. Speedy war nicht da. So erstand Jensen beim Pächter der Kantine zwei Käsebrötchen, zwei Flaschen Mineralwasser und eine Schachtel Aspirin, die der Typ unter der Theke hervorzog. Wahrscheinlich dealte der mit dem Zeug.

Eine Flasche trank er sofort und setzte einen Rülpser, den man nebenan in der Oberfinanzdirektion noch hören konnte.

Dann schlich er träge die Stufen nach oben in die dritte Etage. Fast hätte er den Paternoster genommen, aber ein letzter Lebenswille war ihm geblieben. Mehrmals murmelte er »Morgen«, schlug die Tür zum Zimmer 1321 hinter sich zu und ließ sich müde hinter seinen Schreibtisch fallen.

Und plötzlich wurde die Bürotür aufgerissen. Struller stürzte rein. Er ignorierte den erschreckt zuckenden Jensen, der dachte, dass er nunmehr hingerichtet würde, zog das Poster der Rockband hinter dessen Schreibtisch hervor und knallte es in Augenhöhe an die Wand. Dann legte er seine Hände um des einen Rockers Gesicht, sodass die wilde, schwarze Haarpracht verdeckt wurde.

»Scheiße, das ist der Schneider!«, stellte Struller fest.

Jensen stand auf. »Der Schneider?«

»Klar. Guck hier! Diese dumme Fratze! Dieser dämliche Gesichtsausdruck! Klar. Der hat sich eine schwarze Perücke aufgesetzt und sich die Haut mit so einer modernen Creme eingerieben, dass er wie ein echter Marok aussieht.«

Jensen nickte. »Du hast recht, Pit, das ist der Schneider. Und das ergibt Sinn. Der hat doch mal afrikanische Trommelkurse besucht, als er in Münster Musik studiert hat. Ich wette, der hat in der Band den Drummer gemacht!«

Strullers Blick fiel auf ein vergrößertes Foto des Friedhof-Torsos, das er an eine Pinnwand hinter seinem Schreibtisch gepappt hatte. »Ich möchte aber mal wissen, wo der Stammschlagzeuger der Band geblieben ist? Und ob er auch tätowiert war?« Struller riss die Schreibtischschublade auf und schob sich die Knarre in das Schulterholster. »Vielleicht wissen wir es ja schon. Teilweise. Fahren wir doch mal in die Bruchstraße 99 und fragen unseren Aushilfsdrummer!«

Das Telefon schrillte. Genervt ging Struller noch ran. Es war Penner-Brenner. »Moment, bitte. Jensen? Fahr den Wagen schon mal vor, ich komm gleich nach! Aber fahr vorsichtig! Diesmal! Sonst müssen wir demnächst die Straßenbahn nehmen! Und noch was: Guck, dass wir ein Zivil-Team aus der Polizeiinspektion Ost zur Unterstützung kriegen. Bei diesem bekloppten Schneider weiß man nie!«

Jensen wurde rot und ging.

Brenner räusperte sich am anderen Ende der Leitung und sagte: »Es geht um die Pressekonferenz um halb elf.«

»Das dachte ich mir«, säuselte Struller, »und ich habe keine guten Nachrichten, um an unser Telefonat von gestern anzuknüpfen ...«

* * *

Struller hatte Jensen den Wagen holen lassen, ihn dann aber wortlos vom Fahrsitz gejagt und bog nun mit quietschenden Reifen in die Bruchstraße ein. Hierbei nahm er den dritten Bordstein mit, und Jensen hatte drei Tauben gezählt, die es nicht geschafft hatten, im letzten Moment wegzuhüpfen. Aber er sagte nichts. Struller war, so fand er, ungewöhnlich ausgeglichen und in beinahe aufgeräumter Stimmung. Das sollte am besten so bleiben.

»95, 97, 99, wir sind da.«

Die beiden stiegen aus und Struller fragte: »Hast du die Klimaanlage ausgemacht?«

Jensen zog eine Fresse und entdeckte die beiden Zivilbeamten aus der PI Ost. Einer der beiden war Altschloß, ein Kollege mit dunklem Kurzhaarschnitt, den er im vergangenen Jahr beim Behördenfußballturnier kennengelernt hatte. Linksfuß, guter Manndecker, ganz in Ordnung.

»Kotten«, stellte sich der andere mit cooler Stimme vor, gab allen die rechte Hand und kratzte sich dabei mit der linken ausgiebig am Bauch. Scheinbar auch ganz in Ordnung.

»Die Schutzweste juckt«, erklärte Kotten. »Wir haben mal vorsichtig vorgefühlt. Die Nachbarn sagen, Schneider sei nicht zu Hause. Wohl auf 'ner Baustelle, irgendwo an der Kö. Schneider wohnt in der dritten Etage. Bei seinem Nachbarn hab ich mal einen Haftbefehl vollstreckt. Den Schneider kenne ich. Der hat mir damals die Haustür aufgemacht. Die Haustür ist angelehnt, ihr könnt gleich hochgehen.«

Struller stieß mit dem Finger gegen Kottens Schussweste, die er heute unter einem blau-grau karierten Flanellhemd trug. »Okay, ihr geht hintenrum. Wir gehen vorne rein. Passt auf, der Typ ist gefährlich!«

»Bin ich auch«, knurrte Kotten, klopfte auf seine Knarre, und die beiden verschwanden links neben dem Haus in einer Toreinfahrt, um die Hinterseite des Gebäudes zu sichern.

Struller und Jensen schlichen durch den muffig riechenden Flur die Stufen nach oben in die dritte Etage. Jensen deutete auf die Tür zur Rechten, auf der mit einem schwarzen Edding *Schneider* geschrieben stand. Struller drückte ein Ohr gegen die Wohnungstür. »Nix zu hören. Entweder Schneider pennt oder er ist wirklich nicht da.«

Er drückte gegen die Tür, die leicht nachgab und einen Spalt zwischen Tür und Zarge erkennen ließ. Struller kramte in seiner Hosentasche und zog einen Haken heraus, den er nun zwischen Tür und Zarge schob.

»Brauchen wir für die Wohnungsdurchsuchung nicht einen Durchsuchungsbeschluss?«, gab Jensen zu Bedenken und blickte vorsichtig über Strullers Schulter nach hinten in den Flur.

»Sicher«, murmelte Struller und fügte hinzu, als die Tür aufsprang; »wenn die Tür nicht offen gestanden hätte.«

Die beiden schoben sich ins Wohnungsinnere. Ein fieser Geruch schlug ihnen entgegen. Alte, abgestandene Luft. Und es müffelte nach vergammelten Lebensmitteln. Die zwei Zimmer des Appartements waren leer. Struller ging nach hinten ans Fenster, erkannte Kotten und Altschloß im Innenhof und winkte sie hoch.

»Was is das denn?«, kam es aus der Küche und im nächsten Moment kam Jensen würgend und mit weißer Nase heraus. Struller ging an ihm vorbei in den Raum, den Schneider wohl als Küche genutzt hat. Unter anderem. Der entsetzliche Geruch nach altem, gammeligem Fleisch erreichte hier seinen Höhepunkt. Kein Wunder bei dem, was ihm da auf dem Küchentisch entgegengelaufen kam …

»Wassen los?«, schoben sich Kotten und Altschloß neben Struller.

»Ach du Scheiße!«

Altschloß wurde grün im Gesicht und übergab sich unverzüglich in die Spüle.

Auf dem Küchentisch lagen Fleischreste, zerkleinert mit einer Säge. Diese lag daneben, blutverschmiert. Auf dem Boden lagen ganze Fleischberge, in denen zum Teil Maden herumkrochen. Struller packte sich einen Besenstiel und stieß einen Fleischberg unter dem Küchentisch auseinander, den ein blutdurchtränktes Laken zugedeckt hatte.

»Au, Mann«, flüsterte Struller. »Holt sofort die Spurensicherung hierhin!«

Jensen sprang raus. Kotten und Altschloß sagten nichts, taten einen Schritt Richtung Tisch und schauten drunter. Dort lag ein großes Glasgefäß. So was wie ein Bowleglas. Und darin befand sich ein menschlicher Kopf! Struller machte sich auf alles gefasst, als er nunmehr einen dicken Bosch-Kühlschrank vorsichtig öffnete.

»Krank. Pervers.« Er schüttelte den Kopf. »Mir fehlen die Worte.«

Im Seitenfach des Dicken lagen luftdichtverschlossene Klarsichtbeutel mit bunten Pillen. Aha, Schneider war offensichtlich ein Pillenjunkie. Aber das war wohl eines von Schneiders kleineren Problemen. Wesentlich interessanter war das mittlere Fach. Im Mittelfach, auf dem Gitter, lag ein Fuß, ein linker Fuß. Unten in den Schubfächern erkannte er durchsichtige Beutel mit fleischigem Inhalt in allen erdenklichen Farben.

Er drehte sich um zu Kotten und Altschloß, der wieder ein bisschen Farbe angenommen hatte. »Fahrt zu der Baustelle, auf der Schneider gerade arbeitet. Das müsste die große direkt am Graf-Adolf-Platz sein. Schnappt euch noch ein paar Mann Verstärkung. Schneider ahnt noch nicht, dass wir ihm draufgekommen sind. Dann karrt ihr den zu euch auf die Wache, Wilhelm-Raabe-Straße, und macht mir da ein Büro fertig. Den will ich sofort vernehmen!«

Altschloß und Kotten gingen los, ausnahmsweise ohne Kommentar.

Jensen tauchte wieder auf. »Spusi kommt sofort.«

»Gut. Nebenan ist doch eine Apotheke oder?«, fragte Struller.

»Ich glaub schon.«

»Ich spring mal eben kurz rüber. Ich brauche Penaten-Creme.«

»Penaten-Creme?«

»Für den Herpes an meiner Wange.«

Jensen schüttelte den Kopf. »Du hast an der Wange keinen Herpes.«

»Schon, aber Penner-Brenner wird sicher hier gleich auftauchen. Er wollte, dass ich die Pressekonferenz mache, da hab ich dem gesagt, ich hätte einen fiesen Riesen-Herpes auf der Wange und damit könnte ich wohl kaum vor die Kamera.«

Zwanzig Minuten später erschien Faserspuren-Harald mit seinem Team. Zeitgleich kam die Nachricht über Funk, dass sich Schneider auf der Baustelle widerstandslos hatte festnehmen lassen. Struller ließ sich vom Fotografen des Spurensicherungstrupps zwei aussagekräftige Polaroidbilder geben und kletterte in den Dienstwagen.

Jensen wollte zusteigen, aber Struller schüttelte den Kopf. »Du nimmst die Bahn zum Präsidium und guckst zu, dass du den Dolmetscher noch mal kriegst. Vielleicht haben uns die El Tabutis ja doch was zu sagen, wenn wir denen die hier zeigen«, erklärte Struller und drückte Jensen die Fotos in die Hand.

* * *

Zehn Minuten später kletterte Struller die drei Marmorstufen zur Wache der Polizeiinspektion Ost auf der Wilhelm-Raabe-Straße hoch. Zwei Kolleginnen schoben eine hackendudeldichte Frau mit wilden blonden Haaren durch den Vorraum, die dauernd »Heil! Heil!« schrie. Ein Mann im Nebenraum rief, dass ihm der Arsch platzt. Dann stand da noch ein Kollege in Uniform am Tresen. Er streichelte ein pechschwarzes Kaninchen, das er auf dem Arm trug.

Struller überdachte kurz seinen Alkoholkonsum der letzten drei Wochen und schüttelte den Kopf. Nee, keine Halluzination, das war real. »Was soll das denn?«

»Das ist Linus. Süß, nicht?«

Struller blieb der Mund offen stehen. Der Kollege beugte sich nach vorne, guckte hastig nach links und rechts und raunte: »Meine Freundin macht gerade ihr Abi. Die kann sich im Moment nicht um Linus kümmern. Und wenn keiner auf ihn aufpasst, büchst der Schlingel immer schwuppdiwupp aus und knabbert mir die Boxenkabel durch. Da hab ich den heute mit zum Dienst genommen und zeig dem Kleinen mal die Wache. Was Linus, spannend ist das hier, oder?«

Struller ging wortlos weiter. Das war alles nicht mehr seine Polizei. Zwei Zimmer weiter drückten Kotten und

Altschloß Struller die Festnahmeanzeige von Schneider in die Finger.

»Wenn wir den nicht eingebuchtet kriegen, dann weiß ich auch nicht. Wenn du ein Bild vom Fleischhaufen dazulegst, reicht das für jeden Haftrichter der Welt«, erklärte Kotten und kratzte sich dabei mit einem Lineal am Rücken. »Was hast du denn da im Gesicht?«

»Penaten-Creme«, sagte Struller.

Schneider saß in Handschellen auf einer Art Friseurstuhl und beobachtete Struller mit gelangweilter Miene.

Struller zog scheppernd einen Stuhl ran und setzte sich genau vor Schneiders Nase. »Du bist auf den Plakaten von *Yülügül* mit drauf. Du bist der neue Schlagzeuger.«

Schneider grinste ihn an. »Ich sage nichts. Muss ich auch nicht. Ich bin zwar noch nicht vorschriftsmäßig belehrt worden, aber ich kenne meine Rechte. Ich brauche nichts zu sagen, und das tue ich auch nicht!«

Struller grinste zurück. »Für nix war das aber ein strammer Vortrag.«

Schneider zuckte mit den Schultern. »Ich sage nur, ihr seid total auf dem Holzweg.«

»Wir haben in deiner Bude einen Kopf gefunden. Und einen Arm. Und jede Menge Restfleisch.«

Schneider blieb cool. »Das mit dem Fleisch bei mir in der Bude, okay, das sieht dumm aus, lässt sich aber erklären, und ansonsten werdet ihr euch noch wundern, mit wem ihr es zu tun habt!«

»Huuuuu, so geheimnisvoll mögen wir es am liebsten.« Struller krempelte die Hemdsärmel hoch, lockerte seine Strickkrawatte und fing an, Schneider zu bearbeiten, aber tatsächlich blieb das bereits Gesagte mit leichten Variationen alles, was Schneider von sich gab.

Nur einmal geriet er ins Stocken, nämlich als der Kollege vom Tresen auf allen vieren in ihren Schreibraum gekrochen kam. »Linus. Linus?« Er blickte hoch und erklärte: »Linus ist weg! Ausgebüchst!«

»Ich bin hier mitten in einer Vernehmung!«, tobte Struller.

»Oh. Sorry.« Der Uniformierte trat den Rückzug an.

Schneider grinste. »Das Grinsen wird dir noch vergehen, Schneider!«

»Werden wir ja sehen!«

Aber auch nach zwei weiteren verschwitzten Stunden blieb Schneider bei ein paar miesen Witzen, wichtigtuerischen Andeutungen und dem ewig wiederholten Spruch, dass er seine Rechte kenne. Als ob das jemanden interessieren würde! Struller zog Kotten und Altschloß hinzu und bat diese, Schneider ins Polizeigewahrsam zu bringen. Eine Bitte, der beide recht gerne nachkamen.

Struller hackte noch einen kurzen Vermerk in die Tastatur, packte sich den viel zu unbequemen Bürostuhl und schob ihn zurück ins Nebenzimmer.

»Huch!«

Unterm Stuhl quiekte es. Ganz hell. Und ganz kurz. Struller hatte Linus gefunden.

»Ach herrje!« Er tippte das kleine schwarze Knäuel mit der Fußspitze an. Aber das Tierchen hatte ausgequiekt. Glatter Genickbruch. Das hatte ihm gerade noch gefehlt. Struller wischte sich den Schweiß von der Stirn und blickte sich um. Im Regal vor sich entdeckte er einen braunen Briefumschlag. »DIN-A3. Müsste gehen!« Er pflückte das Kaninchen vom Boden und schob es in den Briefumschlag. Den Verschluss leckte er an und drückte ihn zu. Mit dem Umschlag unterm Arm ging er zurück in den Vorraum.

Ein Kollege tröstete gerade das Herrchen von Linus. »Der taucht schon wieder auf! Wo soll der denn hin? Und raus is er nich. Der kommt ja nicht durch die Drehtür!«

»Au, Mann. Corinna macht mich fertig, wenn ich ohne Linus nach Hause komme ...«

Struller huschte durch die besagte Drehtür davon und sprang in seinen Wagen. Richtig. Er hatte Wichtigeres zu tun, als sich um das tote Kaninchen und irgendwelche Befindlichkeiten zu kümmern! Er fuhr los und schielte an der nächsten roten Ampel nach rechts auf den Beifahrersitz, auf dem der ausgebeulte Briefumschlag lag.

Anderseits hatte er selbst vor vielen Jahren mal ein Meerschweinchen gehabt. Schwarz, braun und weiß. Honka. Honka hatte er es getauft. Ein ganz liebes Tierchen, das Ding. Ein treuer, braver Gefährte. Er hatte gleich so ein ungutes Gefühl gehabt, damals, an dem Tag, an dem dieser Skinhead mit seinem widerlichen Rottweiler in die Nachbarwohnung eingezogen war. Und dann dieser Nachmittag, Ende August, im gemeinsamen Garten ... Armer Honka! Seit dieser Stunde, also schon im zarten Alter von sieben Jahren, hatte Struller Neonazis nicht ausstehen können! Mit den Jahren und ein bisschen Staatsbürgerkunde hatte sich das natürlich gefestigt. Aber den Grundstein hatten Honka und ein deutscher Rottweiler gelegt ...

Das hatte ihn damals mitgenommen! Und hatte der Kollege nicht gesagt, dass seine Corinna mitten im Abi-Stress sei?

»Mist!« Er fuhr rechts ab und gab Gas. Oberrather Straße, rechts ab, die Kanzlerstraße ganz hinten durch. »Hier ist doch ... Aha!«

Er schnappte sich den Briefumschlag, warf die Tür hinter sich zu und betrat eiligen Schrittes das Düsseldorfer Tierheim. Der Dame hinterm Tresen zeigte er den Dienstausweis und erklärte er sein Problem.

»Natürlich haben wir Kaninchen«, sagte die vollbusige Dame mit osteuropäischem Akzent, »aber ich fürchte ... ja, sehen Sie hier im Stall, das sind unsere Lieben. Da ist aber leider kein schwarzes dabei. Und Männchen haben wir zur Zeit überhaupt keine.«

Struller beugte sich über den kleinen Maschendrahtzaun.

»Ich nehme das weiße da«, knurrte Struller, strich sich durchs Haar und deutete auf ein kleines Tier, das müde in einer Stallecke hockte.

»Sind Sie sicher?«

»Todsicher. Wird es gut haben, das Tier! ... Aber nicht einpacken! Kleiner Scherz!«

Die Dame lachte nicht.

Struller bezahlte. »Ähm, aber den kann ich hier lassen, oder?«, fragte er, drückte der Dame den ausgebeulten Briefumschlag in die Hand und verließ fluchtartig das Tierheim.

Das weiße Kaninchen setzte er vorsichtig neben sich im Fußraum des Beifahrersitzes ab. »Vorsicht jetzt beim Gas geben und beim Bremsen, Pit«, sagte er zu sich selbst. Ein weiteres Kaninchen würde er im Tierheim nicht mehr bekommen.

Aber er brauchte nicht weit zu fahren, parkte, schnappte sich das Tier, klemmte es unter den Arm und warf die Fahrzeugtür hinter sich in den Rahmen.

»Struller, alter Verbrecherjäger! Was willst du denn hier? Ich habe dir doch erst letzte Woche die Matte gekürzt?«, fragte Strullers sonnenbankgebräunter Stammfriseur.

»Haare färben«, antwortete Struller und hielt ihm das weiße Kaninchen entgegen. »Schwarz!«

Eine halbe Stunde später war Struller wieder vor der Wache. Die beiden Kolleginnen und die volltrunkene Blondine, die eben noch alles zusammengeschrien hatte, durchsuchten das Gesträuch vor dem Polizeigebäude.

»Linus? Linus?«

Offensichtlich gingen die Kollegen nunmehr doch davon aus, dass der kleine Kabel durchbeißende Linus die Drehtür betätigen konnte … Struller flutschte nach drinnen und warf einen hastigen Blick in die Runde.

»Wenn rauskommt, dass ich so ein Gefühlsdussel bin, dann Prost Mahlzeit«, flüsterte Struller, ernsthaft um seinen Ruf besorgt. Die Luft war rein. Hastig öffnete er die Tragetasche und gab Linus 2 ein neues Zuhause.

* * *

Jensen hatte zwischenzeitlich Bülent, den Dolmetscher, wieder ins Präsidium bestellt und ließ nun einen der El-Tabuti-Brüder kommen. Der war genauso rotzig wie am Tag zuvor. Das legte sich, als Struller ihm lässig die beiden Polaroid-Fotos aus Schneiders Hütte unter die Nase hielt.

»Heute schon gefrühstückt?«

El Tabuti redete wie ein Wasserfall, den er von zu Hause nicht kannte, und Bülent kam kaum mit dem Übersetzten nach.

Jensen schrieb alles mit und fasste dann zusammen: »Schneider kreuzte vor ungefähr drei Monaten im Proberaum an der Ronsdorfer Straße auf. Hier haben die beiden El Tabutis mit ihrer Band *Yülügül* gespielt. Zur Band gehörte noch ein zweites Brüderpaar, Schlagzeuger Hiram Hachim und sein Bruder Mohammed Hachim, der Sänger der Band. Schneider lungerte mit den Typen bei deren Proben herum, und sie haben zusammen gekifft. Mit dem Schlagzeuger der Band hat er sich angefreundet. Die beiden haben regelmäßig eine Disco in der Altstadt aufgesucht. Irgendeine Kaschemme, bei der man ein paar Stufen runtergehen muss. Kurz vor den ersten Auftritten in der Kiefernstraße und im *ZAKK* ist der Drummer plötzlich verschwunden. Kam nicht mehr. Schneider hat sich angeboten, für ihn einzuspringen. Trommeln kann er ja, hat er in Münster gelernt. Und für Heavy Metal scheinen ein paar Semester afrikanische Buschtrommeln zu reichen. Für die Plakate hat er sich geschminkt und dann die Auftritte auch durchgezogen. Niemandem ist aufgefallen, dass Schneider kein echtes Bandmitglied ist. Nach den Gigs hätten die vier echten Bandmitglieder zurück nach Marokko gemusst. Einer der Band, Sänger Mohammed Hicham, hat sich direkt nach dem Gig abgesetzt. Keiner weiß, wo er ist. Die beiden El Tabutis sind hier geblieben und wollen jetzt Asyl beantragen. Tja, und der Schlagzeuger ist ja auch irgendwie hier geblieben.« Jensen blätterte in seinem Block. »Die Zeiten hab ich mir extra notiert, aber das haut hin. Wir können davon ausgehen, dass der Torso und die anderen zum Torso gehörenden Teile vom Drummer der Band sind. Doc Stich war voll beschäftigt, ließ ausrichten, dass er heiße Neuigkeiten hat und wir ihn heute noch zurückrufen sollen.«

Heiße Neuigkeiten, dachte Struller und warf einen Blick nach draußen. Obwohl schon Abend, waren es draußen lockere dreißig Grad. Hier drinnen vierzig, denn die Heizung bullerte immer noch unentwegt. Er dachte an Andrea. Also, für seinen Geschmack war alles heiß genug, da brauchte er nix vom Doc Stich! »Bin echt mal gespannt, was für ein Motiv uns der Schneider für seinen Kram anbietet.«

»Vielleicht war er ja geil auf den Job als Drummer!«, gab Jensen als Vorschlag in den Raum.

»Hoffentlich«, murmelte Struller, dem noch ein paar andere, unappetitliche Motive eingefallen wären ...

Nachdem auch El Tabutis ähnlich redegewandter Bruder die Angaben bestätigt hatte und wieder im Gewahrsam saß und Bülent sich mit einem Augenzwinkern verabschiedet hatte, schob Jensen eine CD in den PC und winkte Struller zu sich an den Schreibtisch.

»Was is? Ich denke nach.«

»Ich habe da ein kleines, schmutziges Filmchen, das ich dir gerne zeigen möchte.«

»Oha«, jauchzte Struller, sprang zur Bürotür, schloss sie von innen ab und glitt hastig hinter Jensens Schreibtisch, der den PC schon gestartet hatte.

»Okay. Sekunde Null, die Toilette ist sauber. Jensen Entertainment proudly presents: The incredible Schamhaarleger! Los geht's! Showtime!«

Struller verdrehte die Augen. Zuerst flimmerte es wie wild, dann erschien eine Person mit Schrubber und Eimer. »Die Putze«, knurrte Struller.

Schnitt – und die Putze mit Kopftuch kam wieder raus aus der Toilette. Schnitt.

»Der Niedergeräter! Die Sau!«, schrie Struller.

»Langsam ...«

»Der arbeitet bei der Fahndung. Martin Niedergeräter. So ein Sporttyp. Fußballer! Linksfuß! Immer verdächtig!«

Schnitt. Der Kollege kam wieder raus. Schnitt. Ein übergewichtiger Kollege im grün-braunen Pullunder schob sich in die Herrentoilette.

»Spurtmann. Dem ist wirklich alles zuzutrauen! Der arbeitet beim Erkennungsdienst. Das ist der, der die Fahndungsfotos trennt, diese jeweils drei Schwarz-Weiß-Bilder mit Vorgangsnummer: ganzer Typ, Kopf von vorne, Kopf von rechts. Mit der Schere macht der das. Eigenhändig. Seit vierzehn Jahren. Da muss man ja wahnsinnig werden!« Struller leckte sich über die Lippen. Bald ist das Schwein ermittelt!

Schnitt. Spurtmann kommt, sich die Hände am Pullunder abstreifend, wieder raus.

»Ha!« Struller war ganz aus dem Häuschen. »Hat sich noch nicht mal die Hände abgetrocknet, die Sau! Das ist unser Mann, sag ich dir, das isser!«

Schnitt.

Struller schlug sich auf die Schenkel: »Verdammt, der Penner-Brenner!«

Kriminaldirektor Brenner glitt, sich den Bart nachdenklich kraulend, in die Toilette.

»Was macht der denn auf meiner Toilette? Der hat bei sich im Flur eine eigene Schüssel? Fremdscheißer, oder was?«

Schnitt. Und er kam wieder raus. Ging nach rechts, stockte, drehte sich, ging kopfschüttelnd nach links und verschwand.

Jensen drückte die Stoptaste. »Das war die Show, Pit.«

Struller legte seine Hand auf Jensens Schulter.

»Das hast du sehr gut gemacht! Sehr gut. Du hast ja doch was drauf. Auf der Polizeischule lernt ihr ja doch was! Ausgezeichnet. Ich geh auf Nummer sicher und bringe alle drei um, dann sind wir das Schwein los!«

Struller glitt hinter seinen Schreibtisch, atmete tief durch und klopfte sich eine Ernte aus der Schachtel.

Jensen packte seinen Kram weg. Für ihn war der Fall erledigt.

Struller pikste plötzlich mit der Fluppe in seine Richtung. »Das wäre noch das I-Tüpfelchen unter eine wirklich ausgezeichnete Praktikanten-Arbeit. Jensen, bring die Sache zu Ende. Niedergeräter, Spurtmann oder Penner-Brenner? Ich erhöhe auf ein ganzes Fässchen Frankenheimer bei Krake in gepflegter Atmosphäre, wenn du mir den Täter präsentierst!«

»Aber wie …«, protestierte Jensen.

»Dir fällt schon was ein! Du scheinst ein kluges Köpfchen zu sein. Mach was mit der versteckten Kamera, mit illegalen Drogen oder wie auch immer!«

»Ich glaube nicht, dass das irgendwo in meinem Lehrplan steht, dass ich mich auf Herrentoiletten rumtreiben soll.«

»Lehrjahre sind keine Herrenjahre!«, erklärte Struller und zog zufrieden an der Kippe.

Jensen dagegen war wirklich sauer. »Na gut, wenn du mich dann entschuldigst ...«, zischte er, stand auf, ging zur Tür, rüttelte, bemerkte, dass sie immer noch abgeschlossen war, drehte den Schlüssel und warf die Bürotür fluchend hinter sich in den Rahmen.

Struller streifte ein bisschen Asche ab und nickte. Ein guter Junge. Konnte was draus werden. Bisschen impulsiv, aber das konnte sich ja noch legen. Er strich sich genüsslich die Schuhe von den Füßen, legte letztere auf den Schreibtisch und pulte in seiner Penaten-Creme. Struller seufzte. Ein paar Fäden dieses Falles hingen erbärmlich lose in der Gegend rum. Das Beton-Arm-Fädchen zum Beispiel. Um die drei Vermissten musste sich auch irgendwann noch mal jemand kümmern. Jensen wahrscheinlich. Und wie er dann gerade so an den toten Schwinder im Schaufenster des Mörsenbroicher Weindepots dachte, klingelte das Telefon auf seinem Schreibtisch. Struller hob ab.

Eine heisere Stimme meldete sich leise: »Hier Rempe, bin abgetaucht, habe nicht viel Zeit zu reden, aber ich habe Informationen zu dem Explosionstod Schwinders und zum Leichenteil aus Ludenberg. Heute Abend, 22 Uhr, auf der Rückseite des Apollo-Theaters, am Rheinufer.«

Ehe Struller irgendwas in den Hörer stammeln konnte, hatte der Anrufer wieder aufgelegt. Struller strich sich nachdenklich über die Wange, dann über die braune Krawatte und rieb so schmierige, weiße Fettflecken ins Gehäkelte. Flecken, die nie mehr rausgehen würden. Aber das störte Struller nicht. Er hatte andere Sorgen. Eine davon drückte plötzlich die Bürotür auf. Struller sträubten sich die Nackenhaare. Ausgerechnet Penner-Brenner schob sich mit ernstem Gesichtsausdruck ins Büro.

»Schön, dass ich Sie noch erwische, Struhlmann ...«

»Finden Sie?«

»Bitte?«

»Finden Sie nicht, dass Sie sich zuerst mal setzen sollten?«

»Ach so, ja.«

Struller seufzte innerlich. Dieser Typ. Irgendein Austauschprogramm hatte Penner-Brenner vor hundert Jahren nach Nordrhein-Westfalen gespült. Und als das Austauschprogramm ausgelaufen war, hatten ihn die Hamburger nicht mehr zurückgenommen. Alleine das war ein Grund, Schill zu hassen! Alle Versuche, Penner später irgendwie loszuwerden, schlugen fehl. Selbst die Kölner hatten ihn abgelehnt! Wenn er wirklich der Schamhaarleger war ... Struller spürte eine Gänsehaut, die sich über seinen Rücken nach oben arbeitete. Wenn das wirklich der Penner-Brenner war, dann ließe sich daraus bestimmt ein kleines Skandälchen machen!

»Ähm, Herr Struhlmann ...«, räusperte sich Penner-Brenner mit gerötetem Kopf und schaute sich vorsichtig im Büro um. »Ist der Kollege Jensen noch nicht da?«

Struller warf einen genervten Blick durchs leere Büro, zog eine Schublade seines Schreibtischs auf, warf einen Blick hinein und sagte: »Nein.«

Brenner schob sich samt Stuhl näher ran. »Ich wollte mich noch mal eben kurz nach dem neuen Kollegen erkundigen, dem Kollegen Jensen. Äh, wie ist der denn so?«

»Na, halt ein Schwede.«

»Wie bitte?«

»Lange Haare, aber er ist ganz in Ordnung. Wieso?«

Struller bemerkte, dass ihm Penner-Brenner immer näher auf die Pelle rückte. Das machte ihm jetzt doch wirklich Sorge.

»Ja, also, mich hat der Leiter der PI Südwest angesprochen. Gestern haben wohl Kollegen der Frühschicht den Jensen schlafend in seinem Auto im Innenhof gefunden.«

»Haben die Kollegen sich beschwert?«

»Nein, nein, die fanden das, äh, cool. Cool, sagten die, wie sich die jungen Leute ja heute so ausdrücken, nicht wahr, und wohl ganz in Ordnung. Aber ich meine, also, im Innenhof des Polizeipräsidiums im Auto zu schlafen …«

»Da bin ich ganz Ihrer Meinung!« Struller schüttelte unwillig den Kopf. »Und ich hab noch zu dem Jungen gesagt, irgendwann muss Schluss sein. Jensen, sag ich, Jensen, du musst auch mal Feierabend machen! Klar will der als frischer Praktikant zeigen, was er drauf hat, aber er soll nicht übertreiben, hab ich noch gesagt. Aber was macht der Junge? Bis fünf Uhr morgens hat der sich durch die Akten gekämpft. Aussagen verglichen, analysiert, einen Zeitablauf aufgezeichnet und Puzzlestücke zusammengeführt. Ich meine, das geht doch nicht! Man muss doch auch mal abschalten.«

Zu viele Informationen auf einmal. Penner-Brenner zog verwirrt die Augenbrauen hoch und strich sich durchs Haupthaar. Weiße Schuppen rieselten auf den Schreibtisch. Struller schluckte. Brenner war nicht nur Panne, der hatte auch ein allgemein bekanntes Schuppenproblem. Auf Strullers Kopf fing es an zu jucken.

»Nur ...«, fing der Schneemann wieder an, »die Kollegen haben was von Bierdosen im Auto erzählt. Eine ganze Menge sollen es gewesen sein.«

Strullers flache Hand knallte auf den Schreibtisch.

Penner-Brenner zuckte zusammen.

»Das gibt es doch nicht! Die Bierdosen!« Er schüttelte den Kopf. »Ich muss ein ernstes Wort mit dem Kleinen reden.« Struller beugte sich nach vorne und fuhr leiser fort: »Da hat der die Bierdosen mit ins Auto genommen? Findet einfach kein Ende, der Junge. Es ist fünf Uhr und der nimmt die Bierdosen mit ins Auto. Das war nämlich so: Neben dem Oberarm von der *Schönen Aussicht* haben wir einen kleinen Müllberg gefunden. So fünf bis sechs Bierdosen. Becksbier. Die mittelgroßen Dosen, kennen Sie doch, oder?«

»Äh ... ja.«

»Ja, und diese Bierdosen sind doch immer beschriftet. Werbung, Inhaltsstoffe und so was. Und aus diesem Blech raus war jeweils pro Dose ein Wort rausgekratzt. Haben wir also überlegt, ob der Müll zum Opfer gehört und ob das Opfer uns vielleicht eine versteckte Nachricht hinterlassen hat.«

»Das ist ja interessant. Und?«

»Und was?«

»Hat das Opfer eine Nachricht für die Polizei in eine der Dosen geritzt?«

»Nein. Die Dosen haben mit dem Fall nix zu tun«, sagte Struller.

»Och. Schade.« Penner-Brenner blinzelte ein bisschen verwirrt mit den kleinen Äuglein, stand auf, strich sich durchs Haar, ließ es rieseln, tippte vom linken auf den rechten Fuß und entschloss sich dann vorsichtig zum Rückzug. Er warf noch einen flüchtigen Blick auf die halbnackten Musiker der Heavy-Metal-Band.

»Ja, dann ist ja alles in Ordnung. Und wie geht es dem Herpes, ich meine …«

»Gut eingecremt ist die halbe Miete. Der verglüht bei mir immer ziemlich schnell. Vielleicht ist er morgen ja schon wieder weg, der Herpes! Scheint bei mir was Psychosomatisches zu sein.«

»Aha. Unangenehm, so ein Herpes, unangenehm«, murmelte Penner-Brenner und schloss die Tür hinter sich.

Struller stöhnte, packte seine Sachen zusammen und hörte mächtigen Lärm von draußen. Blaulicht, schreiende Kollegen. Dann klingelte wieder sein Telefon.

»Ich sollte nicht rangehen!«, sagte Struller und hatte eigentlich recht.

»Scheiße, Struller, tut mir leid«, meldete sich die vorsichtige Stimme eines Kollegen des Erkennungsdienstes am anderen Ende der Leitung, »aber uns ist gerade der Schneider abgehauen!«

Struller knallte den Hörer auf die Gabel und rannte los.

Der Kollege vom Erkennungsdienst saß vollkommen aufgelöst mit einer stark blutenden Platzwunde als Häufchen Elend im Sessel und wurde von einem anderen mit Verbandskasten betreut. »Mann, Struller. Ich hab einen Moment nicht aufgepasst, da hat der den Stuhl genommen und ihn mir über die Rübe gezogen. Scheiße, der war doch an den Händen gefesselt!«

Struller zeigte auf eine Schließacht auf dem Boden.

Der vom Erkennungsdienst senkte den Kopf. »Also, zuerst war er gefesselt. Dann hat er mich ohnmächtig geschlagen und als ich wach werde, stelle ich fest, dass er mir die Handschellenschlüssel aus dem Portemonnaie gefischt hat.«

Struller nickte zum zweiten Kollegen vom Erkennungsdienst, der gerade den Verband anlegte. »Ihr seid doch immer zu zweit! Wo warst du denn, Günther?«

»Drüben im Büro hat das Telefon geklingelt und ich bin schnell rüber, weil ich einen dringenden Anruf erwartet habe«, knirschte der Kollege. »Und dann ging gerade in diesem Moment das große Hoftor auf, weil von draußen ein Neuzugang reingekarrt wurde. Verdammt, dümmer hätte es wirklich nicht laufen können, Struller.«

Das fand Struller auch und hätte am liebsten für eine zweite Ohnmacht gesorgt. »Kann jedem passieren! Was gut ist, kommt wieder! Lass dir die Wunde versorgen!«

Struller ging raus auf den Flur. Er brauchte eine Ernte. Sein Handy summte das Lied vom Tod. Jensen meldete sich. »Was willst du?«

»Ich bin in der Kantine und hab gehört, dass der Schneider abgehauen sein soll?«

»Schneider hat den Wärter gefressen und ist ausgebüchst.«

»Ich nehm an, die Fahndung läuft, brauchst du mich?«

»Du kümmerst dich um die Schamhaare. Die Kollegen kriegen den mit uns oder ohne uns. Schneider wird schon wieder auftauchen! Ich hab noch einen Termin um zehn. Wir sehen uns morgen!«

»Grüß deine Tante in Coesfeld«, giftete Jensen, woraufhin Struller grußlos auflegte.

* * *

Jensen schüttelte den Kopf, klappte sein Handy zu und schob es in die Tasche seines Hemdes. Er sah sich um. Nur zwei Kollegen, von denen einer einen lustigen, großen Vollbart hatte, saßen in der Kantine an einem Tisch unter den Fenstern. Jensen wollte sich einen Kaffee genehmigen, kam bei ihnen vorbei und schnappte auf, dass die beiden im Innenhof des Präsidiums nach dem Bernsteinzimmer bohren wollten.

Warum nicht? Irgendwo musste das Ding ja sein!

Jensen seufzte. Aus Struller sollte einer schlau werden. Eigentlich hatte er den Eindruck, dass es zwischen ihnen beiden ganz gut lief, aber statt bei der Fahndung nach Schneider zu helfen, schickte Struller ihn auf Haarejagd. Und überhaupt: Es gab noch so viele Enden, die auseinandergefrickelt werden mussten. Die Vermisstenliste musste abgearbeitet werden, Kuschinski und Lax mussten befragt werden und der ollen Schwinder musste man auf die Füße treten. Wo war Rempe? Woran hatte er gearbeitet? Wo war der vierte Musiker dieser marokkanischen Schredderband? Der Sprengstoffspur musste noch nachgegangen werden!

Aber für Struller lief alles auf die eine entscheidende Frage hinaus: Wer hinterlegt auf dem Männerpissoir in der dritten Etage des Polizeipräsidiums dunkle Schamhaare? Es war zum Verzweifeln.

»Ähm, Christian«, riss Speedy ihn aus seinen Gedanken, »wenn du Kaffee möchtest, musst du zuerst einen Becher unter den Automat stellen und dann auf die Taste drücken. Umgekehrt ist schlecht …«

Jensen sprang zurück. »Mist!« Der Kaffee hatte ihm das rot-weiß gestreifte Hemd versaut. Und heiß war das Zeug auch noch! »So 'ne Kacke!«

Speedy schüttelte ihr blondes Haupthaar. »Wo bist du denn mit deinen Gedanken? Das Hemd kannste ausziehen. Sei doch bitte so gut und mach es sofort. Hier und jetzt! Tu's für mich, Baby«, flüsterte sie, und Jensen wurde tatsächlich rot.

»Ich versuch es noch mal«, erklärte Jensen grinsend.

»Versuch macht klug. Ich berechne dir nur den erfolgreichen zweiten Versuch, Schatz.«

»Danke, Speedy, du bist echt nett.«

»Oh, ich kann noch viel netter sein …«, hauchte Speedy mit kokettem Augenaufschlag. »Man muss mich nur fragen.«

Jensen seufzte. »Womit wir schon bei meinem Problem wären. Ich muss was ermitteln, brauch ein paar Antworten und weiß noch nicht mal ansatzweise, wen ich fragen soll.« Jensen schüttelte den Kopf. Wen konnte man schon nach den Schamhaaren seiner Kollegen fragen, ohne gleich als pervers abgestempelt zu werden? Zu Recht übrigens! Sein Blick landete in den hellblauen Augen seiner Gesprächspartnerin. »Du, Speedy, du kennst doch sicher alle, die hier im Präsidium arbeiten, so ein bisschen, oder?«

»Och, ja. Und manche kenne ich sogar noch ein bisschen besser. Du arbeitest doch beim Struller im KK11. Hat hier irgendwer irgendwen ermordet?«

»Schlimmer, würde ich sagen. Ähm ...« Jensen beugte sich über die Theke. »Könntest du mir, so ganz unter uns ...«

»So ganz unter uns? Wie unter uns? Unter mir oder unter dir?«

»Na, so unter der Hand, meine ich. Kannst du mir unter dem Siegel der Verschwiegenheit ein paar Sachen über ein paar Leute hier aus'm Haus erzählen?«

Speedy schob sich eine Strähne hinter ihr hübsches Ohr. »Dienstlich, privat oder sehr privat?«, grinste sie.

Versuch macht klug, dachte Jensen. Hatte sie selbst gesagt. »Also, dienstlich und eher sehr, sehr, sehr privat.«

Speedy spitzte die Lippen. »Kann ich. Heute Abend, neun Uhr im *Cubana*. Das ist ein schickes, kubanisches Bistro auf der Speditionsstraße im Hafen. Und du zahlst!«

Jensen runzelte die Stirn. »Ich dachte, du beantwortest mir schnell ein paar Fragen gleich hier.«

Speedy beugte sich über die Theke. Ihre Nasenspitzen berührten sich fast. Jensen schluckte, und sie hauchte: »Erstens: gleich hier geht nicht. Zu viele Augen. Den beiden da vorne von der Öffentlichkeitsarbeit fallen gleich die Augen in den Kaffeebecher. Zweitens, und noch viel wichtiger: schnell geht bei mir schon gar nicht! Merk dir das für hinterher, wenn wir im *Cubana* fertig sind!«

Jensen schluckte.

Sie klimperte entzückt mit den langen Augenwimpern: »Wir sehen uns also um neun im *Cubana*?«

»J-j-ja, natürlich«, stotterte Jensen.

»Schön«, beschloss Speedy, lehnte sich zurück, drückte eine Taste, und die Kassenschublade sprang auf:

»Ich freue mich. Du hast schöne blaue Augen. Und der Kaffee macht einen Euro, Schatz.«

* * *

Schneider fuhr sich mit der flachen Hand nervös über den verschwitzten, kahlen Schädel. Verdammte Glatze. Bald würde er sich wieder eine lange Matte wachsen lassen. Das ewige Rasieren ging ihm tierisch auf den Keks.

Er saugte an seiner Selbstgedrehten und riskierte vorsichtig einen schnellen Blick auf die andere Straßenseite durch die große Scheibe des *Schwarzen Panthers*, der Kneipe, in die er verschwunden war. Dann schnippte er den Stängel quer über die Bolker Straße. Der ging ihm auch mächtig auf den Keks. Dieser Typ! Dieser Tintenheini! Dieser Zeitungsfutzi!

Schneider riskierte von seinem Beobachtungsposten aus – scheinbar gelangweilt an eine Werbetafel für die Düsseldorfer Jazz-Rallye 2006 gelehnt – einen zweiten Blick. Einer der beiden Kleiderschränke, die vor dem *Schwarzen Panther* fachmännisch einen auf Eingangskontrolle machten und eigentlich doch nur darauf warteten – so hatte Schneider gehört –, dem nächstbesten Besoffenen einen grundlosen Schwinger vor die Glocke zu hauen, weil sie es sonst im Leben zu nichts gebracht hatten, versperrte den Blick nach innen, wohin Rempe verschwunden war.

»Rosen?«

Schneider zuckte zusammen. »Verpiss dich«, zischte er.

Der pakistanische Rosenverkäufer ging weiter, und Schneider wischte sich eine Schweißperle von der Stirn. Er warf einen Blick auf seine Uhr. Was machte der Typ da drinnen?

»Ich muss dich sprechen«, presste Schneider und schüttelte sofort den Kopf darüber, dass er in letzter Zeit immer häufiger halblaut vor sich hinsprach. War alles sehr stressig gewesen in den vergangenen Wochen und Monaten, versuchte er sich zu beruhigen. Dann die Sache beim Bodewig und das Ding mit Hicham … Da konnte man schon mal komisch werden.

Schneider schob die zittrigen Hände in seine Bundeswehrhose. »Scheiße.« Die verfluchten Pillen lagen alle in seiner Wohnung, und die hatten die Bullen versiegelt. Wenn sie das Zeug nicht sogar gefunden und beschlagnahmt hatten. Aber die hatten ja schließlich ganz andere … Sachen in seiner Wohnung gefunden und würden sich vielleicht nicht mit ein paar bunten Pillen aufhalten. »Scheiße«, fluchte Schneider.

Bei dem Bullen mit seiner schrecklichen, braunen Krawatte im Büro, da hatten die Tabletten noch gewirkt. Da war er noch gut drauf gewesen. Schneider grinste. Aber das Grinsen gefror augenblicklich wieder. Mann, was würde er jetzt für drei, vier Pillen geben!

Er schaute nach unten. Die Alditasche samt Inhalt baumelte an seinem Handgelenk. Wenigstens die Dinger hatte er schlauerweise nicht in seiner Bude zurückgelassen. Seine Joker! Seine Asse! Seine Fahrkarte in einen besseren Teil der Welt! Diese beiden, kleinen Fundsachen waren schon sehr geeignet, seine Laune ein bisschen aufzubessern!

Dann ging auf der anderen Straßenseite die Tür auf. Deep Purple pusteten Rauch über die Bolker Straße und tatsächlich war es Rempe, der sich am Türsteher vorbei nach draußen schob. Schneider drehte sich weg und spannte seinen Körper an. Rempe guckte mehrfach nach links und rechts.

Aufpassen, Schneider!

Rempe ging nach rechts Richtung U-Bahn-Station. Schneider gab ihm zwanzig Meter und folgte ihm dann vorsichtig, indem er sich unauffällig an den Gaststätten vorbei hinterherschlich und darauf achtete, dass genug Altstadttouristen zwischen ihm und Rempe liefen.

Auf der anderen Seite der Straße nahmen Deep Purple ihr *Smoke On The Water* wieder mit nach drinnen. Einen Hauseingang neben dem *Schwarzen Panther* trat jetzt eine weitere Gestalt vorsichtig auf die Bolker Straße und ging entschlossen und ruhigen Schrittes in Richtung U-Bahn-Station ...

* * *

Struller warf einen Blick auf seine Armbanduhr, sammelte Speichel und jagte einen klebrigen Yellow durch die verrosteten Eisengitter in den dunkel-trüben Rhein. 22.30 Uhr. Sie hatten Schneider nicht geschnappt!

Die Neonreklame des *Apollo*-Restaurants leuchtete in bunten Farben aufs Rheinufer. Heute war keine Vorstellung, und trotz des guten Wetters war kaum eine Menschenseele zu sehen. Die hingen bei der Hitze lieber auf der Freitreppe an der Altstadt ab. Verständlich, denn da hatte man es nicht mehr so weit bis ans frisch gezapfte Uerige. Struller seufzte. Das hätte er jetzt auch gut gebrauchen können.

Er guckte noch mal aufs Handgelenk. Zehn Uhr hatte Rempe am Telefon gesagt, und jetzt war es schon halb elf. Auf diese Zeitungsfritzen war einfach kein Verlass. Machten nur Mist und schrieben Dreck!

Er warf einen Blick über die Promenade. Seit ein paar Minuten war überhaupt keiner mehr hier auf der Prachtmeile vorbeigekommen. Eine einsame Joggerin war ein paar Mal an ihm vorbeigekeucht. Joggerin war sie eigentlich auch nicht. Die wanderte nur ziemlich zügig auf und ab. Immerhin mal eine willkommene Abwechslung. Und da kam sie gerade wieder. Angenehm! Und dann erkannte Struller die junge Frau. Das war die Kollegin von der Hahnenfurter Straße, die er fast auf die Motorhaube geladen hatte, vor dem Anwesen von Dr. Bodewig. Struller löste sich vom Gitter und machte einen Schritt auf sie zu.

»Lass mich in Ruhe oder ich trete dir in die Eier!«, zischte sie und Struller zuckte zusammen.

»Ähm, sorry, hallo, ich bin ein Kollege, der von der Kripo, Hahnenfurter Straße, der Oberarm?«

Die Kollegin musterte und erkannte ihn. »Oh, tut mir leid, hab dich nicht erkannt. Hier unter der Brücke lungern schon mal finstere Gestalten herum und du, na ja, wegen dem Trenchcoat und dieser, äh, dieser braunen Krawatte da ...«

»Is ja okay, ich hab eine Frage. Du läufst hier ja schon eine ganze Zeit lang auf und ab ...«

»Ich trainiere für die 4-daagse von Nimwegen.«

»Aha, also, ich bin hier mit einem Typen verabredet. Der ist so um die fünfzig, hat 'nen Vollbart, etwas kleiner als ich und hager. Hast du den hier gesehen?«

»Die einzigen hageren Typen, die ich in letzter Zeit gesehen habe, sitzen hinten an der Freitreppe, sehen aus wie hundert, sind aber maximal achtzehn und drücken sich Spritzen in die Arme. Nee, sorry, deinen Typen hab ich nicht gesehen.«

»Okay, danke«, sagte Struller, sah ihr in Gedanken eine Weile hinterher und warf dann einen Blick auf den Rheinturm, dessen Lichtkegel, zusammengenommen, die größte Uhr der Welt ergaben. Fast elf war es jetzt. Über ihm brauste monoton der Verkehr über die Rheinkniebrücke.

»Jetzt reicht's! Ich werd hier noch bekloppt!« Struller drehte sich um, fest entschlossen, sich im Uerige ein kühles Altes durch die Kehle zu schütten.

Den Schatten sah er nur aus den Augenwinkeln von oben heranrauschen. Er sprang einen halben Meter zur Seite. Das Bündel klatschte vor ihm auf die Promenade. Struller schaute nach oben und meinte, oben am Geländer der Rheinkniebrücke noch einen Kopf gesehen zu haben.

Verfolgung war zwecklos. Er schnappte sich das Handy, hackte die 110 ins Gerät, hatte Tili am Notruf und hetzte dem Phantom auf der Brücke die Kollegen auf den Hals.

Dann schluckte er, strich sich durchs Haar und beugte sich hinunter. Ein Mensch, tot, das war klar! Er lag auf dem Bauch. Das musste Rempe sein.

»Ist also doch noch gekommen«, murmelte Struller und drehte den Körper auf den Rücken. Erst mal erkannte er in der Masse von Blut und Fleisch so recht niemanden. Wenn man sich allerdings hier ein Stück Gesicht dazudachte und die Ecke dort nicht so eingedrückt wäre ... Ja! Struller nickte.

Vor ihm lag Schneider.

Er seufzte und zückte noch mal sein Handy.

* * *

Mit einer guten Stunde Verspätung kam sie dann doch noch ins gut gefüllte *Cubana*. Und verdammt, stellte Jensen fest, das Warten hatte sich gelohnt.

»Hallo, Christian. Wartest du schon lange?«

»Hi, Speedy, och, nich schlimm. Ich war ein bisschen zu früh.«

»Na, hoffentlich ist das kein schlechtes Omen.«

Jensen schluckte. Au Mann! Das war aber wirklich mal eine enge Jeans! Er musste zweimal hinsehen, um sicher zu sein, dass das Blau kein Bodypainting, sondern wirklich eine Bluejeans war. Zur Sicherheit kontrollierte er ein drittes Mal an einer Stelle, an der ein Painting hätte auffallen müssen: Nein, war eine Bluejeans! Und oben rum: Zu dem Teil in Schwarz kann man nur sagen: BH. Nicht mehr und nicht weniger. Es war zwar heiß draußen, aber damit, dass Speedy hier in Unterwäsche antreten würde, damit hatte er wirklich nicht rechnen können.

Schlangengleich glitt sie auf den Stuhl Jensen gegenüber. »Der Taxifahrer hat sich verfahren.«

Natürlich, dachte Jensen. Natürlich! Der Taxifahrer hatte sicherlich jeden Meter seiner Fahrt genossen und Kopfschmerzen vom In-den-Rückspiegel-Schielen!

»Was trinkst du da?«

»Caipirinha.«

»Nehm ich auch einen!«

Jensen winkte der Kellnerin und bestellte.

Speedy beugte sich nach vorne und strich ihm übers Hemd. »Ein frisches Hemd, ohne Flecken? Ich finde, du bist immer total gut gekleidet. Hast du eine Freundin, die dir die Klamotten aussucht?«

Jensen hustete. »Ähm, nee, im Moment nicht. Und danke, für die Sache mit den Klamotten. Und überhaupt, dass du so kurzfristig Zeit gehabt hast.«

»Ich hab keine Zeit gehabt. Aber ich hab einfach alles andere abgesagt. Und, bevor wir zum gemütlichen Teil übergehen, was brennt dir denn auf den Nägeln? Wie kann ich dir helfen, Schatz?«

Jensen machte kurz der Kellnerin Platz, damit die zwei stattliche Cocktails zwischen ihnen abstellen konnte.

»Also, echt geheim das Ganze. Ich brauch ein paar Infos zu drei Kollegen. Das muss aber unter uns bleiben.«

»Verdeckte Ermittlungen, okay. Klingt spannend! Dann fang mal an.«

»Kriminaldirektor Brenner.«

Speedy zog einen Flunsch. »Hm, der kommt nur sehr selten zu mir in die Kantine. Ist immer freundlich, nett, unauffällig. Ich glaube, der kommt aus Hamburg. Zu dem fällt mir aber wirklich nicht viel ein. Der hat ein

Schuppenproblem, dem rieselt es mächtig vom Kopf. Kann man gut sehen, weil der immer einen dunklen Anzug mit Krawatte trägt. Da sieht man die Schuppen so gut. Der muss irgendwo in Düsseldorf wohnen, denn manchmal kommt er mit dem Fahrrad. Er trägt dann Hosenklammern, die er manchmal vergisst herauszunehmen.«

Jensen nickte. Das war nicht besonders viel, stellte er enttäuscht fest. »Der zweite wäre ein Typ vom Erkennungsdienst, Spurtmann.«

Speedy lachte und nahm einen kräftigen Schluck. »Na, da halt dich mal fest. Berti Spurtmann ist ein ganz Schlimmer. Also, ich meine, mir ist das ja egal ... Is ja irgendwie auch cool ...«

Jensen runzelte ihr ein Fragezeichen über den Tisch.

»Na ja, der Berti geht jeden Mittwoch um zwölf Uhr – da hat er Mittagspause – in die Kronprinzenstraße 38a. Dort ist ein Domina-Studio, und da lässt der Gute sich ein halbes Stündchen lang auspeitschen.«

Jensen verschluckte sich. »Sicher?«

»Absolut sicher. Ich hab 'ne Bekannte, die eine Bekannte hat, und davon die jüngere Schwester arbeitet in dem Studio. Der Spurtmann fliegt da regelmäßig mittwochs ein, lässt sich ein paar lustvolle Striemen ins Fleisch knallen, kommt zurück ins PP und widmet sich wieder seinen Verbrecherfotos.«

»Hm«, machte Jensen. Da ließ sich was draus machen.

»Schon besser, die Info, was Schatzi?«, flüsterte Speedy und strich mit ausholender Geste ihre blonden Haare nach hinten. Vor ihr wogte es mächtig. Der BH war zu allem Überfluss auch noch eine halbe Nummer zu klein.

Jensen konnte die neidischen Männerblicke in seinem Rücken geradezu dolchartig spüren. »So ist gut, ich meine, die Info war natürlich klasse«, haspelte Jensen. »Der dritte ist ein Martin Niedergeräter.«

Jemand hatte die Klimaanlage vierzehn Grad runtergedreht, es wehte ein eiskalter Polarwind, und eine Kaltwetterfront legte sich reifgleich über den Tisch. »Wie kommst du denn auf den?«

Jensen hätte nie gedacht, dass Speedys rechter Mundwinkel sich so weit nach unten würde ziehen lassen. Ihr Gesichtsausdruck bei einer Wurzelbehandlung ohne Betäubung müsste ähnlich aussehen. »Ähm, der steht auch auf der Liste.«

»Das ist ja eine tolle Liste!« Sie zog den Rest Caipirinha in einem Ruck durch den Strohhalm, verdrehte den Hals nach hinten, visierte die Kellnerin an und brüllte: »Fräulein, noch so ein Teil!«

Nachdem sie bei den männlichen Besuchern des Lokals aus eingangs erwähnten und natürlich verständlichen Gründen erhebliche Beachtung gefunden hatte, drehten sich nun auch die weiblichen Gäste kurz in ihre Richtung.

Speedy beugte sich nach vorne und hatte, als sie nun versuchte zu flüstern, ihre Stimme immer noch nicht richtig im Griff. Phontechnisch. »Martin Niedergeräter ist ein arrogantes Arschloch!«

»Aha ...«

»Das weiß im Präsidium jeder! Kann dir jeder bestätigen. Danke, Fräulein.«

Sie schnappte sich den Strohhalm und stocherte wütend im Eis herum. »Bestätigt dir jeder. Kann natürlich sein, dass die rothaarige Tussi aus der K-Wache, mit der er gerade rumbumst, was anderes sagt!«

Oha. Jensen nippte hastig am Obstsaft. Offensichtlich war ausgerechnet der Niedergeräter eine unbearbeitete Altlast. Obwohl er sich sehr gut vorstellen konnte, dass es von diesen Geschichten bei Speedy sicher einige gab, und die Wahrscheinlichkeit, bei drei Männern aus dem Polizeipräsidium kein Opfer ihrer drallen Weiblichkeit dabei zu haben, eher gering zu sein schien. »Du hattest mal was mit dem Niedergeräter?«

»Klar. Guck dir den Typen doch an. Tolle Figur, total gepflegte Erscheinung, super Arsch in der Hose, immer modisch tipptopp gekleidet. Klar hatte ich was mit dem. Bis vor ein paar Wochen noch, bis die billige Rote auf der Kriminalwache angefangen hat. Drei Nachtdienste später lagen die schon bei ihm oben im Büro aufm Schreibtisch! Schlampe!« Sie nahm einen weiteren, kräftigen Schluck. »Was willste von dem wissen? Soooo toll war der auch nicht im Bett. Immer das Gleiche! Langweilig, im Grunde genommen. Kommt ganz gut, ja, stöhnt aber furchtbar laut und brüllt beim Abgang, dass man es noch bis nach Neuss hören kann!«

Jensen schielte zum Nachbartisch, wo zwei junge Damen interessiert und mit glasigem Blick zuhörten. Sein Handy schnurrte in der Brusttasche seines Hemdes »Och, vielleicht ist es doch gar nicht so …«

»Frag ruhig. Im Grunde genommen hat der sowieso nur seinen blöden Fußball im Kopf. Der spielt irgendwo in der Landesliga. Hat er mir mindestens hundertmal erzählt. Als ob ich wüsste, was eine Landesliga ist. Spielführer der Behördenmannschaft ist er auch, und da sind die auch andauernd unterwegs. Morgen Mittag spielen die die Behördenmeisterschaft aus, da spielt unser Held für die Kommissariate. Und jede Mannschaft hat natürlich eine eigene Mannschaftsfahrt, und glaub mir, ich weiß, was auf den Fahrten los ist. Bin jahrelang selbst im Mai nach Mallorca geflogen! Geh doch endlich ran, ans Handy!« Sie zog die Nase hoch. »Die Stimmung ist sowieso im Arsch!«

Das sah Jensen auch so und friemelte sein Handy aus der Hemdtasche. Strullers Nummer stand im Display. Er nahm das Gespräch an, klappte mit der rechten Hand das Teil wenige Sekunden später schon wieder zu und winkte mit der linken die Kellnerin heran.

»Willst du schon gehen?«, fragte Speedy entsetzt. »Dass mit dem ollen Niedergeräter war doch gar nicht so gemeint, Schatz. Da bin ich lange drüber weg. Ehrlich! Komm wir trinken noch was, ja? Die haben hier einen ganz leckeren Cocktail mit Blutorangen drin …«

* * *

»Du bist aber schnell hier. Warst du nicht zu Hause?«, fragte Struller.

»Ich schlaf unter der Theodor-Heuss-Brücke. Was dagegen?«, knurrte Jensen.

»Is wenigstens immer gut gelüftet. Jeder muss gucken, wo er bleibt. Die Mieten sind hoch! Was gibt's Neues, Doc?«

Doc Stich zog sich die Einweghandschuhe von den Fingern. »Suizid kann ich ausschließen!«

»Wieso?«, fragte Jensen.

»Der Sturz von der Brücke war nicht todesursächlich. Ich habe mir die Leiche genauer angeguckt und eine sieben Zentimeter tiefe Messerstichwunde im Rücken gefunden. Von hinten ins Herz. Das war tödlich!«

»Vielleicht eine ganz geschickte Form von Selbstmord?«

»Mit dieser Stichwunde hat er keine zwei Sekunden mehr gelebt, geschweige denn, dass er noch bis auf die Rheinkniebrücke hätte gehen können.«

»Vielleicht eine ganz, ganz, ganz geschickte Form von Selbstmord?«, hakte Struller nach.

Doc Stich verdrehte die Augen.

Jensen strich sich durchs Haar und versuchte sich zu konzentrieren. »Wieso schmeißt man dir den Schneider von der Brücke direkt vor die Füße?«

»Zum Spaß vielleicht.«

»Hm. Kann natürlich sein. Entweder war es der Rempe selbst, der dir den Schneider vor die Füße gelegt hat, oder jemand, der wusste, dass Rempe sich dort mit dir um 22 Uhr treffen wollte. Der erschien dann in Begleitung von Schneider. Oder Schneider ist dem gefolgt. Oder Schneider folgte Rempe und ein dritter folgte Schneider«, spekulierte Jensen halblaut vor sich hin.

Struller schlug sich eine Ernte aus der Packung.

»Hier ist rauchen verboten, Struhlmann!«, ermahnte Doc Stich.

»Na, den stört es nicht!«, fauchte Struller und deutete auf Schneider, den zwei schwarzgekleidete Männer vom örtlichen Bestattungsunternehmen gerade in eine Blechwanne hievten. Aber er steckte die Kippe wieder weg.

»Auf jeden Fall haben wir jetzt eine Verbindung Rempe-Schneider. Das macht die Sache nur noch komplizierter«, stellte Jensen fest.

»Wieso das denn?«

»Das bedeutet, dass der Anschlag auf Rempes Auto, Schwinder und der Schneider irgendwie in Verbindung stehen. Und irgendwie müssen wir im Sachverhalt auch noch die Leichenteile aus Schneiders Wohnung unterbringen. Und wie die zu Schwinder in die Anwaltskanzlei passen, das weiß der Himmel! Und dann haben wir noch den Typen, dem der Oberarm in Bodewigs Pool gehört hat, und den hat ausgerechnet der Schneider – sagen wir mal – gefunden. Auch merkwürdig, oder?«

Struller nickte und steckte sich probeweise eine Ernte in den Mundwinkel.

Doc Stich klappte seinen Koffer zu. »Tja, kaum ist der eine Fall abgeschlossen, kommt der nächste, was?«

Struller und Jensen guckten ihn fragend an.

Der Arzt zog die Augenbrauen hoch. »Habt ihr meinen Bericht von heute Nachmittag noch nicht gelesen?« Er tippte Struller auf die Brust. »Ich hab dir extra ausrichten lassen, dass du mich noch zurückrufen sollst.«

»Ja was gibt es denn jetzt Neues? Mach's nicht so spannend!«

»Euer Fall Hicham ist kein Fall.«

»Hä?«

»Wir haben den Hicham obduziert und zweifelsfrei festgestellt, dass er ganz unspektakulär an Herzversagen gestorben ist. Er hatte seit seiner Geburt einen schweren, irreparablen Herzfehler. Es war nur eine Frage der Zeit, wann seine Pumpe die Arbeit einstellen würde.«

»Aber die Gliedmaßen …?«

»Wurden alle post mortem abgetrennt. Lässt sich einwandfrei anhand des vorhandenen Blutbilds im Torso nachweisen. Der Gute ist erst friedlich und ohne Fremdeinwirkung verstorben, dann zer- und in Düsseldorf verteilt worden. Und wie ich das sehe, aber ich bin natürlich kein Fachmann, ist das dann zwar ungewöhnlich, sollte auch nicht einreißen, aber ist doch keine Straftat, oder?«

Die beiden Fachmänner nickten langsam. Das war richtig so.

»Aber«, formulierte Jensen seinen Gedanken, »wenn Schneider den Hicham nicht umgebracht hat, warum hat er ihn zerteilt und die Teile überall abgelegt? Und warum musste er dann sterben?«

»Tja«, sagte Stich und klemmte sich die Tasche unter den Arm.

»Tja«, sagte Struller und stellte zufrieden fest, dass Haralds Truppe mit der Spurensicherung fertig war und er sich somit endlich eine Kippe anzünden durfte. Die er auch bitter nötig hatte.

»Tja«, sagte auch Jensen, »ich mach mich dann mal vom Acker. Nach Hause, eine Runde pennen.«

»Unter die Brücke, ist ja nicht weit.«

»Ähm, Pit, hast du eigentlich gewusst, dass der Niedergeräter mal was mit der Speedy aus der Kantine gehabt hat?«

»Klar. Dann hat er sie abgeschossen. Jetzt ist er mit diesem heißen, rothaarigen Teil von der K-Wache zusammen, der Glückspilz. Das weiß im Präsidium jeder. Ich glaub, die Speetmann hat's als Letzte erfahren. Sprich sie besser nicht drauf an!«

Jensen tippte sich an die Stirn. »Merk ich mir. Danke für den Tipp. Tschüss!«

»Gute Nacht, deck dich gut zu und lass dich nicht klauen!«

»Ich grüß die Ratten von dir!«

»Sei so gut!«

Jensen verschwand hinterm Brückenpfeiler, und Struller stand wieder alleine unter der Brücke. Alle waren wieder weg. Er kam sich vor wie in einem Film von David Lynch. Total bizarr, das Ganze. Nur der dunkle Blutfleck zu seinen Füßen erinnerte ihn daran, dass hier in der letzten Stunde überhaupt irgendwas passiert war. Er blinzelte hoch zum Brückengeländer.

»Alles Gute kommt von oben.«

Die Uhr am Rheinturm zeigte halb eins. Plötzlich ertönten Schritte von hinten. Struller wirbelte herum.

»Na, ist der hagere Typ gekommen?«

Die Läuferin. Struller entspannte sich. »Nee, so ein Glatzkopf ist hier eben kurz aufgeschlagen, aber der ist auch schon wieder weg.«

»Na dann«, grüßte die Kollegin und marschierte weiter.

Struller blickte ihr nach und dann rüber über den Rhein ans andere, ans falsche Rheinufer. Leichte Nebelschwaden waberten gespenstisch über die dunklen Wellen. Schön. Er nahm einen tiefen Lungenzug. Es konnte alles so schön sein.

5. Tag

Struller war als Erster im Büro, trat gegen die von den äquatormäßigen Temperaturen nach wie vor völlig unbeeindruckt vor sich hinbullernde Heizung und riss hastig die beiden Fenster auf. Zischend entwich die siebzig Grad heiße Luft nach draußen. Sein Blick fiel unten im Innenhof auf Jensen, der seinen Mustang einparkte. Irgendwann musste er ihm sagen, dass das, wo Jensen seinen Karren immer abstellte, der Parkplatz des Polizeipräsidenten war. Jensen winkte hoch, Struller winkte zurück. Das war ein schöner Morgen!

Dann klingelte das Telefon. Struller hob nur ab, weil im Display die Nummer 69 69 69 zu lesen war und weil er doch wissen wollte, wem die Nummer gehörte. Es meldete sich eine weibliche Person, möglicherweise auch um diese Uhrzeit schon leicht angetrunken.

»Nein, der ist noch nicht hier, müsste aber jeden Moment ... Ich? Ich bin sein Chef. Aha. Soso. Impotent? Das kann sein, er ist noch nicht so lange hier. Ja, sicher ... Natürlich ... Ob er schwul ist? Weiß ich nicht. Ist bei uns nichts Schlimmes! ... Ja ... Früher? ... Ja, früher war alles anders, das stimmt! Aber auch nicht besser! ... Mach ich! ... Genau! ... Schönen Tag noch!«

Struller legte auf und hackte sofort eine neue Nummer ins Telefon: »Ja, Morgen auch. Sag mir mal einen Teilnehmer, Nummer 69 69 69, hier in Düsseldorf. Ja. Danke!«

Eine halbe Stunde später flog die Türe auf, Jensen sprang rein und winkte mit einem Zettel. »Bernd Prass, der notorische Selbstmörder, ist aufgetaucht!«

»Oh, gut«, sagte Struller und nahm die Füße vom Schreibtisch.

»Na ja, er lag zwischen Kempen und Aldekerk, das ist am Niederrhein, auf den Gleisen. Unterm Niersexpress. Also anfangs. Später lag er dahinter.«

»Oh«, sagte Struller, stand auf, ging zur Pinnwand und strich mit einem Kuli den Namen Prass von einer Liste. »Bleiben Rotbein und Burchards als Vermisste. Und weißte was, Sportsfreund, um die beiden kümmere ich mich direkt.«

»Und was soll ich machen?«

»Du fährst zum *Rheinkurier* und überprüfst, an was für Dingern der verschwundene Rempe aktuell gearbeitet hat. Vielleicht findest du ja eine schicke Skandalstory samt Motiv.«

»Brauch ich dafür nicht einen Durchsuchungsbeschluss?«

»Mit Beschluss kann das jeder. Zeig mal, was du kannst, lass dir was einfallen und mach hinne!«

»Is klar, Chef!«, bellte Jensen und schlug die Hacken zusammen.

Struller hatte die Türklinke schon in der Hand und drehte sich noch mal zu Jensen um.

»Ähm, Angelika Lax hat übrigens eben angerufen. Sie behauptet, du seiest impotent. Oder schwul. Sie wollte sich nicht richtig festlegen. Ich hab den Eindruck, die ist sauer, dass du sie nicht flachgelegt hast. Die Lax ist eine wichtige Zeugin, Kollege, du musst dir bei der Arbeit schon ein bisschen mehr Mühe geben!«

* * *

Die Körtingstraße ging von der Benzstraße ab. Die Benzstraße wiederum war die Parallelstraße vom Hellweg. Struller schniefte. Das war früher eine ganz heiße Gegend gewesen, der Hellweg, der Edisonplatz und seine Nebenstraßen. Da war es mächtig zur Sache gegangen, und die Einsätze wurden immer mit mindestens zwei, besser mit drei Streifenwagen abgewickelt. Heute war das längst nicht mehr so schlimm, auch wenn einige Koryphäen immer noch hier auf Flingerns Prachtmeile wohnten. Der vielleicht nicht mehr ganz so gerechtfertigte Ruf der Gegend sorgte aber immer noch dafür, dass die Parkanlagen junkiefrei waren und sich Straßenräuber aus Angst um ihr eigenes Leben aus diesem Teil der Stadt fernhielten. Immerhin bestand die Möglichkeit, dass der Rentner, dem man locker die Geldbörse zocken wollte, nach mehreren Raubüberfällen erst gerade vor drei Wochen wegen guter Führung aus der Ulmer Höh entlassen worden war. Nach drei Wochen war dann konsequenterweise davon auszugehen, dass er wieder bis an die Zähne bewaffnet war. Darum mieden Räuber und anderes lichtscheues Gesindel die Gegend. So ließ es sich hier im Grunde genommen prächtig leben und wohnen.

Die Körtingstraße 38 war ein rechteckiger Werksbau, ehemals Mannesmann oder Glashütte. Drei Etagen mit acht Mietparteien. Struller checkte die Klingelleiste.

Fünf Schildchen waren beschriftet, drei Besitzer kannten entweder ihren eigenen Namen nicht oder legten auf Besuch keinen gesteigerten Wert. Unten rechts wohnte Hubert Rothbein, die neue Nummer eins auf Strullers Vermisstenliste, nachdem sich Prass freundlicherweise selbst gestrichen hatte. Er drückte ein paar Klingeln, ein Summer ertönte, und die Tür ließ sich aufdrücken. Rechts im Eingang hingen mehrere Briefkästen, auch der von Rothbein. Rothbeins Briefkasten war leer.

»Hallo?«, dröhnte es fragend aus einer der oberen Etagen quer durchs muffig nach abgestandenem Schweiß riechende Treppenhaus.

»Post!«, rief Struller zurück und ging weiter nach rechts an eine Tür, an der ihm ein Namensschild die Wohnung von Rothbein verpetzte.

»Wie, Post?«, quengelte der Typ von oben.

»Telekom! Briefe und so!«

»Die waren heute Morgen doch schon da …«

Struller verdrehte genervt die Augen. Seit wann kümmerte das überhaupt jemanden? »Ich hab noch einen Nachtrag!«

Ein tiefes Knurren war die Antwort. Struller drückte sein rechtes Ohr an Rothbeins Haustür. Nichts zu hören. Von drinnen. Von oben dagegen näherte sich ein polterndes Paar Schuhe. Dann verdunkelte ein Typ Marke Kleiderschrank, in bunter Jogginghose und im weißen Feinripp, das trübe Flurlicht.

»Was machst du da?«

»Ich guck, ob jemand zu Hause ist.«

»Indem du ein Ohr an die Tür drückst? Verpiss dich, Alter!«

Struller prüfte, ob er sein Gegenüber am besten sofort umhauen sollte. Aber unterm Unterhemd, das deutliche Spuren von Erascos Feuertopf, möglicherweise vom Vortag, aufwies, zeichneten sich neben einem beeindruckenden Bauchansatz nicht minder beeindruckende Muskelstränge ab. Und die Leute vom Hellweg sollte man ganz grundsätzlich nie unterschätzen. Die hatten vielleicht in einem früheren Leben in einem Wanderzirkus Eisenbahnschienen verbogen. Struller entschied sich für Deeskalation. »Pass mal auf, du Mutant! Siehste das hier? Das ist ein Dienstausweis. Ich bin Polizist, ich ermittle.«

Der Kleiderschrank grunzte ihm eine passable Knoblauchfahne ins Gesicht. »Is klar! Du bist Polizist. Und ich bin Mittelstürmer beim 1. FC Köln. So wie du aussiehst, kennst du maximal das Polizeigewahrsam von innen, du Penner. Ich weiß, wie Bullen aussehen, und du bist keiner! Kauf dir mal vernünftige Klamotten, Alter! Verpiss dich! Oder ich hol mal ein paar deiner Kollegen!«

Struller blinzelte irritiert an sich herunter. Gut, die Häkelkrawatte. Und die Jeans war auch mal sauberer gewesen, aber sich am Hellweg als Penner beschimpfen zu lassen, war schon ein übler Vorwurf.

Der Schrank hatte sich rumgedreht, auf dem Absatz noch mal in seine Richtung gefurzt – sicher der Feuertopf von Erasco – und war oben in sein finsteres Loch verschwunden.

Struller widmete sich wieder seiner Vermisstensache und blinzelte durch den Spion in Familie Rothbeins Haustür. Innen war alles hell, jemand hatte die Jalousien hochgezogen. Klar, da wohnte ja noch die gruselige Alte vom Rothbein, die aussah, als wär sie früher mal ein Mann und der Bruder vom Erasco-Freund gewesen. Struller wühlte in seinen Taschen nach einem Set mit Haken, mit denen er versuchen könnte, die Türe aufzukriegen. Er hatte gerade den Ring ganz unten unterm blau-weiß karierten Stofftaschentuch hervorgekramt, als er von draußen ein näherkommendes Martinshorn hörte.

»Verdammt!«, zischte Struller. Wer hatte aber auch damit rechnen können, dass der Typ im Unterhemd tatsächlich die Kollegen rufen würde? Wer konnte damit rechnen, dass er überhaupt ein Telefon besaß und es bedienen konnte?

»Verdammt!«, zischte Struller noch mal und vergrub seinen Hakenring wieder in der Jeanshose. Dass er sich wegen seiner Kleidung, die einer vom Hellweg moniert, würde rechtfertigen müssen, war ihm ein bisschen peinlich und passte ihm gar nicht. Er hastete die Stufen nach unten. Draußen parkte ein Streifenwagen mit quietschenden Reifen. Er entdeckte die Tür, die nach hinten in den Garten führte und huschte hindurch in eine offene Grünanlage, die sich zwischen einzelnen Wohnblocks ausdehnte. Er hörte, dass ein Kollege auf die Tür zukam, und drückte sich hastig hinter einen Müllcontainer.

Der junge Mann riss die Tür auf und rief: »Hier is keiner, der muss noch oben sein!« Dann verschwand er wieder.

Im Treppenhaus begannen andere Beamte damit, die Tür zu Rothbeins Wohnung einzutreten. Da waren die Kollegen in Uniform immer schnell dabei. Struller strich sich durchs schweißnasse schwarze Haupthaar.

Das eskalierte ja mächtig. Und wenn man oben die Tür eintreten sollte, dann wäre er auch noch schuld, da er die Sache nicht geradegerückt hatte.

Quer durchs Treppenhaus brüllte plötzlich der Erasco-Feinripp-Fan: »Der hat so eine scheußliche braune Häkelkrawatte um und sieht aus wie ein Penner. Hab mir gleich gedacht, dass das kein echter Bulle ... äh, Polizist ist!«

Jetzt gab es für Struller keine Wahl mehr. Er musste hier weg! Gerade wollte er sich von der Wand lösen, als über ihm eine Person auf dem Balkon erschien, der zu Rothbeins Wohnung gehörte. Das war kein Kollege, das war ... Hubert Rothbein. Eindeutig. Struller erkannte ihn vom Foto, das Jensen ihm gezeigt hatte. Rothbein nahm Schwung, sprang und landete vor Struller im Gras. Als er den erschreckt entdeckte, wirbelte er herum und gab Fersengeld.

Struller hinterher.

Es ging direkt um die Ecke in ein Brachgelände. Rothbein sprang einen alten, verrosteten Maschendrahtzaun hoch, und dort oben bekam Struller ihn zu fassen.

»Scheiße, ich hab doch nichts getan!«, brüllte Rothbein.

»Schnauze«, zischte Struller und zog ihn runter ins hohe Gras, gerade noch rechtzeitig, bevor die Herren im Streifenwagen, der die Straße auf der Suche nach einem Häkelkrawatten tragenden Tageswohnungseinbrecher entgegen der Einbahnstraße im Schritttempo befuhr, sie entdecken konnten. Der Funk quäkte laut und ein hagerer, perverser Typ mit brauner Krawatte wurde beschrieben. Der Peterwagen bog um die Ecke.

Rothbein strampelte. »Ich hab doch nichts gemacht.«

»Deine Frau hat dich vermisst gemeldet.«

»Das ist doch alles ein Irrtum!«

»Wie soll das denn ein Irrtum sein? Du haust ab und deine Frau meldet dich vermisst.«

Rothbein schlug die Hände an den Kopf. »Ich hab's nicht mehr ausgehalten. Sie kennen meine Frau nicht.«

Das stimmt, dachte Struller, aber er hatte ein Foto von der Holden gesehen …

Rothbein schüttelte sich. »Wir haben ständig Stress. Seit meine Jungs aus dem Haus sind, hackt sie nur noch auf mir rum. Ich hab die Arbeit verloren und bin jeden Tag von morgens bis abends zu Hause. Und das mit dieser Frau! Ich musste da raus. Alleine in Urlaub fahren, das geht nicht. Hotel, keine Kohle.«

Struller lockerte den Griff. Er kannte zwar noch nicht das Ende der Story, aber der Typ tat ihm jetzt schon leid.

Rothbein fuhr fort: »Also hab ich mir gedacht, ich hau ab. Also immer kurz bevor meine Alte nach Hause kommt. Ich lunger ein bisschen in der Nachbarschaft ab, und wenn die aus'm Haus ist, meine Frau putzt auf drei Stellen, geh ich nach Hause. Dann dusch ich und ess was und les was und so.«

»Hm«, machte Struller.

»So richtig bin ich also gar nicht vermisst. Kann ich doch nicht ahnen, dass die gleich zu den Bullen rennt und eine Anzeige aufgibt.«

»Ihre Frau vermisst Sie. Wahrscheinlich ist es Liebe.«

»Das ist ja das Furchtbare!«

Struller nickte. »Und wie soll das weitergehen?«

Rothbein riss die Augen auf: »Da hab ich schon eine Idee. Da gibt es doch so einen Krimi. Da verliert einer sein Gedächtnis und irrt tagelang durch die Stadt. So mach ich das auch. Irgendwann sag ich einfach, ich hatte einen Unfall, irgendwas mit auf den Kopf gefallen, und dann fällt mir alles plötzlich wieder ein und ich kann wieder nach Hause, aber ...« Er blickte Struller tief in die Augen: »So weit bin ich noch nicht. Können wir den Zwischenfall nicht irgendwie vergessen?«

Struller grübelte kurz. »Okay. Kannst du dir drei Zahlen merken? Gut. 110. Da rufst du an und sagst, dass die Sache mit dem Typen mit der dunkelbraunen Krawatte und deiner Haustür ihre Richtigkeit hat. Du übernimmst die Kosten für die eingetretene Tür und kümmerst dich um den Schaden!«

»Danke«, rief Rothbein und machte Anstalten, Struller vor Erleichterung zu küssen.

»Küss nicht mich, sondern deine Frau!«

»Uuuuh, bloß nicht!«

Struller nickte verstehend und strich in Gedanken den armen Rothbein von der Liste.

* * *

Jensen seufzte. Seit gut fünfunddreißig Minuten quälte er sich im Schritttempo bei Außentemperaturen knapp unter dem Siedepunkt über die Oberkasseler Brücke auf die andere Rheinseite. Immerhin saß er in seinem Mustang, und Eric Clapton erleichterte ihm das heiße Leid, indem er von Männern sang, denen es noch schlechter ging. Endlich, nach gefühlten Ewigkeiten, bog er links ab in die Heesenstraße und klebte die heißen Gummireifen seines Fords in eine Parklücke im Hinterhof der Hausnummer 47, direkt neben dem Eingang zum *Rheinkurier*.

Er warf einen Blick auf die Swatch an seinem Handgelenk. Halb zehn. Um zwölf hatte er einen dringenden Termin, den er nicht verpassen durfte, also würde er sich beeilen müssen. Folgerichtig war für Klingeln keine Zeit, und er drückte kurz entschlossen die Klinke zum Eingang runter.

Im ersten Raum, einer Art Rezeption, war niemand. Es roch schwer nach Pfeifentabak. Wie exotische Farbtupfer hingen einzelne Titelseiten des *Rheinkuriers* an den Wänden. Die Raufasertapete darunter hätte einen frischen Anstrich gut gebrauchen können. Es sei denn, man stand auf gräuliches Gelb.

Jensen überflog einige der großlettrigen Schlagzeilen: *Der Rheinturm muss nach Unterrath! – Der Mörder von Benders Marie ist Kölner! – Weg mit Eller!* Pulitzerpreise waren mit solchen Stories sicher nicht zu gewinnen gewesen.

»Hallo?«, warf Jensen vorsichtig in die Runde.

Nichts. Von der Rezeption gingen mehrere Türen ab. Neben einer Tür auf der rechten Seite hing ein Schild: *Ahnfeld/Rempe*. Hanno Ahnfeld war, das wusste Jensen, denn er hatte sich im Internet auf der Website des *Rheinkuriers* schlau gemacht, der Chefredakteur des Lokalblättchens. Kleines Blättchen, kleiner Mann, denn Hanno, der auf der Homepage Surfen und Fallschirmspringen als seine Hobbys angab, brachte es in Plateauschuhen und mit stramm nach oben gegelten Haaren auf eine stolze Körpergröße von 1,65 Metern. Vielleicht konnte Ahnfeld ihm weiterhelfen.

Jensen wollte gerade anklopfen, als er von innen zweierlei hörte: einen brummenden Barry White und ein fast genauso dahergeschnurrtes Stöhnen. Hoppla, dachte Jensen, drückte vorsichtig die Klinke runter und die Tür einen Spaltbreit auf. Was er sah, war ein durch eine spanische Wand geteiltes Zwei-Mann-Büro. Der rechte Teil war menschenleer. Den linken konnte er nicht richtig einsehen. Er entdeckte lediglich – in regelmäßigen und rhythmischen Intervallen – einen blonden Hinterkopf, der sich jenseits der spanischen Wand langsam hob und senkte.

Vorsichtig schlich Jensen hinein und legte die Tür hinter sich leise zurück in den Rahmen. Barry White brummte: »Can't get enough of your love, baby.«

»Uuuuuh, Hanno!«, schnurrte eine weibliche Stimme dazwischen.

Jensen trippelte geduckt zum Schreibtisch im rechten Teil des Büros. Über dem Schreibtisch aufgehängte Fotos, die Rempe mit mehr oder weniger prominenten Personen zeigten, verrieten ihm, dass er Rempes Schreibtisch gefunden hatte. Auf dem Tisch ein PC. Das war klar. Dorthinein hatte Rempe sicher seine Artikel gehackt, und Jensen verzichtete darauf, überhaupt zu versuchen, den PC hochzufahren, denn Rempe würde mit Sicherheit mit einem Passwort gearbeitet haben. Und um das zu knacken, fehlte ihm – unter anderem – ganz sicher die Zeit.

»Hanno, Vorsicht! Mach mir keinen Knutschfleck, du Schlingel!«

»Hö hö …«

»Hanno!«

»Ich pass doch auf, Süße!«

Rempe besaß einen alten, dunklen Holzschreibtisch mit großer Auflage, die aber für die Berge von Schnipseln, Fotos und Notizen noch zu klein war. Jensen atmete einmal tief durch, denn ihm war bewusst, dass er sich auf verdammt dünnem Eis bewegte, das unweigerlich brechen würde, wenn Ahnfeld ihn hier beim illegalen Sichten von Rempes Unterlagen erwischen würde. Aber die Gelegenheit war so günstig …

»Hmmmm, Baby …«

Jensen stöberte und überflog einen Artikel, den Rempe augenscheinlich gerade erst ausgedruckt hatte:

Für Horst M. wird nichts mehr sein wie früher. Das Bild neben dem Artikel zeigte einen traurigen Mann mit einer abgerissenen Hundeleine. *Horst M. ging mit seinem Jack-Russel-Rüden »Caligula« (ordnungsgemäß angeleint!) im Düsseldorfer Zoo-Park an der Brehmstraße spazieren. Er befand sich am Mittwochabend gegen 21.34 Uhr in Höhe des Weihers in der Mitte des doch so heimelig anmutenden Parks. Einen kurzen Moment lang, der aber sein Leben verändern sollte, ließ sich der pensionierte Bahnbeamte durch Geräusche von der Straße her ablenken. Dann bemerkte er ein Rucken an der Hundeleine. »Ich guckte, und dann war der Caligula weg. Ich sah nur noch einen großen, dunklen Schatten in den Weiher verschwinden und abtauchen! Das muss ein Krokodil gewesen sein! Bestimmt zwei Meter lang!«*

Jensen rieb sich die Augen und las weiter:

Von Caligula fehlt jede Spur. Das Düsseldorfer Ordnungsamt weigert sich, den Weiher durch die Feuerwehr leerpum-

pen zu lassen, damit Caligulas Verbleiben geklärt werden kann. EIN SKANDAL! Die Polizei weigert sich, Tauchergruppen anzufordern. Ihr Sprecher Hartwig P.: »Es stimmt, dass sich bis in die Vierzigerjahre hinein an dieser Stelle ein Tierpark befunden hat, der dem Stadtviertel, nämlich dem Zoo-Viertel, immer noch seinen Namen gibt, aber es ist nicht sehr wahrscheinlich, dass seit dieser Zeit – von allen bisher unbemerkt – ein Krokodil im Tümpel überlebt haben soll ...«

Jensen zuckte zusammen. Nebenan fiel ein Aschenbecher vom zweckentfremdeten Schreibtisch, ohne allerdings das rhythmische Atmen zu stören. Auch Barry White sang unbeirrt weiter: »You're the first, the last, my everything!«

Jensen schüttelte den Kopf, suchte in dem Papierberg weiter, fand aber nichts Brauchbares. Die Schublade zum Tisch war abgeschlossen. Vielleicht da? Die Schublade aufbrechen? Jensen ertastete seinen Leatherman. Fürs Aufbrechen der Schublade würden die ihn bei der Polizei glatt rausschmeißen ... Ein Holzschreibtisch. Oder, er müsste sich eine verdammt gute Ausrede einfallen lassen. Für den Fall der Fälle. Er blickte zur spanischen Wand, drehte sich zum Schreibtisch und wuchtete den Monitor hoch. So stand er, als ...

»Hanno, sollen wir mal wechseln, ich meine, du so und ich ... so. Also, ich auf dem Bauch und du von hinten?«

»Klar, Süße!«

Jensens Herz setzte einen Schlag aus. Es raschelte, gleich würde ihn Ahnfeld – aber dann fielen Jensen Ahnfelds 165 Zentimeter ein. Der konnte gar nicht über die spanische Wand gucken.

Zehn Sekunden später keuchten die beiden wieder gemeinsam gegen Barry White an, und Jensen konnte den Monitor endlich auf einem Stuhl absetzen, ohne mit einem Haufen daran umherbaumelnder Kabel irgendwelche Akten oder Tintenfässer vom Schreibtisch zu hauen. Jensen konnte jetzt geräuschlos den Schreibtisch von der Wand wegziehen. Wenn schon aufbrechen, dann von hinten.

»Danke, Süße, für den Vorschlag«, murmelte er in Richtung spanische Wand und zückte das Messer. Schnell versenkte er die Klinge in die Schlitze vierer Schrauben, dann ließ sich die Rückseite des Schreibtisches wegdrücken und gab einen Spalt frei.

Jensen erfingerte einen Hefter: *Aktuelles.*

Bingo. Schnell drückte er das Sperrholz wieder an die alte Stelle. Eine Schraube drehte er rein, die anderen drei ließ er da, wo sie waren, nämlich in der Tasche seiner Jeanshose. Jetzt, mit den geklauten Akten unterm Arm, hatte sich seine rein rechtliche Position nicht wesentlich verbessert, fand er.

Den Schreibtisch zurück an die Wand und dann hastig ab durch die Mitte. Dachte Jensen. Und eines seiner Beine verhedderte sich in einem der Monitorkabel.

»Oh, Baby!«

»Uaaaaaaaaaaaaaaaaah!«, brüllte Ahnfeld.

Und mit einem lauten Ratsch rutschte der Monitor vom Stuhl gen Boden. Jensen sprang hin, bekam das Gerät zu fassen, wuchtete es hastig zurück an die alte Stelle auf den Schreibtisch – und geriet ins Taumeln. Er stolperte rückwärts und blieb wieder an einem Kabel hängen …

»Guuuuuuuuuuuuuuuuuut, Hanno!«

Und Jensen verlor mit den Armen rudernd das Gleichgewicht und krachte gegen die spanische Wand. Diese gab nach und kippte im Zeitlupentempo auf einen großen, braungebrannten Surfer- und Fallschirmspringerhintern.

»Heh!«, rief Ahnfeld.

Die Blonde vor ihm quietschte.

»Sorry«, stammelte Jensen und brachte sich wieder in die Senkrechte.

»Zum Teufel! Was machst du denn hier?«, donnerte Ahnfeld.

Jensen setzte zur Antwort an. Die Blonde richtete sich auf und zog die Bluse vorne über ihre beiden hübschen, knackigen Äpfelchen. Nun war die Bluse unten ein bisschen kurz und legte frei, was ein Höschen hätte schamhaft bedecken sollen. Aber das dunkelblaue Höschen hing gerade an einer Schreibtischlampe. Deshalb drehte sie sich um und präsentierte Jensen ein süßes, kleines, rotes Teufelchen auf ihrer linken Pobacke.

Ahnfeld zog sich die Hose hoch, aber bevor er seine bestialischen 1,65 auf Jensen stürzen konnte, sagte der: »Jensen, ich bin von der Mordkommission. Ich hab ein paar Fragen, wegen Ihres Kollegen, äh, Rempe.« Er nestelte seinen Dienstausweis aus dem Hemd.

Ahnfeld hielt kurz inne. »Mordkommission? Sind Sie bekloppt? Das ist mein Büro! Das ist Hausfriedensbruch!«

»Ich hab ein paar Fragen!«

»Ich werd mich beschweren!«

»Wegen Rempe.«

»Raus!«

»Ich bin gestolpert. Die Kabel …«

»Raus hier! Verdammt, raus! Wie heißen Sie?«

»Jensen.«

»Raus!«

»Ich bin Praktikant …«

»Raus! Raus! Raus!«

Jensen nickte, schnappte sich geistesgegenwärtig und wie selbstverständlich die Akte *Aktuelles* und suchte hastig das Weite. Einen Blick warf er noch zurück auf das Chaos im Büro. Ahnfeld, mit hochrotem Kopf und halblaut vor sich hinfluchend, hatte Schwierigkeiten, seinen Hosengürtel zu schließen. Die Blonde hatte sich was Dunkelblaues angezogen, sah Jensen direkt in die Augen und grinste.

Jensen knipste ihr ein Auge zu: »Schönes Tattoo!«

»Danke!«

Dann war Jensen draußen, ließ die beiden mit Barry White allein und rauschte drei Sekunden später vom Hof. Halb zwölf. Er hatte einen Termin. Er zog die drei kleinen Schrauben aus seiner Jeans und entsorgte sie, als er wieder den Rhein überquerte. Jensen pustete sich Luft in die Stirn und drückte sich eine schweißnasse Strähne hinters linke Ohr.

»Bin ja gespannt, ob Struller auch so schwitzt!«

* * *

Struller vermisste einiges. Vier Wochen Tauchurlaub auf den Malediven zum Beispiel, einen ruhigen Abend mit Krake und für Fortuna Düsseldorf einen Mittelstürmer. Aber am meisten vermisste er die Klimaanlage seines mintgrünen Golfs, den dieser schisselige Praktikant zersemmelt hatte. Er bog viel zu schnell in die Einfahrt ein, bremste und hinterließ mit seinen Reifen im feinen, roten Split zwei schicke Streifen.

Vor ihm lag ein atemberaubendes Anwesen. Riesig, weiß gekalkt und mit Reetdach. Nicht ganz so protzig wie die Hütte vom Bodewig, aber bestimmt das Doppelte wert.

Struller zerquetschte eine Kippe im Aschenbecher, stieg aus und stellte fest, dass das einzige trockene Kleidungsstück an seinem Körper die dunkelbraune Häkelkrawatte war. Er hatte sich aus prinzipiellen Gründen entschlossen, das gruselige Teil erst dann abzulegen, wenn er dem rechten Arm aus Bodewigs Swimmingpool in spe einen restlichen Körper hinzufügen konnte.

H. Burchards stand auf dem Namensschild neben der breiten, dunkelbraunen Holztüre. Struller klingelte und war ausgesprochen guter Dinge, hier einer krawattenlosen Zukunft ein dickes Stück näherzukommen. Er ließ seinen Blick kreisen. Nette Gegend hier. Das Gegenteil von sozialem Wohnungsbau. Struller hatte gar nicht gewusst, dass dieser Teil der Bergischen Landstraße noch zu Düsseldorf gehörte. Entfernt war das Brummen von Fahrzeugen auf der A 45 zu hören. Schräg über ihm piepten zwei Amseln in einer alten Tanne gegen die Bullenhitze an. Mitten in die Idylle hinein öffnete sich die Tür.

»Bitteschön?«

Struller zückte einen Ausweis und stellte sich der Dame vor. Sonja Burchards war etwas jünger, als es das Alter ihres vermissten Mannes hatte vermuten lassen. Sie war etwa fünfunddreißig Jahre alt, blond, schlank, modisch aber dezent gekleidet und trug eine große Sonnenbrille, wie sie sich Filmdiven in Hollywood nach durchzechter Nacht auf die Nase zu schieben pflegten. Aber vielleicht tat Struller ihr hier Unrecht. Ihr Mann wurde seit über einer Woche vermisst, und ein Gewaltverbrechen war alles andere als auszuschließen. Vielleicht hatte sie geweint.

Sie bat ihn ins Haus, führte ihn durch einen geräumigen, verglasten Wintergarten mit Swimmingpool auf eine Terrasse und schüttete ihm und sich selbst ein Glas Mineralwasser ein.

Struller ließ dem ersten Glas ein zweites folgen und beantwortete eine ihm gestellte Frage: »Nein, ich habe leider keine Neuigkeiten. Gute schon mal gar nicht. Ich muss auch hinzufügen, dass ich nicht bei der Vermisstenstelle arbeite.« Er nippte am Wasserglas. »Ich arbeite bei der Mordkommission.«

Sonja Burchards schlug sich eine Hand vor den Mund und Struller beeilte sich: »Was aber nichts heißen will. In einer Sache, an der mein Kollege und ich gerade arbeiten, checken wir ganz routinemäßig alle Vermisstenfälle der letzten drei Monate, und aus diesem Grund möchte ich Sie bitten, mir noch ein paar Fragen zu beantworten. Fragen, die meine Kollegen vielleicht auch schon gestellt haben, aber die ich noch mal stellen muss.«

Burchards klammerte sich ans Wasserglas und nickte. Struller stellte seine Fragen, und sie antwortete mit monotoner, kraftloser Stimme.

»Am Sonntagmorgen. Er geht jeden Sonntag joggen. Die Straße runter und dann rechts in den Grafenberger Wald.«

»Er läuft dorthin?«

»Nein. Er fährt mit seinem Wagen dorthin. Einem Mercedes. Ihre Kollegen haben den Wagen am gleichen Abend dort auf einem Parkplatz am Wildpark gefunden. Er ist dorthin gefahren, fing an zu joggen und kehrte nicht mehr an sein Fahrzeug zurück.«

»Sie haben ihn dann vermisst.«

Sonja Burchards nickte. »Er bleibt selten länger als einenhalb, zwei Stunden. Ich kaufe in der Zwischenzeit frische Brötchen. Wenn mein Mann heimkommt, duscht er, und dann frühstücken wir gemeinsam. Das machen wir seit Jahren so.«

»Wann haben Sie die Polizei informiert?«

»Ich habe etwa drei Stunden gewartet. Bis halb zwölf. Ich hab mir Sorgen gemacht. Ich meine, vielleicht war er gestürzt, hatte einen Schwächeanfall, oder er ist aus sonst einem Grund in ein Krankenhaus eingeliefert worden.« Sie schüttelte den Kopf. »Aber nichts. Er blieb verschwunden. Die Polizei hat alles abgesucht. Sie haben sogar einen Hubschrauber mit einer Kamera eingesetzt, die irgendwie auf Wärme reagiert. Was weiß ich. Mein Mann blieb verschwunden!«

Struller nickte. Alles das deckte sich mit den Informationen, die Jensen ihm aus der Vermisstenakte vorgelesen hatte. Die Kollegen, so hatte er zwischenzeitlich erfahren, hatten sogar an eine Entführung gedacht, denn Burchards war ein erfolgreicher Bauunternehmer mit reichlich Knete an den Füßen. Aber auch das war im Sande verlaufen. »Sie wissen, dass die Kollegen auch eine Entführung in Betracht gezogen haben?«

Sie nickte. »Das Telefon wird überwacht und in den ersten Tagen sind hier vermehrt Streifenwagen langgefahren. Zwei Polizisten haben unser Haus durchsucht. Das sei so üblich, haben sie gesagt. Ich meine auch ein paar Zivilwagen gesehen zu haben. Sie wissen schon, zwei Männer mit Jeansjacken und kurzen Haaren, die missmutig vor sich hinstarren und sich nichts zu sagen haben.«

»Hm«, gab Struller von sich. »Hatte Ihr Mann Feinde?«

»Sie glauben ...?«

»Reine Routine!«

»Wie meinen Sie das? Feinde?«

»Zunächst mal im beruflichen Bereich.«

Sie dachte kurz nach und schüttelte das blonde Haar. »Feinde, nein. Mein Mann ist Unternehmer. Baubranche. Da geht es sicher nicht immer ohne Ellbogen, aber seit einigen Jahren hat mein Mann fast gar nicht mehr gearbeitet. Nur in letzter Zeit trieb er ein Projekt voran, bei dem er es aber ausschließlich mit ehrbaren Personen zu tun hatte. Ich möchte das fast ausschließen.«

»Ehrbare Personen?«

»Mein Mann war dabei, ein Grundstück am Grütesaaper Weg, das ist ein bisschen weiter die Bergische Landstraße runter Richtung Hubbelrath, zu erwerben. Dort wollte er zusammen mit einem Geschäftspartner einen Golfplatz mit Clubanlage anlegen. Das Geschäft war praktisch unter Dach und Fach, und meines Wissens gab es lediglich mit Angestellten der Stadt Düsseldorf ein paar Probleme, weil die ihrerseits das Grundstück erwerben wollten, aber mein Mann ein wenig schneller war.«

Struller zerrte eine zerdrückte Schachtel Ernte ans Tageslicht. »Darf ich?«

»Lieber nicht, bitte.«

Struller drückte die Schachtel zurück ins verschwitzte Hemd und brummte. Schon wahr: den Leuten vom Bauamt war einiges zuzutrauen. Ein paar auf Pump gebaute, protzige Bauwerke ließen Rückschlüsse auf einen zumindest fraglichen Geisteszustand der städtischen Mitarbeiter zu, aber dass es hierbei jüngst zu den Gepflogenheiten gehörte, Gliedmaßen abzutrennen, wäre ihm doch neu. Zumal sich die Weicheier noch nicht mal zur Anschaffung von Parkkrallen durchringen konnten, weil sie Angst hatten, dass an dem ein und anderen Luxusfahrzeug kleine Lackschäden entstehen könnten.

»Gab es Streit im privaten Bereich?«

Das blonde Haar wurde energisch geschüttelt. »Das schon gar nicht. Mein Mann ist ein ganz verträglicher Mensch. Nein, nein.« Sie machte eine ausholende Handbewegung, die das Haus in ihrem Rücken und die parkähnliche Gartenanlage mit einschloss. »Mein Mann ist in den Achtziger- und Neunzigerjahren recht fleißig und deshalb auch recht erfolgreich gewesen. Er muss sich nichts beweisen, und wir sind in der Lage, uns hier ein angenehmes und komfortables Leben leisten zu können. Das nimmt den Druck aus vielen Dingen.« Sie zögerte. »Tatsächlich haben mein Mann und ich in den vergangenen Jahren zwei größere Weltreisen gemacht. Wir haben unser Leben genossen, wissen Sie, nach all der Arbeit zuvor. Die Golfplatzsache sollte genau genommen ein kleiner Neueinstieg werden. Meinem Mann ... ach, ich glaube, ihm hat schon ein bisschen seine Arbeit gefehlt.« Sie strich sich in Gedanken durch ihr langes, blondes Haar.

Sie war eine Schönheit. Keine Frage. Schöne Frauen sind immer mit Vorsicht zu genießen, rief Struller sich innerlich zur Ordnung, denn er hatte sich dabei erwischt, ihre tolle Figur bewundert zu haben. Das war unprofessionell, das ging natürlich nicht! – Das war aber auch eine Taille ...

Sonja Burchards fuhr fort: »Mein Mann, um aber Ihre Frage zu beantworten, legt sich mit niemanden an und kommt niemanden in die Quere. Also, privat jetzt. Außer, wie gesagt, die Golfplatzgeschichte.«

Die hatte sie jetzt oft genug erwähnt, dachte Struller und erhob sich. »Ist es Ihnen recht, wenn ich ein paar Spezialisten vorbeischicke, die versuchen werden, DNA-Material Ihres Mannes zu sichern?«

Hinter ihrer Brille wurde Frau Burchards eine Spur blasser, aber sie nickte und geleitete Struller wieder nach drinnen.

»Wie heißt der Geschäftspartner Ihres Mannes?«
»Malewski. Winfried Malewski.«
»Haben Sie seine Adresse?«
»Einen Moment, drüben auf dem Schreibtisch habe ich eine Visitenkarte.«

Sie ließ Struller im Poolzimmer zurück. Schicker Raum. Schicker Pool. Genau das Richtige bei diesem Wetter. Fast so schön wie eine Klimaanlage im Auto. Die Burchards kam zurück und drückte ihm die Karte in die Hand.

Struller deutete auf den Pool, dem das Wasser fehlte. »Kein Wasser? Das schöne Wetter sollte man nutzen.«

»Mir ist nicht nach schönem Wetter und nach Schwimmen«, antwortete sie kühl. »Ich hab den Pool reinigen lassen!«

»Aha«, sagte Struller. Was ging es ihn an!

Sie geleitete ihn nach draußen und schloss hinter sich die Haustür.

Struller atmete durch. Mann, hatte die Frau was Leidendes. Hübsch, aber leidend. Und wozu brauchte der Burchards überhaupt ein Grundstück für den Golfplatz? Die Lochanlage passte doch mühelos in den riesigen, gepflegten Garten hinterm Haus. Struller stutzte. Und schlug sich nachdenklich eine Ernte aus der frisch gezückten Schachtel. Er schnippte am Zippo, aber erst beim achten Mal zischte es erfolgreich und Struller jagte dem Amselpärchen über sich einen Rauchkringel in die Tanne.

Das letzte Mal, dass er einen Garten mit ähnlichen Ausmaßen gesehen hatte, war beim Bodewig gewesen. Und das war erst ein paar Tage her.

Struller drehte sich um, sprang noch einmal die drei dunklen Marmorstufen hoch und klingelte erneut.

»Bitte schön, Herr Kommissar, haben Sie etwas vergessen?«

»Äh, ja. Das Alter. Hab ich mir nicht im Fernsehen abgeguckt, das mit dem Nachfragen ... Frau Burchards, Sie haben so einen großen Garten. Und der ist topp in Schuss, wie man bei uns sagt. Wer pflegt den eigentlich?«

Sie zeigte sichtbares Unverständnis und schob die ungewöhnliche Frage sicher auf das heiße Wetter. »Ich habe einen Gärtner.«

»Und wie heißt der?«

Sie überlegte kurz. »Weiß ich nicht. Den hat mein Mann angestellt.«

»Ist das so einer mit einer ganzen Menge schlechtem Atem?«

Sie runzelte jetzt doch besorgt die Stirn. »Ich habe mich noch nie mit dem Mann unterhalten. Das hat alles mein Mann gemacht.«

»Danke«, sagte Struller, drehte sich um und pflügte sich durch den knöcheltiefen, feinen, roten Kies zurück zur Blechsauna. Er drehte den Schlüssel, startete die Karre und fluchte leise vor sich hin. Das hat alles mein Mann gemacht ... Na ja.

Die Visitenkarte: Malewskis Adresse – eine Anschrift in Wuppertal. Auch das noch: Wuppertal! Das ist ja quasi eine andere Zeitzone. Da brauchte man im August schon Winterreifen!

Er blickte ins Armaturenbrett. 11.55 Uhr. Da müsste Bodewig eigentlich in seiner Praxis auf der Kö gerade ein paar hässliche Frauen unterm Messer haben. Vielleicht kann der ja weiterhelfen. Wo Kuschinski doch sein Mann fürs Grobe ist ... Und der möglicherweise auch beim Burchards schon den Schneider im Schlepp hatte.

* * *

Das fürchterliche Dröhnen hatte einem dumpfen Grollen Platz gemacht. Auch nicht viel besser, dachte Rempe und war im Grunde genommen froh, dass er noch lebte. Er hechelte, um diesen fauligen, abgestandenen Geschmack in seinem Mund loszuwerden. Seine Handgelenke schmerzten. Das kam von den Ledermanschetten, mit denen seine Arme hinten auf dem Rücken gefesselt waren. Auch seine Fußgelenke steckten in solchen breiten Lederschlaufen und ließen sich kaum bewegen. Seine Füße waren nackt.

Er lauschte.

Da war es wieder! Dieses dumpfe, monotone Grollen, das sich langsam und stetig näherte. Schon lange hatte er das Geräusch identifiziert. Es wurde lauter und lauter und lauter. Und schließlich brummte die S-Bahn nur ein paar Meter an ihm vorbei. Oder U-Bahn. Weil das Brummen aber dennoch erträglich blieb, war ihm klar, dass sich eine dicke Betonwand zwischen ihm und dem S- oder U-Bahntunnel befinden musste.

Die Intervalle waren regelmäßig und lagen nicht besonders weit auseinander. Rempe tippte auf die S-Bahn-Linie zum Flughafen oder die in Richtung Köln. Eher letztere und das würde bedeuten, dass er sich wahrscheinlich irgendwo in Flingern, Eller oder Lierenfeld befand.

Er grinste. Sein Reportergehirn funktionierte schon wieder ganz ordentlich. Für kleinere Denkspielchen reichte es schon wieder.

Nur zu gerne hätte er sich in seinem Gefängnis umgesehen, aber der Unbekannte hatte ihm eine fest anliegende Augenmaske umgebunden. Das war einerseits natürlich sehr unangenehm. Andererseits hatte Rempe sich in den vergangenen fünf oder sechs Stunden ausführliche Gedanken machen können, warum der Unbekannte ihm die Binde umgelegt hatte: Das konnte logischerweise nur bedeuten, dass der Unbekannte durch ihn, Rempe, später nicht identifiziert werden wollte. Und das wiederum hieß, dass der Unbekannte nicht vorhatte, ihn zu töten. Sonst hätte der auch auf die Binde verzichten können.

Rempe nickte. Das hatte ihn ein wenig beruhigt.

Dass er allerdings seit mehreren Stunden, die er hier in diesem feuchten, muffigen, steinigen Loch hockte, nichts mehr von seinem Unbekannten gehört und gesehen hatte, machte ihm doch Sorgen. Denn mittlerweile hatte Rempe Durst, Durst, Hunger und Durst!

Bedenken, dass ihm die Luft in seinem Verlies ausgehen könnte, hatte er zerstreuen können. Er spürte am Kopf einen deutlichen, permanenten Luftzug. Außerdem drückten die vorbeirauschenden Bahnen jedes Mal eine gute Portion Luft durch irgendeine Öffnung in seine Zelle. Faulige, stinkige Luft zwar, aber nein, ersticken würde er hier nicht.

Er schluckte, und es schmerzte in seiner Kehle. Der Durst. Der Durst war unerträglich! Rempe war aber einiges gewohnt, und er hatte sich heute schon mehrfach dabei erwischt, wie seine zehn flinken Fingerchen in Gedanken schon einen spannenden, reißerischen Artikel in seinen PC hacken würden. Einen Erlebnisbericht vom Allerfeinsten mit allem Drum und Dran. Action, Angst, Schweiß und der permanente Hauch des Todes!

Warte nur, bis ich hier wieder raus bin.

Er hielt inne. Da war ein Geräusch! Schritte. Schritte näherten sich seinem Versteck. Es raschelte, es klimperte. Ein Schlüssel wurde in ein Schloss geschoben und quietschend gedreht. Eine Tür öffnete sich ächzend, und Rempe spürte einen mächtigen Luftzug. Außerdem spürte er, dass der Typ sich über ihn beugte.

Um ihm die Binde abzunehmen?

»Hallo?«, fragte Rempe.

Der Unbekannte blieb still.

»Ich habe Durst!«

Statt einer Antwort stach der Unbekannte ihm einen spitzen Gegenstand in den rechten Oberarm. Rempe jaulte auf. Das war eine Spritze! Er hatte ihm irgendwas in den Arm gespritzt. Und im gleichen Moment, in dem der Schmerz sein Gehirn erreichte, bemerkte Rempe, wie ihn eine bleierne Müdigkeit überfiel und der Inhalt der Spritze ihn mit einem kräftigen Ruck über eine tiefe Klippe in einen dunklen, schwarzen, traumlosen Abgrund kippte.

* * *

Jensen schob sich den dritten Schokoriegel zwischen die Zähne. Einer von denen, die in Milch schwimmen. Auf den Besuch der Polizeikantine – und somit auf ein Treffen mit Speedy – hatte er heute verzichtet. Wo blieb der Kerl nur?

Um die Ecke kam Berti Spurtmann, bei schlappen sechsundsiebzig Grad im Schatten in einem zeitlosen, langärmeligen, hellblauen Hemd mit bis obenhin zugeknöpfter Knopfleiste. Ein offensichtlich versagendes Deo ließ unter seinen Armen dunkle, runde Schweißflecken zu, die in etwa den Durchmesser einer Turnierdartscheibe hatten. Vielleicht ein bisschen größer.

Berti blieb vor der Hausnummer 38a stehen und blickte sich verstohlen und aus den Augenwinkeln blinzelnd um. Dann nahm er an, dass die Luft rein sei, und drückte auf eine rote Klingel im Hauseingang.

Die Luft war natürlich nicht rein. Ganz und gar nicht.

Jensen stöhnte »Endlich!« und schob das letzte Schokodrittel ganz in den Mund.

Die Haustür wurde mittels Summer aufgedrückt, und Spurtmann huschte hinein ins Hausinnere. Jensen verbrachte fünf weitere Minuten damit, sich geschmolzene Schokolade gründlich an einem Tempotaschentuch abzuwischen und das weiß-schwarze Papier in einer Mülltonne zu entsorgen.

Die Swatch meldete sich kleinlaut: acht nach zwölf. Jensen trat an die Haustür, blickte sich ebenfalls kurz um und drückte seinen Zeigefinger auf die mittlere der drei Klingeln. Die, auf der *LADY PIA* stand.

Es summte noch mal und Jensen kletterte durch ein muffig riechendes Treppenhaus in die erste Etage. Vor einer Haustür aus schwarzem Schleiflack blieb er stehen. Denn ein dunkelbraunes Augenpaar musterte ihn durch einen Türspalt.

»Hallo!«

»Hallo. Darf ich reinkommen?«

Jensen durfte. Eine Hundert-Kilo-Frau machte ihm Platz, und er stand in einem mit mannshohen Spiegeln ausgestatteten Flur.

»Herzlich willkommen, Süßer!«

Jensen schluckte und nickte der Lady zu. Schwarzes Leder und ein kleines bisschen Eisen in den Hüften hielten ein spack sitzendes Korsett mühsam zusammen. Mehr oder weniger aufreizend quoll hier und da ein bisschen Fleisch heraus. Jensen warf einen Blick durch den Flur und entdeckte an den Wänden Gegenstände, die nur schwer einem zwischenmenschlichen Akt zuzuordnen waren. Peitschen, Dildos und eine schwarze Kopfmaske mit Reißverschluss an der Stelle, wo der Mund sitzt. Im Normalfall. Aber was war hier schon normal? Und die Einsatzmöglichkeiten einer Axt, die über einer vom Flur abgehenden Tür hing, erschlossen sich ihm auch nicht sofort.

»Na, Kleiner. Das erste Mal hier?«

»Mhm.«

Jensen blinzelte aufgeregt mit den Augen. Mit dem Leder, das die Alte um ihren präsenten Körper trug, hätte ein geschickter Kürschner eine Dreiersitzcouch beziehen können. Wenn man denn schwarzes Kunstleder mit Nieten mochte. Andererseits war das Leder, streng genommen, gar nicht mehr zu gebrauchen: zu viele Löcher. Und die gaben auf Jensens zweiten Blick Dinge frei, von denen Gott gewollt hat – und in diesem Fall zu Recht –, dass sie vor den Blicken fremder Männer verborgen blieben.

Jensen bekam ein wenig Angst. Auch das zu Recht. Denn die Schwarze legte eine ihrer Pranken auf seine kleine, zarte Schulter und hatte seine interessierten, fassungslosen und abschätzenden Blicke offensichtlich ganz falsch gedeutet.

»Na? Ich sehe, dir gefällt, was du siehst. Kannst du alles haben! Ich bin Lady Pia. Und, Süßer, was kann Lady Pia für dich tun?«

Jensen hatte sich wieder gefasst. Er war im Dienst. Das machte die Sache einfacher! Und Dienst, das hatte man ihm oft genug gesagt, ist keine Gefälligkeit! »Oh, da gibt es schon so einiges, Lady!«, hörte Jensen sich summen und zählte gleichzeitig die Türen, die vom Flur abgingen. Eins, zwei drei.

»Das glaub ich, Süßer«, sagte Lady Pia, und indem sie den Druck auf Jensens Schulter ein wenig erhöhte, was ungefähr der Spannkraft einer mittelgroßen Hydraulikschraubzwinge gleichkam, drückte sie ihn nach rechts in einen Raum, der sein Magengrummeln noch erheblich verstärkte.

»Ähm«, sagte Jensen, strich sich eine nasse Strähne hinters rechte Ohr und musterte mit hochgezogenen Augenbrauen den gynäkologischen Stuhl und die mehrere Zentimeter dicken Ledermanschetten, die an den Stützen einladend herunterbaumelten, »ich wollte mal fragen, ob ich was machen kann.«

»Sicher! Hier kann man einiges machen!«

»Ich dachte, ich hab da einen besonderen Wunsch!«

»Auf besondere Wünsche sind wir hier spezialisiert, mein Kleiner«, gurrte Lady Pia und ging auf Körperkontakt. Jensen schoss der Schweiß in Sturzbächen den Rücken runter.

»Ich würde gerne erst mal ...«

»Die Preise wissen, ist klar. Zweihundert die normale Behandlung. Vierhundert die Spezialbehandlung. Praktisch die Spezialität des Hauses. Lass dich überraschen!«

»Genauer gesagt ...«

»Genauer gesagt, kostet alles extra natürlich extra, Süßer, du verstehst.«

Tat Jensen nicht, aber so richtig widersprechen wollte er auch nicht. Wenn Lady Pia jemanden in den Schwitzkasten nahm ... um Himmels willen. Jensen würgte einen zweiten Kloß den Hals hinunter. Er kam nicht weit. »Genauer gesagt möchte ich zusehen.«

Lady Pia grollte, und Jensen brauchte ein paar verschreckte Sekunden, bis er feststellte, dass das eine Art Lachen war, bei dem sich ihr ohnehin schon relativ teigiges Gesicht grotesk in alle Richtungen wabbernd ausbreitete. Und dann in sich zusammenfiel. Das war dann ein aufforderndes Grinsen und sah noch schrecklicher aus. »Du willst mir also zusehen? Wobei denn, Süßer?«

»Nein!«, rief Jensen, ein wenig lauter als vielleicht nötig gewesen wäre, aber er hatte sich so erschreckt. »Nein, ich möchte jemandem zusehen, der behandelt wird.«

Lady Pia riss ein buschiges, schwarz gefärbtes Paar Augenbrauen nach oben. »Okay. Das macht dreihundert Euro.«

»Gut«, erwiderte Jensen erleichtert. Das ging ja einfacher, als er gedacht hatte.

Lady Pia griff mit beiden Händen vorne in die schwarze Korsage und ruckelte Leder samt Inhalt nach oben. »Wir müssen nur noch ein Viertelstündchen warten, bis meine Kollegin frei ist. Die hat einen Kunden. Und, is klar, oder? Dreihundert für jeden von uns.«

Jensen stutzte. »Nein, also, ich dachte, äh, ich würde gerne genau bei dieser Behandlung zusehen.«

»Höh!«, lachte Lady Pia und warf ihren Kopf nach hinten. Das Doppelkinn blieb dabei da, wo es war.

»Ein kleiner Spanner bist du also, mein Süßer.« Sie schüttelte den Kopf. »Nee, das geht nicht. Das wäre dem Kunden sicher nicht recht.«

»Er muss es ja nicht wissen.«

»Keine Chance, Süßer. Das ist hier nicht drin! Kapiert?«

»Ich würde zahlen.«

»Da bin ich sicher. Aber wir haben hier fast ausnahmslos Stammkunden und da machen wir keine linken Sachen. Klar?«

Jensen nickte. Okay, dann nicht zugucken. »Ja gut, also, ich hätte gerne erst was zu trinken. Zum Anwärmen.«

Lady Pia blinzelte mit den Augen. »Anwärmen? Bei den Temperaturen?« Dann knuffte sie ihm in die Seite.

Jensen befürchtete einen doppelten Rippenbruch und blaue Flecken, die nie mehr weggehen würden.

»Musst du dir noch ein bisschen Stimmung antrinken? Klar, Cowboy. Was soll es denn sein?«

»Ein Whisky-Cola?«

Lady Pia legte den Kopf schräg. »Okay, Süßer. Und mach's dir doch schon mal ein wenig bequem …«

Mit einer Geschwindigkeit, die ihr wirklich nicht zuzutrauen war, schoss ihre rechte Hand runter und kniff Jensen vertraulich in die Weichteile.

»Aua.«

»Bin gleich wieder da, Süßer«, sagte sie und entschwand durch die Tür in den Flur.

Jensen kontrollierte, ob noch alles da und intakt war, und atmete tief durch. Jetzt kam der lustige Teil …

Er warf einen Blick in den Flur. Die Schwarze war nach rechts in das Zimmer gegenüber des Eingangs gegangen. Okay. Dann war Spurtmann im dritten Zimmer ihm gegenüber. Sein Blick fiel auf die schwarze Ledermaske an der Wand. Er schluckte. Das war ziemlich eklig. Aber Spurtmann durfte ihn nicht erkennen.

Ein Griff, und er stülpte das Ding über sein Gesicht. Das roch noch ein wenig muffiger als der Hausflur, und Jensen verdrängte jeden Gedanken an vorherige Benutzer des Teils und an eventuelle Einsatzmöglichkeiten. Hastig riss er die Tür auf. Zuerst sah er nichts, denn das Licht war gedämpft. Dann sah er einen schlanken, nackten Rücken und langes blondes Haar, das locker herunterfiel. Der Rücken gehörte zu Pias Kollegin, und die kniete vor einem Kreuz. Einem Andreaskreuz.

Jensen fiel die Kinnlade herunter. Sein Mund wollte sich öffnen. Aber der Reißverschluss war zu.

An dem Andreaskreuz hing ein an den Armen und den Beinen mit breiten Lederriemen gefesselter Mann, der nur mit einer Maske bekleidet war. Genau so eine, wie Jensen sie trug. Rechts neben dem Kreuz hing ein Kleiderbügel. Das hellblaue Hemd hätte Jensen unter Tausenden erkannt: Der Typ, der da nackt mit Lederhaube vor ihm hing, musste Kollege Spurtmann sein.

Leider verdeckte der Hinterkopf der jungen Dame genau den Körperbereich, den sich Jensen dringend anschauen musste. Aber offensichtlich war mit der von ihm geöffneten Tür Licht ins Zimmer gefallen, denn die Blonde drehte sich um und gab Bertis Intimbereich zur kurzen Inaugenscheinnahme frei.

Spurtmann brummte unter seiner Maske und wand sich.

Die Blonde rief: »Heh! Besetzt!«

Hübsch, die Blonde, dachte Jensen kurz, wirbelte dann aber hastig herum und setzte zum Rückzug an.

»Du verdammter Spanner!«, donnerte es von links, und Pia kam mit heftigen Schritten, die den Boden bis in die Keller erbeben ließen, näher. Jensen war schneller, riss die Wohnungstür auf und warf sie hinter sich zu. Das Whiskyglas, von der Lady in Black geworfen, zerschellte klirrend auf der Innenseite. Jensen nahm drei Stufen auf einmal und zerrte sich hastig das schwarze Lederteil vom Schädel. Er erreichte die Haustür. Von oben warf ihm Pia ein paar nicht zitierfähige Schimpfwörter durch den Flur hinterher.

Jensen atmete durch, öffnete die Haustür und trat zügig nach draußen. »Geschafft«, seufzte er und strich sich durchs Gesicht. Duschen ist dringend erforderlich, dachte er und stieß im selben Moment mit einem Mann zusammen, der auf dem Gehweg ging.

»Passen Sie doch auf! Ach, Kollege Jensen ...«

Jensen zuckte zusammen. Penner-Brenner. »Herr Brenner ...«

Der baute sich in ganzer Größe vor ihm auf und musterte mit zusammengekniffenen Augen den Hauseingang, aus dem Jensen gerade gekommen war. »Kollege, was machen Sie denn hier. In dieser Ecke? In diesem Haus?«

Jensen schluckte. »Ähm, hier ... in diesem Haus ...« Er schüttelte den Kopf und beugte sich ganz nah an Brenner heran. »Ehrlich gesagt. Ich mache hier nichts. Gar nichts! Herr Brenner, verstehen Sie mich nicht falsch. Ich bin nicht pingelig. Gut, ich komme vom Land und bin konservativ-katholisch erzogen worden, aber ich habe keine Vorurteile! Keine!«

Brenner blinzelte verwirrt und machte einen Schritt zurück.

Jensen machte einen nach vorne, rollte mit den Augen und fuhr fort: »Ich arbeite doch manchmal länger als ich eigentlich sollte. Herr Struhlmann hat mir das auch schon erklärt, also, dass ich da aufpassen soll. Nun ja, weil ich doch neulich im Auto im Innenhof des Präsidiums geschlafen habe und die Kollegen mich da gesehen haben. Muss ja nicht sein, oder?«

»Nun ...«

»Ich komme doch vom Niederrhein. Aus Herongen.«

»Herr Jensen, ich kann Ihnen nicht folgen.«

»Na, da hab ich mich nach einer Wohnung umgesehen und hier in diesem ...«, Jensen warf einen düsteren Blick hinter sich (und hoffte, dass Lady Pia nicht jeden Moment auftauchen würde), »...Haus ist eine Wohnung zu mieten. Na, ich bitte Sie! Dort gibt es ein erotisches Studio! Da hat ein Polizist doch nichts verloren! Oder was meinen Sie?« Jensen hatte seine Stimme erhoben und den Tonfall eines Baptistenpredigers alter Prägung angenommen.

»Ja, ist gut, Jensen«, wand sich Brenner und machte Anstalten weiterzugehen. »Ich muss dann wieder weiter...«

»Also hier ziehe ich nicht ein! Hier nicht!«

»Gut, Jensen, gut. Wir sehen uns. Ich muss ...« Brenner brachte ein paar Meter zwischen sich und Jensen.

Der wischte sich den Schweiß von der Stirn und rief: »Ich hab noch eine Adresse in Oberbilk! Das soll direkt an einer Straße sein, die Hinter dem Bahndamm heißt! Das klingt doch schon irgendwie netter. Familiärer! Heimischer! Wo ich doch vom Niederrhein komme! Dann versuch ich es lieber mal da, Herr Brenner! Ich werde schon was Anständiges finden!!«

Brenner bog mit eingezogenem Kopf nach rechts in den Fürstenwall. Hinter Jensen öffnete sich die Haustür zur 38a. Er guckte gar nicht hin und rannte sofort in die andere Richtung los. Und er stoppte erst, als er die Stresemannstraße und sein Loft unterm Dach schon sehen und die Dusche praktisch riechen konnte.

Genau.

Und umziehen musste er sich wegen seines Termins um halb zwei sowieso!

* * *

»Scheiße!«, brüllte Struller gegen die Windschutzscheibe und hämmerte eine Delle ins Lenkrad. Ein Cabrio hatte ihm nach fast einstündiger Anfahrt quer durch die verstopfte Düsseldorfer Innenstadt den letzten Parkplatz auf der Kö vor der Nase weggeschnappt.

»Oh Gott!« Struller entdeckte das Kennzeichen. »Auch noch ein Kölner!«

Das ging gar nicht! Struller schälte sich nach draußen und tippte dem Kölner, der mit seinem Handy telefonierte, auf die Schulter. Gelangweilt drehte der den Kopf in Strullers Richtung. Und erschreckte sich ein bisschen. Vielleicht wegen der Krawatte. Vielleicht, weil Strullers schweißnasses Haar wild vom Kopf abstand.

Struller sagte erst mal gar nichts und drückte dem Braungebrannten seinen Dienstausweis unter die Nase. »Polizei. Wir sind hier mitten in einer Polizeiaktion. Ich brauche den Parkplatz!«

»Moment Mal, Hansi«, nuschelte der Kölner genervt ins Handy, »Sportsfreund, ich telefoniere. Und das is hier ein öffentlicher Parkplatz. Such dir für deine Polizeiaktion einen anderen!«

Struller blieb locker. Verhältnismäßig locker. »Ich bin nicht dein Sportsfreund. Ich bin der, der dir eine Kugel in dein verschissenes Prollcabrio jagt, wenn du nicht sofort den ersten Gang reinlegst und eine Fliege machst!«

Der Braungebrannte blinzelte und hatte wahrscheinlich *Falling Down* mit Michael Douglas gesehen. Auf jeden Fall beendete er hastig sein Telefonat mit Hansi, und Struller schob ein paar Sekunden später seinen Schlitten elegant in die Lücke. Und stieg aus.

Er kam ganze drei Meter weit.

»Junger Mann, das ist eine Ladezone. Da können Sie nicht parken!«

Strullers Hand ging reflexartig unter die linke Achsel, wo seine SigSauer sich langweilte. Dann erkannte er vor sich eine Politesse. Oha! Das war ein ganz anderes Kaliber. Der konnte man nicht mit Gewaltandrohung kommen! Die waren, gerade hier auf der Kö, einiges gewohnt und schmerzfrei!

Struller kramte in seinem Hirn verzweifelt nach einer Lösung, als die Blonde in Blau ihm eine ihrer breiten Hände auf die Schulter knallte. »Mann, hab dich gar nicht erkannt! Hase! Ich bin's! Die Helga! Letztes Jahr Altweiber bei euch im Präsidium! Du bist doch der mit dem Spitznamen! Warte, sag nichts! Pisser? Ne, Struller, genau, Struller! Kennste mich nich mehr? Wir waren doch zusammen in der Sektbar und du hast mir gezeigt, wo bei euch unterm Dach früher immer die Besprechungen ...«

Struller schnappte nach Luft und warf hastig einen Blick in die Runde. Und noch schneller unterbrach er jetzt ihren Redeschwall. Das mit den Besprechungen musste gerade hier auf der Kö niemand erfahren. »Helga! Klar erkenne ich dich! Wie könnte ich dich vergessen, mein süßes Kussmäulchen.«

Helga war in einen Nahkampf übergegangen und hatte sich fest an ihren Hasen geklammert. Struller hatte Mühe, den Griff ein wenig zu lockern. Zwischenzeitlich waren alle aufmerksam geworden und lugten interessiert herüber. In Gedanken sicher feststellend, dass die Politessen in Düsseldorf im Umgang mit offensichtlich falsch Parkenden auch nicht mehr das sind, was sie früher einmal waren.

»Hase, du wolltest doch anrufen«, drohte sie mit schelmischem Grinsen.

»Hab ich«, log Struller und wischte sich Schweißtropfen von der Oberlippe.

»Schicke Krawatte hast du um, Hase. Und immer noch keine Freundin, die dir beim Anziehen hilft«, stellte Helga charmant fest.

»Is eine Wette. Helga, Täubchen, kann ich mal kurz den Parkplatz, du weißt schon, ich muss was ermitteln, dienstlich.«

»Klar kannst du den Wagen stehen lassen. Du hast ein paar Stöße bei mir frei, Hase. Ver-stöße, Verkehrsver-stöße natürlich«, gurrte Helga.

Struller lachte und brachte hastig ein paar Meter zwischen sich und seine wilde Altweiberbekanntschaft. Hatten sie eigentlich …? So genau wusste er das nicht mehr. Er schüttelte sich.

Und stand kurz darauf vor dem Eingang zur Königsallee 66c. Die Nummer 66c war ein großes, mehrstöckiges Bürohaus mit schicker, dunkler Marmorfassade. Im Erdgeschoss befand sich ein teures Modegeschäft und an der Seite der Eingang zu den Büros. Durch den ging Struller hinein in ein angenehm kühles Treppenhaus. Auch die Treppenstufen waren aus Marmor. Er war gerade dabei, einen komplizierten, mehrfarbigen Belegungsplan des

Gebäudes zu studieren, der an der rechten Flurseite in einem modischen Glasrahmen hing, als eine junge Dame mit flottem Schritt die Treppe herunterkam.

»Ach, junge Frau, können Sie mir sagen, wo ich den Herrn Dr. Bodewig finde?«

»In der Hölle, hoffe ich!«, entgegnete die Frau, drückte ihn grob zur Seite und verschwand durch die Tür nach draußen.

Hoppla, dachte Struller und widmete sich wieder seinem Belegungsplan. Danach stieg er in einen Aufzug, der ihn in die vierte Etage brachte.

Osteucke/Berretz/Bodewig - Gemeinschaftspraxis für Kosmetische Chirurgie stand auf einem Namensschild mit vergoldetem Rahmen.

Hier war er richtig! Beherzt drückte er die schwere Glastür auf, trat ein und war froh, dass er die junge Dame an der Rezeption nicht ansprechen musste. Denn die saß hinterm Tresen und wischte sich eine dicke Träne aus dem Auge.

Stattdessen blaffte ihn ein hochgewachsener Mann mit Zopf im weißen Kittel an: »Haben Sie das Schild nicht gelesen? Heute ist zu!«

»Da hing kein Schild!«

»Natürlich hängt da ein Schild! Heute ist geschlossen!«

Struller zückte seinen Dienstausweis. »Für mich nicht. Sie sind wer?«

Der Zopfmann bekam einen roten Kopf und zischte: »Berretz. Dr. Bernd Berretz! Sie kommen ungelegen!«

»Das komme ich immer. Ich möchte zu Ihrem Partner Dr. Bodewig.«

Das Mädchen an der Rezeption schluchzte laut auf.

Struller zuckte zusammen. In was für eine Firmentragödie war er denn hier geraten?

Berretz verzog das Gesicht. »Tja, da kommen Sie eine gute Stunde zu spät. Es gibt keinen Partner Bodewig mehr. Bodewig hat sich vor einer guten Stunde aus dieser Praxisgemeinschaft zurückgezogen. Er hat seine Arzthelferinnen und Frau Darthe ...«

Schluchz.

»... mit sofortiger Wirkung entlassen. Was das in der heutigen Zeit für die Damen bedeutet, können Sie sich denken!«

Schluchz. Tempotaschentuch. Trööööööt.

Konnte er sich nicht denken. Struller war beamtet! Er ließ sich die Details in Berretz' Büro erklären und kehrte eine Viertelstunde später zu seinem Fahrzeug zurück. Bodewig hatte seinen beiden Partnern heute Vormittag erklärt, dass er sich mit sofortiger Wirkung aus der Praxis zurückziehe. Seinen Angestellten hatte er gekündigt. Bodewig hatte hinzugefügt, dass er mit neuen Partnern ein neues Geschäft aufziehen wolle. Er habe dies lange geplant und gerade grünes Licht bekommen. Sorry, habe er gesagt und gleichzeitig das berufliche Schicksal aller in der Praxis Arbeitenden besiegelt. Nach Berretz' Angaben bedeutete Bodewigs Abgang das Aus für die gesamte Praxis. Was auch Frau Darthe an der Rezeption sehr schnell und sicher erkannt hatte.

Unten in der scheinbar heilen Kö-Welt angekommen seufzte Struller: Helgas Kollegin hatte eine Zahlkarte wegen Falschparkens an die Windschutzscheibe seines Fahrzeugs gepappt. Okay, er hatte sich an Altweiber nicht um alle Frauen gleichermaßen kümmern können.

Nachdenklich drückte er den Wisch ins Handschuhfach und startete den Motor. Da führte der gute Doktor Bodewig ja ein sehr ereignisreiches Leben. Erst fand man in seinem Garten einen Arm, jetzt kloppte er seine Praxis in die Tonne und machte »was Neues«.

Struller trat das Gaspedal durch, blies ein bisschen Rauch über die Königsallee und kratzte sich das Haupthaar. Das stank doch zum wolkenlosen Julihimmel! Das hing doch alles irgendwie zusammen! Aber wie? Da konnte eigentlich nur eines weiterhelfen. Und das gab's bei Krake …

* * *

Drei Entspannungsbiere später grübelte Struller noch immer Fragezeichen in die Theke. Vokuhila neben ihm hatte auch nicht weiterhelfen können. Wie immer drückte er sich die Stirn auf dem Holztresen platt. Wirt Krake war auch schlecht drauf und hatte statt Elvis Presley Percy Sledge aufgelegt.

»*When a man loves a woman!* Mann, Krake, das ist doch zum Weghängen!«

»Dann mach's doch«, knurrte Krake, nickte Richtung Toilette und drehte sich um.

»Scheiß-Wirt!« Struller widmete sich wieder seinem Handy und hackte zum vierten Mal die Nummer der Wirtschaftskriminalen hinein. Wieder ging nur die Telefontussy dran, die keinen Plan hatte, der aber alles leid tat, und die runterleierte, dass alle zum Fußballspiel seien. Heute spielte eine Auswahl der Kripo gegen eine Mannschaft der Polizeiinspektion Nord. Irgendein Finale, das die schlaffen Kriposäcke – wie in den Jahren zuvor – sowieso wieder verlieren würden! Struller versenkte das Handy im Hemd und erfingerte stattdessen eine Ernte. »Sag mal, Krake, du liest doch regelmäßig Zeitung, oder?«

»Wenn du jetzt einen doofen Witz übers Umblättern machst, hau ich dir in die Fresse!«

»Nee, nee, obwohl, gute Idee, aber in echt jetzt mal. Wusstest du, dass die oben an der Bergischen noch einen Golfplatz aufmachen wollen?«

»Einen Golfplatz macht man nicht auf, den legt man an!«

»Sag ich doch, Klugscheißer! Und?«

Krake schob ein sauberes Glas ins Regal. »Klar weiß ich das. Stand ja in der Zeitung.«

Struller verdrehte die Augen. War nicht leicht, der Umgang mit Einarmigen. »Da oben gibt es doch schon zwei Golfplätze.«

»Golf ist in, Struller. Dein dämliches Eishockey ist out.«

»Trotzdem. Eine dritte Anlage und alle nebeneinander. Das soll sich rentieren? Ich weiß nicht.«

Krake beugte sich über den Tresen. »Ich weiß, was du meinst. Lustig, die gleichen Einwände hatten unsere Jungs von der Stadt nämlich auch. Konntest du täglich in den Zeitungen nachlesen, das Gejammere. Die sind ja auch Sturm gelaufen gegen das Projekt und haben den Investoren ohne Ende Steine in den Weg gelegt.«

»Hm«, brummte Struller, »und wie geht die Geschichte aus?«

»Wie meinste das?«

»Gibt's jetzt den dritten Golfplatz, oder nicht?«

Krake griff unter den Tresen und warf Struller den *Express* neben das Altbierglas. »Lies selbst! Letzte Seite.«

* * *

Struller parkte die Karre direkt neben dem Parkplatz des Präsidenten, der, wie üblich, durch Jensens Mustang belegt war. Er stieg aus und warf Gerunzeltes in die Stirn.

»Olé olé, olé olé!«

Grölende Männer bahnten sich schwankend ihren Weg über den Parkplatz vor dem Präsidium und verschwanden durch die Arkaden im Gebäude. Eine deutliche Alkoholfahne, wie sie sonst an Wochenenden nur Rotten von Altstadtbummlern auf der Bolker Straße zustande brachten, wehte zu ihm herüber. Er warf einen Blick auf die Uhr. Gerade mal Viertel nach vier, und alle Polizeibeamte waren schon blau!

Ein Kollege vom Erkennungsdienst kam ihm entgegen und reckte ihm den aufgerichteten Daumen entgegen. »Super, Struller, super!«

»Was?«

»Super, Struller!«

»Ja, du mich auch!«, blaffte Struller zurück. Alle bekloppt!

Der Pförtner winkte ihm zu. »Glückwunsch!«

»Danke«, sagte Struller und ging weiter. Drehten jetzt alle durch? Das Wetter vielleicht? Aus dem Sozialraum unten im Keller des Präsidiums drang Musik nach oben. Na klar, jetzt dämmerte es ihm …

»Kollege Struhlmann, ja aber hallo!«

Struller zuckte zusammen. Penner-Brenner kam mit riesengroßen Schritten auf ihn zu. Das bedeutete normalerweise nichts Gutes! Aber jetzt: »Mensch, da haben Sie ja ein ganz dolles As aus dem Ärmel gezaubert. Das hat alle überrascht, Sie alter Stratege!« Brenner knuffte ihm die Schultern.

Struller zog eine Augenbraue nach oben.

»Und keinem hat er was gesagt, der Gute! Und keinem hat er was gesagt! Dass ich das noch erleben darf! Wir haben das Finale gewonnen! Dass ich das noch erleben darf! Respekt, Kollege, Respekt!« Brenner ließ Struller im Rondell stehen und marschierte Richtung Sozialraum.

Struller schüttelte den Kopf. Alle bekloppt! Was hatte er denn mit dem blöden Finale zu tun? Jetzt fingen die da unten auch noch an, rhythmisch mit den Händen zu klatschen. Und zu rufen. Rhythmisch. Wie Hooligans!

»Chris-tian Jen-sen! Chris-tian Jen-sen!«

Struller ging weiter. Christian Jensen? Er stutzte. Sein Praktikant, der Schwede. Was machte der da unten im Keller? Und warum grölten die seinen Namen? »Das guck ich mir ...«

Aber dazu kam er nicht, denn sein Praktikant nahm gerade die letzten drei Stufen, winkte auf dem Absatz irgendwelchen Typen im Keller unter sich zu und prallte fast mit Struller zusammen. »Huch!«

»Tach. Was soll das Theater?«

»Welches Theater?«

»Mensch, Jensen, ich renn mir heute die Hacken ab und du hängst im Keller rum und grölst Fußballerlieder. Das kann ja wohl nicht wahr sein!«

Jensen grinste breit. »Ich hab Neuigkeiten, Chef!«

»Hm«, knurrte Struller und gab Jensen einen Schubser in Richtung Treppe. »Ich auch! Ab ins Büro, du Pfeife!«

Oben angekommen, stutzte Struller, als er die Tür aufdrücken wollte. An der Tür pappte ein Plakat. In roter Schrift stand da: *Jensen, du bist ein Fußballgott!*

Struller runzelte die Stirn. »Du hast mitgespielt?«

»Japp.«

»Du hast Fußball gespielt, während ich mir die Hacken quer durch Düsseldorf in dieser verschissenen Kiste abfahre?«, fuhr Struller Jensen an.

»Ähm, ich hab allen erzählt, dass du mich praktisch gedrängt hast mitzuspielen. Ohne Rücksicht auf die Arbeit, die du für mich mit erledigst. Du stehst soooo da!« Jensen hob den Daumen.

»Wie hoch habt ihr gewonnen?«

»Vier zu null.«

»Hm, und du hast gut gespielt?«

Jensen grinste und deutete auf einen Kussmund aus Lippenstift, mit dem das Plakat an der Bürotür unterschrieben war. »Der ist von der kleinen Dunkelhaarigen aus Mülheim, die letzte Woche neu beim KK 32 angefangen hat!«

Struller pfiff. »Oh, dann musst du gut gewesen sein«, stellte er fest, öffnete die Tür und schob Jensen vor sich ins Büro.

Beide ließen sich in die Bürostühle fallen. Jensen passte auf, dass er nicht wieder nach hinten kippte und legte los, bevor Struller es tun konnte. »Ich bin ja auch nicht so ganz untätig gewesen.«

»Da bin ich beruhigt, mein Sohn, sonst hätte ich dir wehtun müssen.«

»Is klar. Also, ich war beim *Rheinkurier.* Der Chefredakteur, Hanno Ahnfeld, war persönlich da, wollte mir aber ohne Durchsuchungsbeschluss nicht weiterhelfen ...«

»Hab dir ja gleich gesagt, du sollst dir was Schlaues einfallen lassen!«

»Hab ich auch. Als der mir die Zusammenarbeit verweigerte, hatte ich die drei Akten mit den aktuellen Sachen, an denen Rempe gearbeitet hat, doch schon längst geklaut.«

Struller, der sich zwischen den Zähnen pulte, hielt kurz inne. »Geklaut? Okay.«

»Du hast gesagt, ich soll mir was ...«

»Schon gut. Erzähl weiter!«

Jensen tippte auf die drei Akten vor sich auf dem Schreibtisch. »Durchgeackert hab ich die noch nicht.«

»Is klar.« Struller schnippte erleichtert ein Fleischstückchen durchs Büro, das zischend an der heißen Heizung hängen blieb. »Du musstest ja den ganzen Tag Fußball spielen. Da müssen die Akten eben warten! Ist ja nur Mord!«

Jensen stöhnte. »Ich hab doch nicht wegen des Fußballs mitgespielt. Ich hab mitgespielt, weil man nachher zusammen duschen geht!«

Strullers Hand krachte auf den Tisch. »Wusste ich's doch! Du bist schwul! Mach doch kein Geheimnis draus! Ist doch okay!«

Jensen ignorierte ihn einfach, stand auf, ging zur Pinnwand mit der Schamhaarliste und strich Spurtmann durch. »Spurtmann hat ganz kurze Schamhaare. Blond mit einem kleinen Stich ins Rötliche. Er scheidet definitiv als Spurenleger aus!«

»Aha. Woher weißt du das?«

»Willst du gar nicht wissen! Auf jeden Fall sind das aber immer noch mehr Haare, als Niedergeräter da unten zu bieten hat. Der hat nämlich mit Fußball gespielt und ist unten so blank wie ein Kinderpopo. Keine Haare, kein Spurenleger!« Jensen strich dessen Namen auf der Liste durch und zog ein Tütchen aus dem Hemd.

»Das ist ein Haar von Brenner. Dir ist sicher schon aufgefallen, dass der nicht nur Schuppenstückchen verliert, sondern ab und zu einzelne Haare von sich wirft. Eines dieser Teilchen hab ich nach seinem letzten Besuch vom Schreibtisch gepflückt und einem Kumpel beim LKA zur Untersuchung mitgegeben. Brenners Haare sind krank. Er leidet an einer seltenen Schuppenflechte, die die Wurzeln austrocknen lässt. Ich hab …« Er brachte ein neues Tütchen zum Vorschein, und Struller ahnte schon Ekliges. »… ein Original Täterhaar sichergestellt und mit Brenners Haar vergleichen lassen. Ergebnis: Auch Brenner ist nicht unser Mann!«

Jensen strich auch ihn – als Letzten – von der Liste.

Struller seufzte. »Dann können wir wieder von vorne anfangen!«

Jensen nickte und sagte: »Dann fangen wir ganz vorne an!« Und er meinte es ganz anders als Struller, behielt es aber für sich. »Und was hast du?«, fragte er stattdessen.

Struller nahm einen tiefen Zug auf Lunge.

»Ich hab den Rothbein aufgetan. Der Typ ist so quietschlebendig wie der Joghurt bei mir hinten im

Kühlschrank. Der hat sich vor seiner Ollen versteckt. Du erinnerst dich an das Foto mit der fürchterlichen Ehefrau drauf? Rothbein können wir streichen. Dann war ich bei der Burchards und ich sag dir: Der Burchards ist unser Mann!«

»Aha.«

»Genau. Liest du die Zeitung?«

»Regelmäßig lese ich nur den *Kicker* und die *Niederrhein-Nachrichten*. Das ist so ein Lokalblättchen bei mir zu Hause, in dem ...«

»Ja ja. Also: Oben an der Bergischen Landstraße wollte Burchards mit einem Partner, der in Wuppertal wohnt, einen dritten Golfplatz anlegen lassen. Die Stadt war dagegen, weil sie das Überangebot an Lochanlagen scheute, hatte aber schlechte Karten, weil das Grundstück Privateigentum ist und Burchards den Deal fast unterschriftsreif hatte. Dann geht Burchards im Grafenberger Wald joggen und ward nicht mehr gesehen.«

Jensen beugte sich nach vorne.

Struller fuhr fort. »Ich wollte Bodewig wegen Schneider und Kuschinski noch mal auf die Finger klopfen und bin zur Kö. In dessen Praxis dort herrscht Heulen und Zetern, denn Bodewig hat das Team verlassen. Er macht jetzt etwas anderes ...«

»Ausgerechnet jetzt?«

»Ausgerechnet. Und jetzt flieg mal hier über den letzten Absatz.« Struller warf Jensen Krakes *Express* vor die Nase.

»... *wird es keinen dritten Golfplatz an der Bergischen Landstraße geben. Stattdessen erhielt ein zweites Konsortium rund um ein Unternehmen aus Wesel den Zuschlag zum besagten*

Gelände. Bei diesem Unternehmen handelt es sich, so verlautete aus gut informierten Kreisen, um die Ressing-Gruppe, die sich auf gehobene Wellness-Kliniken spezialisiert hat und die seit längerer Zeit in Düsseldorf ein geeignetes Grundstück oder Objekt gesucht hat. Eine offizielle Stellungnahme der Geschäftsführung steht noch aus. Ebenso wie eine Stellungnahme der Stadt Düsseldorf, die sich in den vergangenen Monaten vehement für ein Engagement der Ressing-Gruppe in Grafenberg stark gemacht hatte ...«

»Jetzt kommt es!«, rief Struller dazwischen.

»Keine Stellungnahme gibt es von der leer ausgegangenen Investorengruppierung um Herrmann Burchards. Er selbst ist seit Tagen nicht zu erreichen. Keinen Kommentar zur Sache gibt es auch von der Rechtsanwaltskanzlei Köhler und Partner, *die Burchards Interessen gegenüber der Stadt Düsseldorf vertreten hatte. Verständlicherweise, da der ausführende Anwalt der Kanzlei vor einigen Tagen bei einem nach wie vor ungeklärten und äußerst mysteriösen Bombenanschlag ums Leben kam ...«* Jensens Hand krachte auf den Schreibtisch. »Schwinder! Damit muss Schwinder gemeint sein. Das ist eine Verbindung Schwinder-Burchards!«

Struller nickte und war ein weiteres Mal in seinem Gebiss fündig geworden. »Und außerdem eine Verbindung von Rempe zu Bodewig. Langsam enttarnen wir unsere Pappenheimer!«

Jensen nickte. Ein Kribbeln jagte ihm durch den Magen. Er hatte das Gefühl, dass sie der Lösung des Falls ganz nahe gekommen waren. »Und wie ziehen wir der Alten den Slip von der Hüfte, also, ich meine, wie geht's weiter?«

Struller blinzelte irritiert und erklärte: »Ganz einfach! Ich guck mir in Wuppertal die Schwebebahn an und du ackerst die drei Akten von Rempe durch. Dann findest du den entscheidenden Hinweis, und gemeinsam lassen wir die Bande im Morgengrauen hochgehen! So geht's weiter!« Struller stand auf. »Tschüss auch!« Im Türrahmen drehte er sich noch mal um. »Du Fußballgott! Haste im Finale auch ein Tor gemacht?«

»Alle vier.«

»Oh, gut.« Struller schlug sich vor die Stirn. »Mann, hätte ich fast vergessen. Da der Hicham eines natürlichen Todes gestorben ist, sitzen die El-Tabuti-Brüder seit einiger Zeit grundlos bei uns hier im Knast. Nicht, dass denen das schaden würde, aber wir kommen wohl nicht drum herum, die Burschen laufen zu lassen.« Struller strich sich über die Krawatte. »Was ich ungern mache, denn die Burschen wissen mehr, als sie uns sagen. Außerdem fehlt uns noch der Mörder von Schneider, und es fehlt ein Bandmitglied von diesen halbnackten Typen, in die du dich verliebt hast ...« Struller nickte auf das Plakat über Jensens Schreibtisch.

Jensen sagte nichts.

»Schmeiß die beiden Brüder raus und kleb denen jeweils ein Observationsteam an die Hacken. Ich möchte wissen, was die zu kacken haben, wenn wir die hier rauslassen! Also dann, bis morgen!«

Jensen blieb zurück. 17.30 Uhr. Er seufzte, grapschte sich das Telefon und hackte eine Nummer hinein.

»Die wunderschöne PI Ost, Kotten am Apparat. Was kann ich tun?«

Jensen erklärte es ihm. Er bestellte Kotten, Altschloß und zwei weitere Kollegen ins Präsidium. Dann legte er auf und schnappte sich Rempes Akten. Die würde er zu Hause zusammen mit den Kollegen Becks, Townshend und Daltrey durcharbeiten!

* * *

Rempe richtete sich vorsichtig auf. So weit es ging. Seine Hände und Füße waren noch immer gefesselt. Das Schwein hatte die Fesseln oben und unten mit einer zusätzlichen Kette verbunden, die ihn jetzt in einer unangenehmen, gebeugten Stellung krumm in Richtung Boden drückte. Sein Rücken schmerzte bestialisch.

Aber das machte ihm weniger Sorgen. Mehr Sorgen machte ihm das heftige Pochen in seiner rechten Hand. In seinem kleinen Finger der rechten Hand. Oder genauer: dort, wo sich sein kleiner Finger einmal befunden hatte. Er schluchzte. Diese Geschichte würde er sicher nicht mit seinen zehn Fingern in den PC hacken.

Er lauschte hinüber zur anderen Seite der Tür. Der Unbekannte war vor einigen Minuten wieder dort aufgetaucht und kramte seit einer guten Viertelstunde an irgendwas herum. Ein herübergewehter Gasgeruch schnürte die Kehle zu. Dann erkannte er, dass der Unbekannte eine Gaskartusche angezündet hatte, um irgendwas zu braten. Offensichtlich wollte er selbst diesmal länger bleiben.

Rempe legte seinen Kopf vorsichtig – so weit es ging – nach hinten an die kalte Steinwand. Da hörte er es wieder: Durch den Boden, durch die Steine rumorte ein dumpfes rhythmisches Grollen in sein Hirn. Bumm, bumm, bumm, bumm. Immer der gleiche monotone

Bass, nur in manchmal leicht wechselnden Geschwindigkeiten.

Eine Fabrik?

Er zermarterte sich das Gehirn und ging in Gedanken den ganzen Düsseldorfer Stadtplan durch. Wenn er wenigstens wüsste, wo genau er sich befand! Vielleicht würde das irgendwann mal hilfreich sein. Für eine Flucht! Für einen Hilferuf!

Bumm, bumm, bumm, bumm!

Es raschelte an der Tür. Der Schlüssel. Das Schloss. Der Luftzug! Der Unbekannte stand vor ihm, und ein heftiger Fleischgeruch kroch fordernd in seine Nase. Der Unbekannte hielt ihm irgendetwas Gebratenes vors Gesicht.

Sein Magen krampfte.

Rempe hatte Hunger. Aber noch mehr hatte er Durst.

»Ich möchte nichts essen, ich habe Durst. Ich brauche was zu trinken! Sonst kratz ich hier ab!«

Der Unbekannte drückte ihm einen Teller gegen den Mund. »Essen!«, sagte er und Rempe erkannte einen ausländischen Akzent in der tiefen Stimme des Mannes.

»Wie soll ich denn essen, wenn mir die Hände auf dem Rücken zusammengebunden sind?«

Der Teller wurde auf dem Boden abgesetzt und Rempe nach vorne gezogen. Dann öffnete sich eine der beiden Ledermanschetten.

Der Unbekannte hielt den Arm aber mit strammem Griff fest. »Du die Binde ab, ich dich töten!«

Rempe nickte hastig. Das passte ja exakt in seine Theorie. Hauptsache, der Typ ließ ihn am Leben! »Essen!«, befahl er, und Rempe ertastete den Gegenstand in einem Blechteller vor sich.

Ein Würstchen?

Als er die harte Stelle an einem Ende des Fleisches spürte und erkannte, dass das ein Fingernagel war, schlug er entsetzt den Teller scheppernd quer durch den Raum ...

* * *

Struller fuhr durch eine weitere Serpentine. Gerade Straßen kannten die hier auf der Strecke zwischen Erkrath und Wuppertal nicht. Rauf und runter ging es hier, und vom ewigen nach links und rechts Geschlingere war ihm schon ganz schwindelig. Endlich bog er in das Wuppertaler Wohngebiet ein. Lustige Straßennamen hatten die hier.

35, 33, 31 ... da war es.

Malewskis Frau öffnete ihm die Tür und führte ihn in den Garten. Dort saß Winfried Malewski im Schatten eines mächtigen Ahornbaums mit einem Glas Rotwein in der Hand und war nicht mehr ganz nüchtern.

Struller stellte sich vor, Malewski erklärte: »Heute ist Donnerstag.«

»Aha.«

»Setzen Sie sich doch! Donnerstags ist Probe vom Kirchenchor. Singen Sie auch im Kirchenchor?«

»Nein, aber ich habe mal einen gehört.«

»Gläschen Rotwein? Ist ein feiner Tropfen!«

»Puh, besser nicht. Ich komme ja nüchtern kaum durch das Gekurve.«

Malewski lachte schallend und klopfte sich auf die prächtige Trommel. »Immer geradeaus ist langweilig. Sie sagten am Telefon, Sie kommen wegen Herrmann?«

»Sind Sie befreundet oder nur Geschäftspartner?, fragte Struller direkt.

Malewski nickte ernst. »Befreundet würde ich nicht sagen, aber wir waren auch nicht nur Geschäftspartner. Das Projekt, hm, ich sag mal so, war von Anfang an nicht ganz einfach. Da rückt man zusammen.«

»Wie das?«

»Es gibt dort an der Bergischen Landstraße schon zwei Golfclubs. Ein japanischer und noch einer. Einen dritten dort anzulegen, das ist schon ein Risiko. Aber Herrmann hatte die Möglichkeit, zügig an eine Unterschrift unterm Kaufvertrag zu kommen. Er hat mich angerufen – wir kennen uns geschäftlich von früher – und dann haben wir zugeschlagen.« Er nahm einen kräftigen Schluck Roten. »Zack! Zugeschlagen! Hinter dem Grundstück waren noch andere her. Da musste es schnell gehen. Die Stadt möchte da mit einem Konsors… Konsort…«

»Konsortium.«

»Genau, mit denen wollte die da eine Hotelanlage bauen, aber wir waren schneller! Dann haben uns die Burschen vonne Stadt eine Menge Steine in den Weg gelegt. Ich dachte, mir platzt der Arsch! Hat dazu geführt, dass wir Schwierigkeiten hatten, das Geld ranzuschaffen. Das war Kacke!« Er leerte sein Glas, griff zur Flasche und füllte nach. »Ich hab natürlich immer was Flüssiges, aber wir mussten jeder so an die zweieinhalb Millionen aufbringen. Hat was gedauert. So was dauert immer! Herrmann hat sein Haus beliehen, ist ein schicker Kasten, und ich hab mich kurzfristig von ein paar Miethäusern getrennt, die ich gerne behalten hätte. Aber ging nicht anders. Ich sag ja: das war Kacke!« Er blickte Struller glasig in die Augen und hob das Glas. »Ich trink nich nur, weil die Chorprobe so schlecht war. Ich hab in den letzten drei Wochen eine Menge Kohle verloren.«

»Weil das Konsortium jetzt den Zuschlag bekommen hat?«

»Klar!«, brüllte Malewski und scheuchte im Umkreis von zwei Kilometern die Vögel aus dem Schlaf. »Plötzlich verschwindet der Burchards. Geht joggen und flupp, weg isser. Der ganze Deal war so gut wie abgewickelt. Da fehlten nur noch ein paar Unterschriften. Verwaltungskacke! Natürlich ist die Alte vom Burchards geschäftsfähig. Die war aber von Anfang an gegen das Geschäft, weil sie nicht wollte, dass ihr Männe das Haus aufs Spiel setzt. Die hat vor ein paar Tagen die ganze Kohle aus dem Deal zurückgezogen. Und ich konnte Herrmanns Anteil nicht mitfinanzieren. Schon gar nicht so kurzfristig!« Er schüttelte den Kopf.

Struller bohrte weiter, Malewski war gerade so schön in Plauderstimmung. »Das ist übel.«

»Ach ja, übel ... Ich kann die Frau ja verstehen. Die is ein bisschen jünger als Herrmann und will noch was vom Leben haben. Herrmann hat in den letzten Jahren nicht mehr gearbeitet. Die beiden haben eine Weltreise nach der anderen gemacht. Und jetzt pumpt Herrmann die Hypotheken-Kohle fürs eigene Häuschen in ein Geschäft, wo man sagen muss, dass man nicht weiß, ob das so hundertprozentig was wird ... Is doch klar. Die wär lieber mit dem Herrmann noch ein paar Mal um die Welt geflogen.«

Struller holte Luft, weil ihm gerade ein Gedanke kam, aber Malewski hackte ihm seinen Zeigefinger in die Brust. »Aber die vonne Stadt, die haben wieder ihr Ding durchgezogen. Das ärgert mich. DAS ÄRGERT MICH!«

Jetzt waren auch die Vögel in Knittkuhl wach.

»Und ich kann nix machen. Mit der Finanzierung ist auch unser Deal geplatzt. Der Verkäufer hätte letztendlich sowieso lieber an die Stadt verkauft und hat das sofort ausgenutzt. Heute stand es in der Zeitung: Die Weseler kriegen den Zuschlag.« Ein kräftiger Schluck. »Und ich kann aber auch gar nix machen!«

»Dieses Konsortium arbeitet mit einem Dr. Bodewig zusammen …«

»Kenn ich! Ein Schaumschläger. Immer braungebrannt, Tennisspieler. Der hat 'ne Praxis auf der Kö, wo der an faltigen Frauen rumschnibbelt. Ein blasierter Typ! Für den läuft es jetzt ja nicht schlecht. Der wird sich vom großen Kuchen eine Scheibe abschneiden. Ich meine, wenn der bei diesem Konss… Konzium unterkommt.« Er nickte. »Und da mach ich nix gegen. Ich hab trotzdem meine Anwälte eingeschaltet.«

»Köhler und Partner.«

»Den Partner gibt's ja nicht mehr! Martin Schwinder, der windige Vogel …« Er klopfte sich auf den dicken Bauch. Drinnen gluckerte es. »Mann, ich dachte, der stirbt irgendwann an Verfettung. Und da fliegt der mit 'nem Auto in die Luft. Verfluchte Sache. Der ist auch tot!«

Struller stutzte. »Wieso auch? Burchards wird doch nur verm…«

»Hah!«, brüllte Malewski und zuckte zusammen, als seine Frau sich aus dem Küchenfenster in den Garten beugte und ihn warnend anguckte. Nachbarn? Leiser fuhr er fort: »Der Burchards ist tot! So wahr, wie wir hier sitzen! Auf Herrmann ist immer Verlass gewesen. Wo soll der sein, dass der sich bei mir nicht meldet? Der weiß doch, in was für einer Scheiße der mich hier sitzen lässt. Nee, nee, Herrmann ist tot. Mausetot. Das ist man sicher!« Er kippte sich den Rest Rotwein in den Magen. »War ein feiner Kerl! Ich sag ja, ich trink nich, weil die Chorprobe so schlecht war.« Er griff zur Flasche. »So schlecht war die nämlich gar nicht.«

Struller kratzte sich am Kopf.

»Gab es da irgendwas Konkretes? Eine Warnung? Wurde Burchards bedroht?«

Malewski ruderte mit der Flasche. Rotes schwappte gefährlich bis zum Flaschenhals.

»Konkret, konkret … Er hat da mal was angedeutet. Is gar nicht lange her. Da ist einer mit irgendwelchen Gutachten bei ihm gewesen. Furchtbar aufgeregt hat er sich und sich an den Schwinder gewandt. Ich weiß nix Genaues, aber … da war was!«

Struller bedankte sich für die Auskünfte und verabschiedete sich. Nachdenklich schlängelte er sich zurück nach Düsseldorf. Das war ja ein interessantes Gespräch, das ihm praktisch ein ganzes Bündel an Motiven geliefert hatte!

Burchards Verschwinden bedeutete für die Ressing-Gruppe den Zuschlag fürs Grundstück. Was war das überhaupt für ein Konsortium? War denen ein Mord zuzutrauen? Und die Stadt hing auch mit drin? War denen alles zuzutrauen? Na ja, sicher nicht! Für Bodewig bedeutete die Sache den Start in die Wellness-Branche. Das war immerhin so lukrativ, dass er seinen Anteil an der Praxis praktisch sofort gekündigt hatte. War dem blasierten Tennisspieler mit der fürchterlichen Scheitelfrisur ein Mord zuzutrauen?

Und was war das für eine Geschichte mit diesem Gutachten? Bezog es sich auf das Grundstück? Oder auf die Finanzierung? Zu blöd, dass er den Schwinder nicht mehr fragen konnte. Wer war aber dieser ... Erpresser? Schwinder selbst? Oder hatte die Trüffelsau Rempe was ausgebuddelt?

Struller passierte den Staufenplatz. Die Straßen wurden wieder gerade.

Natürlich, Sonja Burchards! Die hatte doch arg gelitten. Burchards Verschwinden war ihre einzige Möglichkeit, die Hypothek vom Haus wieder runterzukriegen, indem sie das Geschäft platzen ließ. Aber ein Mord? Immerhin hätte der Golfplatz ja auch ein erfolgreiches Geschäft werden können. Und als Bauunternehmer hatte Burchards sicher auch schon vorher riskante Investitionen getätigt. Anderseits waren zweieinhalb Millionen Euro allemal ein Motiv!

Den Einzigen, den Struller von der Verdächtigenliste strich, war Malewski. Der hatte ihm nichts vorgemacht. Wäre zu schön gewesen, wenn plötzlich ein Geschäftspartner als Massenmörder auftauchte, aber nein: Der war's nicht.

Hinter Struller hupte ein Taxi. Die Ampel war auf Grün gesprungen. Struller fuhr langsam los und zeigte dem Taxifahrer den Mittelfinger.

* * *

Jensen öffnete zischend seine fünfte Dose Becks. So ein Finalsieg machte durstig! Pete Townshend, unterstützt von seinen Freunden Roger, Keith und John, ließ es in seinem CD-Player mächtig krachen. Mit einem Beschwerdeklingeln der Nachbarn war jederzeit zu rechnen! Sei's drum! Die Who konnte man nur laut hören oder gar nicht. Und er brauchte was für seine Ohren! Seufzend widmete er sich wieder den drei Akten.

»Mann, ist der Rempe fertig«, murmelte er.

Akte eins, in dezentem Gelb, trug den Namen *Rocco*. Ein Informant hatte einen alten Soft-Porno-Film gefunden und dort in einer der Hauptrollen einen Schauspieler erkannt, der in einer bekannten TV-Serie einen Rechtsanwalt spielte. Beigelegt waren ein paar Fotos, bei denen die mittellange, gewellte Fönfrisur des B-Promis darauf hindeutete, dass das harmlose Filmchen irgendwann in den Achtzigerjahren gedreht worden war.

Der Mann gab alles. Keine Frage.

Jensen gähnte. Wen interessierte das? Rempe hatte den Artikel druckfertig ausformuliert, aber Jensen bezweifelte, dass das Geschmiere jemals im *Rheinkurier* ans Licht der Leseröffentlichkeit gelangen würde. Das war selbst unter deren Niveau!

Akte zwei, in Lila, trug den Namen *Bernd Stein*. Im Düsseldorfer Zoo-Viertel hatte man einen alten Bunker abgerissen, der früher einen Aqua-Zoo beherbergt hatte, und der seit einigen Jahren leer stand. Ein Stadtstreicher hatte dort vor der Sprengung mehrere alte Holzkisten mit eingebrannten Hakenkreuzen gefunden. Eine hatte er aufgebrochen und drinnen mehrere bernsteinfarbene Steinplatten gefunden. Jetzt fehlte von allen jede weitere Spur. Von den Holzkisten und vom Stadtstreicher.

Jensen seufzte.

»Won't get fooled again«, sangen die Who. Jensen leerte mit kräftigen Zügen die fünfte Dose und schickte einen veritablen Rülpser durch das offen stehende Dachfenster über die Stresemannstraße. Kurz überlegte er, es bei diesen zwei Akten zu belassen. Immerhin war Freitag. Der erste Freitag im Monat und das bedeutete: 80er-Jahre-Party im Stahlwerk. Für paarungswillige Singles ein Muss!

»Ach lass ma!«

Fürs geschwungene Tanzbein und für hartnäckige Flirts war er sowieso schon zu blau. Außerdem waren die Achtziger, von wenigen Ausnahmen abgesehen, musikalisch sowieso scheiße!

Er schnappte sich die dritte, eine blaue Akte. Rempe hatte sie *Rubbish* getauft. Jensen klappte sie auf und stutzte: leer!

»Rubbish«, murmelte Jensen. »Abfall, Schutt, Schrott, Mist aller Art.«

Nach einem Blick ins Langenscheidt-Wörterbuch ließen sich weiter die Übersetzungen »Kehricht« und »Unsinn« hinzufügen. Er schüttelte den Kopf und griff zur sechsten Dose.

Bernd Stein

An einer Bernsteinzimmer-Story kann am ehesten noch was dran sein. Aber warum fehlte ausgerechnet der Inhalt zu Rubbish?

Schluck.

Rubbish.

Er grabschte sich noch mal alle bunten Umschläge. In die Ecken der Aktenumschläge waren mehrere zwei- und dreistellige Zahlen geschrieben. *Bernd Stein* hatte oben rechts 34, links oben 54 und unten links 321. *Rocco* hatte ganze Zahlenkolonnen quer von eins bis zehn und bei *Rubbish* tauchten oben links 3469, oben rechts 6983 und unten rechts 44169 auf. Das ergab doch alles keinen Sinn!

Eine logorhythmische Reihe? Ein Zahlencode? Ein Zahlenrätsel?

Who are you?

Roccoberndsteinrubbish.

Jensen gelang es gerade noch, die Dose auf dem Schreibtisch vor seinem Sofa abzusetzen, dann schlief er ein.

* * *

Der Tag war hart! Aber jetzt rum! Struller hatte sich einige kühle Flaschen Schumacher gegönnt und sich gleich mehrmals die zweite Seite von *Let It Bleed* reingezogen. You can't always get what you want! Genau! Er zog die Bettdecke bis unters unrasierte Kinn und glitt Sekunden später in einen tiefen, dunklen Schlaf. Dann klingelte das Telefon und schubste ihn brutal zurück ins Hier und Jetzt. Fluchend taumelte er ins Wohnzimmer.

»Huäh!«, bellte er in den Hörer.

»Schrei mich nicht an! Ich bin's, Andrea, mein Schätzchen.«

Struller verdrehte die Augen. Schultze-Sperling. Frauen fehlt einfach das Timing!

»Andrea. Du?«

»Ja, mein Süßer. Ich habe Neuigkeiten in deiner Sache.«

»Welche Sache?«, grunzte Struller, immer noch schlaftrunken und sich am Hintern kratzend, in den Hörer.

Pause.

»Hast du getrunken?«

»Nur ein bisschen, Schätzelein.«

»Ich sollte doch für dich noch mal nachhaken, was die Sekretärin in der Uni angeht, hier in Münster, mit der euer Schneider was hatte.«

Struller blinzelte und fuhr sich durchs Haar. Ach ja. Vergessen. »Das ist aber ganz nett von dir.«

Pause.

»Wie meinst du das, Struller, nett von mir?«, fragte Andrea eisig.

Struller schluckte hastig. Was hatte er jetzt wieder falsch gemacht, dass die Vogeltante Frost in die Stimme legte? »Ähm, nett halt, dass du mir hilfst...«

»Nett? Ganz nett??? Ich sag dir mal was, mein Lieber: Ich hab hier auch ein bisschen was zu tun! Die Arbeit nimmt mir hier auch keiner ab! Ich bin hier von Pontius nach Pilatus gelaufen, hab mir den Mund fusselig gefragt, und du kommst mir mit ›ganz nett‹ ...«

Struller schielte auf die leeren Schumacherflaschen und verstand nur Bahnhof. »Ich dachte doch ...

Klatsch. Aufgelegt.

Struller schüttelte verwirrt den Kopf und kroch zurück ins Bett. Verstehe einer die Frauen!

6. Tag

Als Struller am nächsten Morgen ins Büro stürmte, war Jensen schon auf Hundertachtzig. Er erwartete seinen Kollegen mit hochrotem Kopf.

»Sag mal, Kollege, warum hast du mir nicht gesteckt, dass ich immer auf dem Parkplatz des Polizeipräsidenten parke? Jetzt hab ich 'ne Knolle bekommen.« Er wedelte mit einem Ticket.

»Lehrjahre sind keine Herrenjahre! Guck halt, wo man parken kann«, grinste Struller.

»Einen merkwürdigen Humor hast du, danke, Kollege!«

»Keine Ursache. Besser einen merkwürdigen Humor, als gar keinen. Biste mit Rempes Akten weitergekommen?«

Jensen schluckte einen bissigen Kommentar runter. »Nee, nur Schrott. Kannst ja deine kriminalistische Spürnase selbst mal in die Akten stecken. Ich muss erst mal zur Personalabteilung.«

»Was willste denn da?«

»Ich guck mir deine Stasiakte an«, brummte Jensen und verschwand.

»Blödmann«, zischte Struller hinterher und zog die drei bunten Akten rüber auf seinen Schreibtisch. Fast hätte er die Akte *Bernd Stein* geöffnet, da bimmelte das Telefon. »KK11, Struhlmann?«

Pause.

»Hallo, ich bin's!«

Struller streckte sich. Alarm. Die Vogeltante! »Hier spricht der automatische Anrufbeantworter ...«

»Mach keinen Scheiß, Struller. Ich möchte mich entschuldigen für gestern Abend. Ich war schlecht drauf.«

Na dann! »Hallo Andrea, schon vergessen. Du hattest Neuigkeiten?«

»Du hast so viel Verständnis.«

»Ach ... Was haste denn Gutes für mich?«, summte Struller süß.

»Okay, Schatz. Ich war noch mal an der Uni und hab mich umgehört. Den verrückten Schneider ... übrigens, ist der wirklich tot?«

»Ja.«

»Aha. Also, den Schneider kannte da wirklich fast jeder. Und endlich hab ich was rausgekriegt, warum der damals von der Uni geflogen ist. Der Knallkopf hatte ein Verhältnis mit der Sekretärin angefangen. Das war so eine durchgeknallte Alte, die immer mindestens dreiundzwanzig Ringe an den Fingern trug. Täubchen haben die sie dort an der Uni genannt ... wegen der Ringe. Auf jeden Fall hat die dann für ihn die Durchschrift einer Klausur bei einem Prof aus der Aktentasche gezogen und dem Schneider gegeben. Der Idiot hat dann fast eins zu eins die Klausur abgepinnt ...«

»Soll es geben«, murmelte Struller und musste an seinen Kommissarslehrgang an der Duisburger Fachhochschule denken. Ist nie was rausgekommen ...

»Das fiel dem Prof beim Korrigieren natürlich auf. Die beiden wurden durch die Uni-Leitung angehört. Die Sekretärin ist eingeknickt und hat gestanden. Schneider flog von der Uni und die Tippse mit den langen, beringten Fingern wurde fristlos entlassen.«

Struller wurde es heiß. Und das lag nicht nur an der stetig vor sich hinblubbernden Heizung. Sein Blick fiel auf die blaue Akte vor ihm auf dem Schreibtisch. Und auf die Zahlenreihen in den Ecken der Pappe.

»Hast du den Namen der Sekretärin?«

»Liebelein, bin ich deine gute Polizistin oder was?«

»Bist du, Mäusepiep, biste. Und?«

»Moment, ich guck mal gleich ... hab ich doch notiert ... ordentlich, wie ich bin.«

Struller verdrehte genervt die Augen. Spuck's aus, Alte!

»Lax hieß die Sekretärin. Angelika Lax.«

Die Bürotür ging auf und Jensen kam pfeifend herein.

»Danke, Schatz«, sagte Struller und legte auf. Er tippte auf die blaue Akte. »Ich hab den Zahlencode auf der Akte geknackt!«

Jensen runzelte ihm ein Fragezeichen entgegen. »Was für'n Zahlencode?«

Struller tippte auf die Zahlen in den Ecken der Akte. »Rempe hat die Telefonnummer seines Informanten in eine Zahlenreihe eingebettet. In diesem Fall ist es eine Informantin! 69 69 69. Die Nummer der Frau, die du nicht flachlegen wolltest! Angelika Lax.« Er stand auf, ging an seinen Schreibtisch und schob sich seine Dienstwaffe in den Gürtel. »Und die Gute gehen wir beide jetzt mal besuchen.«

* * *

Eine halbe Stunde später hatten sich beide durch den Samstagmorgenverkehr ans andere Ende von Düsseldorf gestaut. Struller fand einen schicken Parkplatz auf dem Gehweg direkt am Hansaplatz. Auch dieser Tag schickte sich an, mehrere Hitzerekorde zu brechen, und Struller wischte sich vorm Aussteigen demonstrativ den Schweiß von der Stirn.

»Ein Dienstwagen mit Klimaanlage wäre nicht schlecht gewesen.«

»Klimaanlage ist ungesund«, entgegnete Jensen hartnäckig.

»Wenn ich dir in den Kopf schieße, is auch ungesund!«

Sie gingen schweigend über die Straße. Jensen schellte bei Lax und ließ Struller dann den Vortritt. Er blinzelte nach rechts zum Fenster der Toilette.

Angelina Lax öffnete nach dem vierten Mal Sturmklingeln einen Spaltbreit. »Ja?«

»Morgen, Struhlmann, KK11. Frau Lax, ich hätte ein paar Fragen.«

»Worum geht's?«

»Dinge und Sachen und ein bisschen um den Tod von Martin Schwinder.«

Angelika Lax schob die Tür ein bisschen weiter auf und knurrte: »Kommen Sie rein!«

Sie wankte voraus ins Wohnzimmer. Jensen erschnüffelte unschwer eine prächtige Morgenstandarte, die einen Rückschluss auf diverse Gläschen Prosecco oder Schärferes zuließ. Vielleicht war sie ja gestern auf der 80er-Jahre-Party gewesen. Ihr Gang passte zur Fahne. Und die Fahne passte zum Outfit: T-Shirt von Gucci ohne was drunter auf pinkfarbener Leggins.

»Was will der denn hier?«, knurrte sie, als sie Jensen entdeckte.

»Der is Praktikant«, erklärte Struller. »Der will was lernen.«

»Aha. Und was will der lernen? Wie man sich angemessen kleidet? Sie haben einen ekligen Fleck auf Ihrer ekligen Strickkrawatte.«

»Das ist Penatencreme.«

»Wozu brauchen Sie Penatencreme?«

»Ich habe eine eitrige Wunde am Hintern.«

Jensen, der sich in eine Zimmerecke verzogen hatte, verdrehte die Augen. Genau so hatte er sich den sensiblen Einstieg in eine wichtige Zeugenvernehmung vorgestellt. Respekt, Struller: ein praktisch schulmäßiger Einstieg! Hier gab es wirklich was zu lernen.

Struller dagegen strich sich zufrieden durchs verschwitzte Haupthaar: »So, und nachdem ich Ihnen ein paar Fragen beantwortet habe, hätte ich jetzt ein paar Fragen an Sie. Und ich möchte nicht wissen, ob mein Kollege unter einer schwach ausgeprägten Libido leidet, nein, ich möchte zackige Antworten kriegen!«

Jensen schnappte nach Luft, wollte protestieren, ließ es dann aber bleiben. Hatte eh keinen Sinn.

Struller setzte sich zu Angelina-Angelika aufs Sofa. »Lassen Sie uns doch ein bisschen über Ihr Leben plaudern!«

»Ich wüsste nicht, wie ich dazu käme!«

»Na ja, wir brauchen nicht mit Ihrer Heiligen Erstkommunion anzufangen. Mich interessiert, was passierte, nachdem Sie in Münster an der Uni für Schneider die Prüfungsunterlagen geklaut haben, der bei seiner Klausur gemogelt hat – was natürlich aufgefallen ist, weil Schneider ein Blödmann war – und was passierte, nachdem man Sie daraufhin entlassen hat?«

Die Lax war blass geworden. »Ich verstehe nicht ...«

»Sie verstehen genau. Los!«

Sie zog eine Schnute. »Fragen Sie doch den Frank selbst!«

Struller drehte sich um und warf einen fragenden Blick in Richtung Jensen.

Der hob gelangweilt die Achseln. »Es stand in der Zeitung, aber ich glaube, sie haben seinen Namen nicht veröffentlicht.«

»Aha.« Struller wendete sich wieder seinem Opfer zu. »Dann sollte ich vorausschicken, dass irgendjemand Ihrem Ex-Lover Schneider ein Messer in den Rücken gedrückt und ihn von der Rheinkniebrücke geworfen hat.«

Angelika Lax wurde noch eine Spur blasser.

Jensen schüttelte innerlich den Kopf. Struller arbeitete mit der sanften Sensibilität eines australischen Süßwasserkrokodils! Eines besonders verfressenen Exemplars.

»Frank ist tot?«

»Ja. Ihnen ist klar, warum Sie unbedingt mit uns zusammenarbeiten müssen?«

»Wieso?«, fragte Angelina, erhob sich, ging zum Wohnzimmerschrank und zog eine halbvolle Flasche Jägermeister aus den Tiefen des Möbelstücks. »Den brauch ich jetzt.« Sie schraubte die Flasche auf, nahm einen kräftigen Schluck und wischte sich mit dem Ärmel den Mund trocken. »Was soll ich Ihnen denn erzählen? Ich bin von der Uni geflogen. Frank ist es auch. Ich habe kurz drauf in einem Lokal Schwinder kennen gelernt, der in Münster ein Seminar besucht hat. Irgendeine Fortbildung. Wir gingen zusammen ins Bett und ich war wohl so gut, dass er mir einen Job als seine Chefsekretärin angeboten hat. Knappe zwei Wochen später bin ich hier eingezogen.«

Sie ließ sich wieder neben Struller ins Sofa fallen, die Flasche immer noch in der Hand.

Struller schien darauf zu warten, dass die Brüste aufhörten nachzuwippen. Dann beugte er sich zu ihr rüber. »Und danach haben Sie Frank Schneider nicht mehr wiedergesehen?«

»Wieso fragen Sie das?«

»Na ja: Schwinder ist tot. Schneider ist tot. Rempe ist verschwunden. Soweit wie wir das sehen, gibt es eine klare Verbindung zwischen den dreien. Und, ich sag das mit aller Sorge, es gibt auch eine klare und eindeutige Verbindung zu Ihnen.«

Lax rieb sich den letzten Rest Wimperntusche durchs Gesicht. »Was habe ich denn mit der Sache zu tun?«

»Ja, mein Gott, sagen Sie's mir!«

Jensen konnte sich das nicht länger mit ansehen und schaltete sich nun ein: »Wir meinen, dass jemand versucht, alle Spuren zu was auch immer zu beseitigen. Und es ist demjenigen egal, wenn die Spurenträger Menschen sind. Er beseitigt sie einfach. Und das führt uns direkt zu der Annahme, dass auch Ihr Leben in Gefahr ist! Wir müssen den Mörder finden. Sie müssen uns dabei helfen! Sie könnten das nächste Opfer sein!«

Lax grinste und nickte zu Struller rüber. »Süß, der Kleine. Er sorgt sich um mich.«

Struller grinste zurück: »Ja, genau. Solche ehrbaren Gefühle gehen mir zum Beispiel vollkommen ab. Ich sitz hier mit 'ner kleinen Schlampe auf der Couch, die zufällig ein paar Informationen hat, die ich unbedingt brauche.«

Dass Angelina Lax kurz überlegte, ihm die Flasche Jägermeister über den Kopf zu ziehen, konnte man in ihrem Blick deutlichst erkennen. Aber sie setzte die Flasche dann doch noch mal an und kippte sich zwei Einheiten in den Hals. »Und bevor Sie diese Informationen haben, lassen Sie mich nicht in Ruhe, stimmt's?«

Struller nickte. »Richtig, Baby!«

Sie seufzte. »Okay. Aber ich sag gleich. Viel weiß ich auch nicht. Ich habe nur … nur ein paar Informationen weitergegeben.«

»Raus damit, Baby!«

»Nenn mich nicht Baby! Ich war also jetzt Schwinders Chefsekretärin. Das Gehalt war in Ordnung, aber der Job war … wie soll ich sagen? Die meiste Zeit lag ich mit dem Rücken auf seinem Schreibtisch. Und der zweifellos hübsche Ausblick über Mörsenbroich ist auf die Dauer auch nicht der Bringer. Ich wollte da weg. Dann kriegte ich ein Gespräch mit. Es ging um einen Grundstückskauf. Oben in Grafenberg. Ein Klient von uns wollte dort einen Golfplatz bauen …«

»Anlegen! Ein Golfplatz wird angelegt!«, unterbrach Jensen.

»Klappe, Jensen! Erzähl weiter, Baby!«

»Nenn mich nicht Baby! Die von der Stadt waren wohl dagegen. Bei uns in der Kanzlei haben sie gegrübelt, warum die Stadt sich so in die Geschichte reinhängt.

Kann denen doch eigentlich egal sein, ob da Löcher gebohrt werden oder ob da sonst was gebaut wird! Eines Tages tauchte dann eine Akte auf. Aus dieser Akte ging hervor, dass auf dem Grundstück kurz nach dem Krieg mal eine wilde Müllkippe gewesen ist. Damals ist eine ganze Menge Giftmüll oder so was illegal entsorgt worden. Das war in den Unterlagen nachzulesen.« Sie nässte ihre Lippen und so weiter und fuhr fort. »Ich habe meine Chance gesehen, möglicherweise ein bisschen Geld rauszuschlagen, indem ich die Info verkaufe. Erst mal hab ich also die Akte kopiert. Dann fiel mir Frank Schneider ein, der mal Journalistik studiert hatte und von dem ich dachte, dass der nützliche Verbindungen haben könnte.«

Über Schneider kommt Rempe ins Spiel, kombinierte Jensen, ohne es zu sagen. Er würde hier in der Bude überhaupt nichts mehr sagen. Jensen war sauer!

Struller fragte: »Der Klient war Herrmann Burchards?«

»Genau. Frank hat von mir dann die Akte gekriegt, und mehr weiß ich nicht. Das Nächste, was passierte, war, dass der Schwinder an dem Tag, als der Rempe bei ihm im Büro war, mit dessen Auto in die Luft geflogen ist. Da hatte mich Schwinder aber schon nach Hause geschickt, Feierabend machen.«

»Wo ist die Originalakte jetzt?«

»Keine Ahnung.« Sie nippte an der Flasche. »Ich glaube, das mit der Müllakte war ein linkes Ding vom Schwinder hinter dem Rücken vom Köhler.«

»Häh?«

»Ich glaub, der Köhler hat von dem Müllvermerk nichts gewusst. Köhler und Schwinder haben nie drüber gesprochen. Als der Schwinder dann ... nicht mehr war, habe ich seine Unterlagen in Köhlers Zimmer rüberbringen müssen. Da hätte ich diese Akte sehen müssen, hab ich aber nicht. Ich denk, dass der Schwinder das Teil mit nach Hause genommen hat. Oder er hat sie sonst wo weggeschlossen: Schwinder hat auch mehrere Schließfächer bei einer Bank. Ich weiß, dass er da schon mal Sachen gebunkert hat.« Sie legte den Flaschenhals an die Lippen, stellte aber traurig fest, dass der Meister alle war.

Struller stand auf. »Okay. Jensen wird ein Protokoll zur Aussage tippen, das müssen Sie dann noch mal unterschreiben, und das war's fürs Erste. Wir sind hier erst mal fertig! Ich besorg Ihnen zwei Zivilbeamte, die Ihnen ein bisschen beim Überleben helfen werden.«

Lax nickte. »Sie finden raus?« Lax blickte Jensen gelangweilt an. »Ruhig ganz normal durch die Haustür. Is nicht nötig, wieder durchs Toilettenfenster abzuhauen.«

Struller grinste und gab noch einen Tipp: »Sie trinken zu viel!«

»Ich trinke vormittags sonst nie, aber die hässliche Strickkrawatte hat mir den Rest gegeben!«

Jetzt grinste auch Jensen. Und das tat er immer noch, als sie wenig später draußen an ihr Fahrzeug traten.

Struller war schon einen Schritt weiter. »Jetzt brauchen wir nur noch die Originalakte mit diesem ominösen Müllvermerk. Und ich nehme mal an, dass die sich in einem von Schwinders Schließfächern befindet. Denke, da wird uns Köhler weiterhelfen können. Oder eher noch seine Frau. Also Schwinders Frau. Vielleicht brauchen wir einen richterlichen Beschluss, aber ich denke, das Teil kriegen wir zügig in die Finger. Und ich frag dich: Ist so eine Info nicht ein prima Motiv? Golfplatz, Wellness-Hotel, Giftmüll ... Herrlich! Da geht's nicht nur um Omas Sparsocke, da geht's um Millionen!« Struller schlug sich vor die Stirn. »Na klar! Die Akte. Mit dieser Akte beziehungsweise dem Gutachten sollte der Burchards erpresst werden! Wenn rausgekommen wär, dass unter dem Golfplatzgrundstück eine giftige Müllkippe ist, hätte Burchards sein Projekt vergessen und seine Hypothek aufs Haus abschreiben können. Na, das ist doch mal ein hübsches Motiv! Oh, Sportsfreund, da wird mir einiges klar. – Geh mal an dein Handy, es klingelt!«

»Jensen? ... Ja? Scheiße! ... Wo? ... Wir kommen sofort!«

Struller schloss den Wagen auf. »Und?«

»Das war Kotten. Die sind den Tabutis hinterher und über 'ne Leiche gestolpert! Erkrather Straße, altes Gelände Teppich Frick! Fahr los!«

* * *

Ohnmächtig. Rempes Schädel dröhnte. Ohnmächtig war er gewesen. Aber soweit er das abschätzen konnte, hatte er noch alle übrigen neun Finger. Das Schwein hatte ihm nichts weiter abgesäbelt. Nur da, wo mal der kleine Finger seiner rechten Hand gewesen war, da pochte es immer noch wie wild.

Und trotzdem hatte sich was geändert. Am Radio. Oder eben nicht am Radio. Erst hatte er gedacht, der Typ habe sein Radio lauter gedreht. Aber das war kein Radio! Rempe nickte. Und stöhnte auf. Nicken war nicht, dann schmerzte der Hals bestialisch! Es ging aber auch ohne Nicken: Rempe war sich sicher, dass sein Entführer nicht mehr alleine auf der anderen Seite der Tür hockte.

Da war noch jemand. Und da waren vielleicht sogar drei! Da war sich Rempe noch nicht sicher. Drei! Das bedeutete dreimal so viele Skrupel, dreimal so viele Hemmungen, dreimal mehr Chancen, hier heil und lebend rauszukommen! Oh ja, das war besser als Musik!

Die drei stritten sich! Und obwohl er kein Wort dieser Sprache verstand, hörte es sich so an, als würden die beiden Neuen den Alten anschreien. Mit ihm schimpfen! Ihn zu überreden versuchen! Das war gut! Das war sehr gut! Das konnte bedeuten, dass er bald freikäme.

Rempe stutzte. Moment! Vielleicht war der Fingerabschneider ja der Gute … Der Gnädige … Und die anderen beiden waren gekommen, um hier endlich Nägel mit Köpfen zu machen! Was, wenn die gekommen waren, um ihn doch zu … töten?

Rempe zuckte zusammen. Keine Stimmen mehr. Ein Luftzug. Die Tür. Die Tür wurde geöffnet …

Nein. Die waren nicht gekommen, um ihn frei zu lassen.

Rempe wünschte sich, er wäre aus seiner Ohnmacht nie aufgewacht …

* * *

Struller brachte den Wagen vor einem uniformierten Kollegen quietschend zum Stehen.

Jensen sprang raus und grüßte einen ehemaligen Lehrgangskollegen. »Hallo Olli!«

»Hi Chris! Wenn ihr zwanzig Meter geradeaus geht, gibt's rechts einen kleinen Eingang. Gleich rechts geht 'ne Steintreppe hoch, oben gibt's einen Flur. Die Kollegen erwarten euch im dritten Zimmer auf der linken Seite.«

Jensen und Struller rannten los und verschwanden in der alten Brandruine, die mal ein großes Teppichhaus gewesen war. Heute diente das Wrack als Tummelplatz für allerlei lichtscheues Gewusel. Und das waren nicht immer nur Kleinstnager, wie sich an Millionen von gebrauchten Einwegspritzen unschwer erkennen ließ, über die Struller und Jensen weiter ins dunkle Gebäudeinnere eindrangen. Die Steintreppe nach oben hatte mehrfach als Herrentoilette gedient, und eine verschimmelte Matratze versperrte kurzfristig den Flur.

»Mein Gott, warum wird das Teil hier denn nicht abgerissen?«

»Spekulanten haben die Finger hier drauf!«

»Denen sollte man die Einwegspritzen in den Vorgarten schmeißen!«, schimpfte Struller, als er einem weiteren Spritzen-Haufen auswich. In der Mitte des mit Tags überzogenen Flurs wartete Kotten mit hochroter Birne.

»Scheiße!«

Altschloß stand würgend im Hintergrund. Ein ziemlich muskulöser Kollege mit Glatze, der an die Kinofigur Robocop erinnerte, telefonierte hektisch mit einem Kumpel, den er Bimmel nannte. Ein dritter Kollege mit Hawaihemd und Goldkettchen grantelte genervt vor sich hin.

Struller tippte Kotten ans Flanellhemd: »Los! Erzähl!«

»Die Tabutis sind heute Morgen gegen zehn Uhr raus aus'm Haus. Dann direkt zur Straßenbahnhaltestelle. Dann mit der Bahn bis zum Dorotheenplatz. Da sind sie ausgestiegen. Dann zügig bis hierhin ans Gelände. Wir denen immer gut im Nacken. Die haben uns nicht gesehen, haben nicht geschüttelt, nichts! Dann sind die hier also ins Gebäude. Mässiu und Bommel«, Kotten deutete auf seine beiden Kollegen, »haben hinten dicht gemacht. Altschloß und ich hier hinter denen her. Und dann«, Kotten machte eine raumgreifende Geste, »stolpern wir über die Leiche in dem Zimmer da!«

Struller stöhnte. »Und die Tabutis?«

»Keine Ahnung. Wir haben uns erst mal um die Leiche gekümmert.«

Struller stöhnte noch mal. »Die Leiche? Wieso denn um die Leiche gekümmert? Die is tot, die läuft nicht weg … Wisst ihr denn, wessen Leiche das ist?«

Kotten zuckte mit den Schultern. »Keine Ahnung. Nicht zu erkennen.«

Struller blinzelte heftig. Jensen ahnte Schlimmes und schob sich an Kotten vorbei ins Zimmer. Hastig wedelte er sich einen surrenden Schwarm Fliegen von der Nase, der sich hungrig und Frischfleisch vermutend auf ihn gestürzt hatte. Gab's hier nämlich sonst nicht mehr! Jensen drehte sich um und schüttelte den Kopf.

Struller hatte auch kurz ins Zimmer gelugt und fixierte grimmig Kotten. »Hör mal. Dass dieser abgedunkelte Kollege da in der Ecke schon seit mindestens drei Wochen tot ist, riecht ein Blinder mit 'nem Krückstock. Der liegt da schon eine halbe Ewigkeit und hat mit Sicherheit nichts mit den El Tabutis zu tun. Und wegen unseres braunen Freundes habt ihr die Jungs aus den Augen verloren? Ich fasse es nicht!«

»Heh, heh, das ist ein Mensch ...«

»Gewesen, Kotten, gewesen!«

»Immerhin aber 'ne Leiche!«

»Offensichtlich. Aber wenn du hier mal richtig suchen gehst, findeste bestimmt noch ein paar! Du ...« Struller piekste wieder ins Flanellhemd. »... solltest die El Tabutis observieren und sonst gar nichts! Und was grinst du denn so?« Struller warf diesem Mässiu einen fragenden Blick an die behaarte Brust, die sein Hawaiihemd freigab.

»Heh, bleib locker, Alter. Schick, wie du meinen Chef zusammenscheißt, aber bei mir pass auf, sonst zerkratz ich dir das Auto!«

»Ich soll ...«

»Dreh nicht durch! Is alles geregelt. Als wir hier mit den El Tabutis ankamen, haben uniformierte Kollegen oben auf der Brücke zur Fichtenstraße eine Verkehrskontrolle gemacht. Denen hab ich aufs Auge gedrückt, dass die das Gelände im Auge behalten. Mein unbehaarter Freund hat gerade telefoniert und mal nachgefragt: Da hat keiner das Gelände verlassen. Unsere südafrikanischen Musiker sind noch immer irgendwo hier auf dem Gelände. Was gut ist, kommt nicht weg!«

Struller schnaufte: »Warum sagste das nicht gleich?«

»Bleib locker, Mann!«

* * *

Zwei Stunden später stand Jensen auf der Brücke zur Fichtenstraße und blickte runter auf das Grundstück. Links und im Hintergrund zur Erkrather Straße hin befanden sich die alten, baufälligen Lagerhallen und die Verkaufsräume. Rechts begrenzten die Hinterhöfe der Kiefernstraße das Gelände. Die Hinterhöfe waren alle mit großen Mauern umschlossen. Zu seinen Füßen bildete die alte Hochstraße, die Fichtenstraße, die Begrenzung. Hier kam keiner weg. Hier hatten die Kollegen gestanden. Hier war keiner abgehauen.

Über ihren Köpfen knatterte ein Polizeihubschrauber. Mit einer Wärmebildkamera hatten sie das Gelände abgesucht. Nachdem der angeforderte dritte Zug der Düsseldorfer Einsatzhundertschaft das Gelände erfolglos abgesucht hatte, hatten sie die Wärmebildkamera im Hubschrauber angefordert.

Jensen spuckte. Zehn Meter unter ihm klatschte der Yellow auf Asphalt. Die El Tabutis waren spurlos verschwunden! Sie hatten sich in Luft aufgelöst! Und nur weil Kotten sich von einer Leiche hatte ablenken lassen, die mit diesem Fall rein gar nichts zu tun hatte!

Durch den Einsatzleiter vor Ort, einem untersetzten Dienstgruppenleiter, wurde der Hubschrauber über Funk aus dem Einsatz entlassen, woraufhin dieser knatternd abdrehte. Jensen zuckte zusammen.

Ein blondierter Kollege mit roten Koteletten hatte sich neben ihn gestellt und seufzte. »Sind weg, die Burschen.«

»Japp.«

»Genau wie damals.«

Jensen drehte sich ihm zu. »Was meinste mit ›wie damals‹?«

»Wir hatten mal nachts einen Einbruch, drüben im Elektrogroßmarkt. Großes Aufgebot, bla bla. Is ungefähr ein Jahr her. Alles sofort abgesperrt. Wir kennen die Ecke, kennen die Fluchtwege. Zwei Kollegen haben nach unserer Umstellung die Täter auf dem Gelände noch gesehen. Alles abgesucht, Wärmebildkamera und so, bla bla: alles negativ. Einen Funkscanner und die Beute haben wir noch gefunden, aber die Typen waren weg.«

Jensen erkannte den Kollegen wieder. »Du bist der von der Königsberger Straße, der, den sie Schlaubi nennen.«

Schlaubi blickte ihm in die Augen: »Und soll ich dir was sagen? Zu recht nennen die mich so!«

»Aha.«

Schlaubi beugte sich ganz nah zu Jensen hin und flüsterte: »Wir machen hier auf der Fichtenstraße immer Alkoholkontrollen. Und ich hab mich immer mal wieder, genau wie du jetzt hier, so auf der Brücke stehend gefragt: Wie haben die das gemacht?« Er zog seine Augenbrauen hoch. »Und ich weiß, wie sie's machen!«

»Aha.«

»Genau! Sie gehen in die Wand rein!«

Jensen schlug innerlich Alarm! Und so einer durfte eine Waffe tragen? Der war ja ...

Schlaubi legte ihm die Hand auf den Oberarm. »Ganz sicher. Guck mal: Das hier unter uns ist eine uralte Brücke. Eine alte Hochstraße. Zehn Meter hoch. Die Seiten sind vor ewigen Zeiten mit echt alten, großen Steinen zugemauert worden. Auf der anderen Seite der Brücke fährt 'ne U-Bahn, da geht's sogar knapp zwanzig Meter tief runter. Ist die Verbindung zwischen der Haltestelle Was-weiß-ich und dem Moskauer Platz, glaub ich. Is auch egal. Glaubst du, dass die Brücke voll massiv ist?«

Jensen stutzte. »Du meinst ...«

»Klar! Ich würd Cleo, meine heißgeliebte Katze, verwetten: Unter uns gibt's eine Höhle, ein Loch, eine Kasematte oder sonst was mit 'nem getarnten Eingang. Durch den sind die Burschen rein ins Brückeninnere, und wenn wir Glück haben, gibt's nur den einen Eingang und dann sitzen die beiden da immer noch!«

* * *

»Ich hab ihn!«, brüllte Olli zehn Minuten später aus einem mannshohen Dornenbusch heraus und winkte.

Struller und Jensen spurteten ran. Sie zogen die Dienstwaffen.

Hauptkommissar Brock, der Dienstgruppenleiter, der die Durchsuchung des Geländes geleitet hatte, schubste sich nach vorne: »Lass mich vorgehen! Kann gefährlich sein, vielleicht sind die bewaffnet. Ich bin verheiratet und hab drei Kinder: Ich hab am wenigsten zu verlieren!«

Das sahen alle ein. Drei Männer in Uniform, dazu Struller und Jensen, sicherten. Brock nahm Anlauf und warf sich gegen das verwitterte Holzbrett. Das Holzbrett wurde im gleichen Moment von innen weggezogen, und die 94,8 gut verteilten Polizistenkilos sausten ungebremst in das dunkle Innere der alten Hochbrücke.

»Polizei!« Struller schob sich als Erster rein.

Einer der beiden El Tabutis kam ihm mit erhobenen Händen entgegen: »Nich schießen! Nich schießen!«

Struller wirbelte ihn gegen die Wand und legte ihm ein Eisen um. Zwei andere Kollegen holten seinen Bruder wenige Meter weiter von den Beinen und verpackten ihn. Andere suchten den Raum ab, mehrere Pistolenläufe ins Dunkle gerichtet.

»Hier ist noch 'ne Tür!«, rief Bommel.

»Is da noch einer?«, knurrte Struller seinen Gefangenen an.

»Mohammed. Mohammed Hicham. Hirams Bruder. Er hat keine Waffe. Vielleicht Messer!«

Jensen nahm Anlauf und trat die dünne Holztür aus der Angel. Krachend fiel das Teil auf der anderen Seite zu Boden. Zwei dunkle, eiserne Mündungen suchten den kleinen, muffigen Raum auf der anderen Seite ab.

Kein Hicham.

Nur ein gefesseltes, regungsloses Bündel in einer Ecke.

Jensen beugte sich runter. Männlich, lange Haare, um die fünfundvierzig Jahre, Vollbart, eine Hand mit Verband. »Das ist Rempe!« Er zupfte dem Mann die Augenbinde vom Kopf.

Rempe stöhnte auf.

»Hat mal einer ein Messer?«

»Hier.« Bommel warf eines rüber.

»Und hier durch ist unser Hicham abgehauen!«, meldete sich Olli vom anderen Ende des Raums und deutete auf einen kleinen Spalt in der Wand. Er steckte den Kopf durch. »Da geht's zu den Gleisen! Der ist über die U-Bahn-Gleise weg!«

Struller zupfte das Funkgerät aus Kottens Hemd. »13/01? Schick ein paar Teams auf die U-Bahn-Steige. Wir suchen einen Marokkaner, männlich, um die zwanzig, der uns hier über die Gleise abgehauen ist!«

Olli schob sich durch den Spalt auf die andere Seite.

Ein etwas breiterer Kollege mit Pferdeschwanz folgte ihm. »Wir gehen dem Hicham von hieraus hinterher!«

»Passt aber auf, da kommen regelmäßig Bahnen!«

Zwei andere Kollegen stützten Rempe, der sich räusperte: »Wasser! Ich brauch was zu trinken!«

Brock hatte sich wieder aufgerappelt und reichte ihm eine Flasche Wasser, die im Nebenraum stand. Gierig trank Rempe die Flasche in einem Zug leer, rülpste und stieß hervor: »Das Schwein hat den Schneider umgebracht. Oben auf der Rheinkniebrücke. Schneider war mir gefolgt. Er hat mir ... Und der ist ihm gefolgt. Mitten auf der Brücke taucht der plötzlich auf und jagt dem Schneider ein Messer in den Rücken. Mir hält der das Ding an den Hals ...« Rempe schüttelte den Kopf. »Ich musste den toten Schneider packen und übers Geländer nach unten werfen! Dann hat er mich gezwungen mitzugehen. Ich hatte die ganze Zeit das Messer am Hals. Ich konnte nichts machen. Dann hat er mir den Finger abgeschnitten, das miese Schwein!«

Jensen legte ihm eine Hand auf die Schulter. »Beruhigen Sie sich erst mal. Wir haben einen Krankenwagen bestellt.« Sein Blick fiel auf die blanken Füße Rempes. Er fragte in den Nebenraum hinein: »Rempe hat keine Schuhe an. Liegen seine da irgendwo? Reich die mal rüber.«

»Frag ihn mal, welche seine sind. Hier liegen zwei Paar«, rief ein südländisch aussehender Kollege zurück.

»Ein Paar braune Slipper, und in einer Tragetasche von Aldi liegen hier noch zwei total verschmierte Turnschuhe. Alter Falter, sind die dreckig! Damit ist einer durch Beton gelatscht.«

Jensen spürte, wie Rempe neben ihm zusammenzuckte, und Struller nahm dem Kollegen die Tragetasche ab.

»Zeig mal!« Struller warf einen Blick in die Tasche. »Rempe, sind das deine?«

»Äh, was?«

»Deine Schuhe?«

»Mir gehören die Slipper. Die Turnschuhe sind mir doch viel zu groß.«

Struller nickte. »Woher weißt du, dass die Turnschuhe, die dir nicht gehören, dir viel zu groß sind? Und wieso fällt mir gerade jetzt der Schuhabdruck im Beton von Bodewigs Swimmingpool ein?«

Jensen grinste Rempe an. »Vielleicht bist du ja gar nicht nur ein Opfer, sondern auch ein bisschen ein Täter, oder?«

Rempe schüttelte den Kopf. »Ihr Schweine! Mir hat gerade einer den kleinen Finger abgeschnitten! Das ruiniert meine Existenz! Ich bin Journalist! Ich arbeite mit meinen Fingern!« Er wedelte mit dem blutigen Verband an seiner rechten Hand vor Jensens Nase rum.

»Du hast sowieso meistens nur Scheiße geschrieben, Rempe! Wir bringen dich in ein Krankenhaus. Danach werden wir dir eine Menge Fragen stellen, und du wirst brav ein paar vernünftige Antworten geben, Sportsfreund!« Struller nickte Mässiu und Bommel zu: »Ihr passt auf, dass Rempe nicht die Fliege macht!«

Mässiu bugsierte Rempe nach draußen ans Tageslicht und fand noch einige tröstende Worte: »Den kleinen, rechten Finger brauchste ja eh nur für die Üs, Ös und Äs. Schreib doch einfach alles mit ae oder ue ...«

Struller hatte Faserspuren-Harald angefordert. Vielleicht würde der noch ein paar brauchbare Spuren finden. Möglicherweise könnte man die Fingerabdrücke von Hicham II gebrauchen.

Struller hatte sich gerade hinters Steuer geklemmt, als der Funk loskrachte: »... Krrrrrr ... über die Gleise ... krrrrrr ...dener Straße, linke Seite ... krrrrr.«

Jensen schlug sich auf die Schenkel. »Wenn das mal nicht unser Hicham ist!«

»Scheiß Funk!«, fluchte Struller und ließ die Karre anspringen.

»Krrrrr ... zwanzig Meter ... Krrrrr ... sich in einer Nische versteckt und rennt jetzt über die Gleise Richtung ... krrrrrrr.«

Struller jagte auf gut Glück die Werdener Straße hoch.

»Ausgang Kettwiger Str... Krrrrrrr.«

»Scheiße!«, fluchte Struller. »Genau die andere Richtung.« Er wirbelte das Steuer herum, mehrere Autos quietschten.

Jensen war sich nicht sicher, aber irgendwo hatte es auch gescheppert. »Da ist der Ausgang Kettwiger Straße!« Jensen deutete nach vorne. Gerade in diesem Moment kamen sieben Personen den Ausgang hoch. Alle zügig, keiner auffallend schnell. Fünf von ihnen konnten Mohammed Hicham sein. Einer war deutsch, einer war eine Frau.

»Ob das einer von denen ist?«

»Frag doch«, knurrte Struller und ließ die Bremsen quietschen. Ein Auto glitt haarscharf am hinteren rechten Kotflügel vorbei. Zeit zu hupen hatte er noch. Alle sieben Personen zuckten zusammen.

Jensen riss die Knarre aus dem Holster und brüllte aus dem Fenster über die Straße: »Hicham! Stehen bleiben! Du bist verhaftet!«

Gleich drei spurteten daraufhin los. Zwei hauten vermutlich nur aus Instinkt vor der Polizei aber – oder um in Übung zu bleiben.

»Krrrrrr ... eine helle Jogginghose und ein blaues T-Shirt ... krrrrrr.«

»Der da!« brüllte Struller und deutete auf einen, der vor ihnen über die Straße rannte. Quer durch den Verkehr. Autos hupten. Definitiv schepperte es hinter ihnen.

Jensen sprang aus dem Wagen, folgte dem Flüchtigen und war fünfzehn Meter hinter Hicham II. »Bleib stehen!«

Hicham ignorierte ihn und hastete über den Grünstreifen zwischen den Fahrbahnen weiter. Dann auf die Fahrbahn.

»Bleib stehen!«, rief Jensen.

Ein VW Bulli erfasste Hicham vorne links. Hicham wurde zurückgeschleudert und landete mit eingedötschtem Kopf praktisch vor Jensens Füßen.

Der beugte sich über den Leblosen und ließ sicherheitshalber die Schließacht klicken. »Na also. Geht doch!«

* * *

Jensen legte den Hörer zurück ins Plastikschälchen. »Die Kollegen sind mit Rempe auf dem Weg hierher. Sind gleich hier.«

Struller entgegnete nur: »Gut.«

Jensen hackte eine neue Nummer in den Apparat.

Struller ging derweil noch mal das Protokoll der Aussage der El Tabutis durch, die ihrer ersten Aussage vom letzten Mal den unterschlagenen Rest hinzugefügt hatten. Der einäugige Bülent war mit dem Übersetzen kaum nachgekommen:

Mohammed und Hiram Hicham hatten bei Schneider in der Bruchstraße gewohnt, beiden hatte die Abschiebung gedroht. Eines Morgens hatten Mohammed und Schneider den Hiram tot in seinem Bett gefunden. Dass er einen schweren Herzfehler hatte, war Mohammed bekannt gewesen. Hätten die beiden nun die Polizei hinzugezogen, hätten die Beamten Mohammed überprüft und er wäre in Abschiebehaft genommen worden. Schneider hatte sich angeboten, Hiram irgendwie aufzubewahren, um Mohammed zu ermöglichen, sich um seinen Aufenthalt zu kümmern. Mohammed willigte ein. Doch der streng gläubige Moslem nötigte Schneider das Versprechen ab, Hirams Leichnam würdig zu behandeln. Damit das Ganze nicht noch irgendwie auffiel, hatte Schneider für die bereits geplanten Auftritte von *Yülügül* Hirams Job als Schlagzeuger übernommen. Die El Tabutis wiederum wussten von Hirams Tod nichts und waren froh, dass es mit ihrer Band weiterging, denn das brachte Kohle, die sie zum Überleben brauchten. So kamen sie auch nicht auf die Idee, den verschwundenen Hiram als vermisst zu melden, was dann die Abschiebebehörden auf den Plan gebracht hätte.

Schneider hatte seinen Plan, Hirams Leiche zu verstecken, aber nicht auf die Reihe bekommen. Bei Temperaturen über dreißig Grad war das ja auch nicht so einfach. Mittlerweile steckte er selbst schon viel zu tief in der Sache drin, als dass er noch alles hätte auffliegen lassen können. Wie konnte er also die Leiche loswerden, ohne dass man über eine mögliche Identifizierung eine Verbindung zur Band hätte rückverfolgen können? Der hoffnungslos tablettenabhängige Schneider war schließlich auf eine echte Schnapsidee verfallen: Mit seinem blutigen Plan B, von dem Mohammed natürlich nichts erfahren durfte, hoffte er, die Spuren maximal gut zu verwischen. Eine fatale Fehleinschätzung. Fatal für ihn selbst. Denn als Mohammed in der Zeitung vom Torso mit dem C auf dem Nordfriedhof las, kombinierte er richtig, dass es Hirams Leiche sein musste, die von Schneider wenig würdig portionsweise in Düsseldorf verteilt wurde. Als gläubiger Moslem drehte er fast durch. Versuche der El Tabutis, die Mohammed nun in das Geschehen einweihte, ihn zu beruhigen, misslangen.

Endgültig durchgedreht war Mohammed, als er die Überschrift in einer Tageszeitung mit besonders großen Buchstaben las: *Bauarbeiter frisst Schlagzeuger ...*

Dass Schneider nunmehr seinen Bruder würde verspeisen wollen, wie die Zeitung reißerisch mutmaßte ... das war zu viel. Mohammed lauerte Schneider auf und tötete ihn. Da Schneider mit Rempe unterwegs war, nahm Mohammed an, dass Rempe ein Mittäter sei.

Kurz entschlossen und wahrscheinlich noch nicht ganz sicher, ob er ihn töten sollte, entführte er ihn. Er sperrte ihn in das Brückenversteck, das den vieren in der Vergangenheit immer mal wieder zum Übernachten gedient hatte. Dann entschloss er sich, Gleiches mit Gleichem zu vergelten. Er wollte Rempes Finger an Rempe verfüttern.

Die El Tabutis hatten im Zuge ihrer Vernehmungen durch Struller und Jensen natürlich mitbekommen, dass die Pressemeldung eine effekthaschende Ente und Schneider kein Kannibale war. Als sie freigelassen wurden, stellten sie Mohammed zur Rede, in der Hoffnung, dass er Rempe laufen lassen würde.

So weit, so gut.

Jensen beendete sein Telefonat. »Alles klar. Mohammed hat eine schwere Gehirnerschütterung, mehrere Prellungen, aber das isses. Er kommt auf jeden Fall durch! Er liegt im Martinushospital, wird rund um die Uhr von zwei Kollegen bewacht und dürfte in zwei bis drei Tagen vernehmungsfähig sein.«

Die Tür wurde aufgestoßen. »Tag, Post«, grüßte Bommel, schob Rempe ins Büro, legte Struller ein Schreiben mit einer ganzen Menge Stempel und Unterschriften auf den Tisch und verschwand wieder.

Rempe schüttelte sich. »Das sag ich euch: Das gibt eine Dienstaufsichtsbeschwerde, wie ihr sie noch nie in eurem Leben gelesen habt.«

»Klar«, kommentierte Struller, »persönlich mit neun Fingern getippt. Setz dich, Rempe, kostet dasselbe!«

Rempe ließ sich in einen Stuhl fallen. Er war blass. Eine Ader an der Stirn pochte giftig. Neben der pochenden Ader verdeckte ein Streifen Pflaster den halben Rest der Stirn. Seine rechte Hand steckte in einem neuen Verband.

Struller saß ihm gegenüber und tippte auf Bommels Schriftstück. »Das hier ist die Bestätigung deiner Haftfähigkeit. Wenn es nötig ist, buchten wir dich ein, Rempe!«

»Willst du mir drohen, Struller?«, fragte Rempe bissig zurück.

»Für dich: Struhlmann!«

»Und für dich: Herr Rempe!« Er kramte eine Schachtel Zigaretten hervor.

Struller stellte fest, dass der windige Journalist die gleiche Marke rauchte wie er selbst. Und das passte ihm irgendwie gar nicht. Er zückte trotzdem seine Kippschachtel, Zippogeschnippe, und los ging's. »Was ist da abgelaufen?«

»Ich weiß nicht, was du meinst. Und außerdem habe ich meinen Informanten zu schützen.«

»Dein Informant ist tot. Wenn du für den noch irgendwas tun möchtest, bring an Allerheiligen ein paar Blümchen an sein Grab.«

»Ich weiß, dass Schneider tot ist. Ich war dabei, als er abgestochen wurde!«

»Das, mein Sportsfreund, ist doch schon mal ein hübsches Gesprächsthema.«

»Deine Krawatte ist auch ein hübsches Gesprächsthema!«

Jensen schlug sich eine Hand vor die Stirn.

Struller konnte sich schon denken, was in seinem noch viel zu zart besaiteten Praktikanten vor sich ging:

Der Kleine missbilligte das Gehabe zweier alternder Berufszyniker. Er pfiff eine Ladung Nikotin über den Schreibtisch in Rempes Gesicht, der keine Miene verzog. »Ich erwarte nicht, dass du plauderst. Wir wissen ohnehin Bescheid über Schwinder, Burchards und den Golfplatz. Aber erzähl uns was über die Tragetasche von ALDI und die verschmutzten Schuhe, die dir nicht gehören und die dir nicht passen!«

»Ich habe die Schuhe nie zuvor gesehen. Außerdem stinkt es hier in eurem Büro!«

»Ich hab eben gefurzt. Rempe, wir sind uns sicher, dass die Turnschuhe am Tatort, genauer gesagt am Swimmingpool vom Bodewig, Fußspuren im Beton hinterlassen haben. Experten vom LKA werden den Betonschmutz an den Schuhen mit Proben aus Bodewigs Beton vergleichen. Das wird knappe vierundzwanzig Stunden dauern. So lange sperren wir dich ein!«

»Waren die Schuhe dreckig?«, fragte Rempe und nahm einen Lungenzug.

»So dreckig wie deine Seele!«

»Und deine Krawatte!«

Struller drehte sich zu Jensen. »Ach, junger Kollege, bevor ich es vergesse: Kriminaldirektor Brenner hat eben nachfragen lassen. Er möchte schnellstmöglich eine Pressekonferenz einberufen. Wir sollten uns sicherheitshalber vorab schon mal überlegen, was wir der Presse alles mitteilen. Also quasi ... exklusiv.« Er wandte sich wieder Rempe zu und grinste böse: »Allerdings würde eine ungewöhnlich ausführliche Pressekonferenz unserem lieben Herrn Rempe die Exklusivstory kaputtmachen ... Tja, das müssten wir uns wirklich mal ganz genau überlegen. Vierundzwanzig Stunden kriegen wir den Rempe auf jeden Fall weggesperrt. Bis dahin ist seine Story alt und tot!«

Rempe zog die Nase hoch: »Ihr seid miese Ratten! Respektlos und korrupt!«

»Danke. Aus deinem kleinen Nagermäulchen ist das ja geradezu ein Kompliment.«

»Soll aber keines sein. Eigentlich wollte ich euch beleidigen! Also, ich schlage euch einen Deal vor. Ihr kriegt die Story vorab und ich komm hier heute noch raus, damit ich sie verkaufen kann. Die Geschichte ist heißer als Lava!«

»Einverstanden!«

Rempe zerdrückte seine Kippe im Aschenbecher und war somit drei Sekunden schneller als Struller. Dessen nächste Fluppe war allerdings zwei Sekunden schneller angezündet als die von Rempe. 1:1.

Jensen stand auf und öffnete ein Fenster.

Rempe bestätigte mit knappen Sätzen das, was Angelina Lax zum Golfplatz in Grafenberg ausgeführt hatte. Von ihr hatte Schneider seine Infos. »Sie hat ihm die Fotokopie eines internen Vermerks der Baubehörde gegeben. Das war ein altes Gutachten, aus dem ersichtlich war, dass dort Giftstoffe, möglicherweise Sprengstoffreste aus dem Zweiten Weltkrieg, verklappt worden waren. Das hatte damals nach dem Krieg keiner so genau genommen. Die Leute hatten Hunger gehabt. Heute wollte sich keiner mehr an diese Müllkippen erinnern. Das Sanieren der Kippen würde Millionen kosten! Und natürlich durfte auf so einem Grundstück keiner Löcher für eine Golfanlage bohren, Teiche als Hindernisse anlegen und sonstwie quer übers Grundstück hinweg großflächig Erde hin und her schieben. Was der alles finden würde ... Die Stadt wollte auf jeden Fall einen Daumen auf dem Dreck halten. Den Bau eines Hotels zum Beispiel hätten sie baurechtlich durch Auflagen räumlich kontrollieren können! Da würde in einer nicht verseuchten Ecke des Grundstücks ein Loch fürs Fundament und für die Keller gebaut, und das war es dann! Deshalb hat man die Ressing-Gruppe mit Bodewig unterstützt.«

»Deshalb hast du deine Akte auch nicht Golfball, Hole-in-one oder Birdie, sondern Rubbish genannt.«

Rempe stutzte, kratzte sich mit der verbandsfreien Hand am Kopf und schien sich zu fragen, woher Struller den Decknamen seiner Akte kannte, nickte aber dann und fuhr fort. Um weitere Informationen beschaffen zu können, wurde aus Schneider, dem linken Möchtegernaufklärungsjournalisten, der glatzköpfige, rechtslastige Aushilfsgärtner und Partner von Kuschinski. So hatte er Gelegenheit, bei Burchards im Garten zu arbeiten und seine Augen und Ohren offen zu halten. Der Zufall schlug doppelt glücklich zu, als Kuschinski auch noch bei Bodewig den Auftrag bekam, einen Pool anzulegen und ihn, Schneider, fragte, ob er mithelfen wolle. »Dann spricht mir Schneider mitten in der Nacht auf meine Mailbox. Er hat irgendwas Heißes mitgekriegt. Der Junge hat immer ein bisschen übertrieben, deshalb hab ich erst mal nicht reagiert.« Rempe pustete einen Kringel unter die Decke. »Am nächsten Morgen erfahre ich, dass man bei Bodewig im Pool einen Arm gefunden hat. Da habe ich versucht, ihn zu erreichen, aber das klappte nicht. Ich hab den dann gar nicht mehr erreichen können. Am Donnerstagabend, ich war gerade auf dem Weg zu unserem Treffen am Rheinturm ...«

»Was wolltest du da eigentlich von mir?«, unterbrach ihn Struller.

»Na, was wohl? Ich wollte dich auf die Spur bringen, wer mich da möglicherweise ins Jenseits hatte bomben wollen. Die beste Story nutzt mir nur was, wenn ich sie noch tippen kann. Ich bin also gerade auf der Rheinkniebrücke, da springt mich plötzlich der Schneider von hinten an. Der muss mich den ganzen Abend beobachtet haben. Er drückt mir die Tragetasche in die Hand und sagt: ›Das ist Sprengstoff.‹ Ich krieg erst einen Schrecken, weil ja der Schwinder in meinem Auto in die Luft gesprengt wurde, aber da waren nur die beiden Schuhe in der Tasche.« Rempe nahm einen tiefen Zug. »»Die hatte der Mörder vom Burchards an‹, sagt er. Und er meinte, er hätte gesehen, wie Bodewig den Arm im Beton versenken wollte.« Rempe blies noch eine Nikotineinheit Richtung Neonlicht. »Mehr konnte er mir nicht sagen. Plötzlich springt dieser verrückte Marokkaner hinterm Brückenpfeiler hervor und rammt ihm ein Messer in den Rücken.«

»Die Infos, dieser Müll-Vermerk, wo ist der?«

»Mit Schwinder zusammen in meinem Wagen in die Luft geflogen.«

»Eine Kopie?«

»Gibt's nicht!«

Struller kratzte sich am Ohr. »Und keinen Hinweis auf den Eigentümer der Turnschuhe?«

»Nicht von Schneider. Aber ich kann doch eins und eins zusammenzählen. Wenn Burchards den Golfplatz nicht baut, kann Bodewig dort sein Wellness-Hotel bauen … Und spielt der Bodewig nicht ganz gut Tennis? Braucht man zum Tennisspielen nicht Turnschuhe?«

»Millionen Menschen spielen Tennis.«

»Da hast du natürlich recht«, grinste Rempe. »Kann ich jetzt gehen?«

»Eine Sache noch. So mal ganz inoffiziell, so unter uns.«

Rempe legte den Kopf schief und Struller zupfte sich an der Nase. »Nehmen wir mal an, du hättest mit diesem Gutachten den Burchards erpresst, dann würdest du das niemals zugeben. Richtig?«

Rempe hatte noch nicht mal gezuckt, wie Struller sich sofort eingestehen musste.

»Natürlich nicht! Doofe Frage. Das wäre die einzige Straftat in dieser ganzen Sache, die man mir anhängen könnte, und das …«, grinste Rempe Struller vielsagend an, »müsstest du mir schon beweisen. Und das kannst du nicht.«

»Vielleicht will ich das gar nicht beweisen. Vielleicht will ich es einfach nur wissen. Sagen wir mal so ganz nur für mich und weil ich wissen will, wer deine Kiste in die Luft gejagt hat. Vielleicht will ich ja auch verhindern, dass derjenige es noch mal versucht.«

Rempe warf einen Seitenblick auf Jensen, der seinen Ohren nicht zu trauen schien.

»Du sorgst dich um mich? Wie süß. Kauf ich dir aber nicht ab! Wäre das denn so wichtig? Aber ich drücke es mal so aus: Du kannst mich und meine Wohnung durchsuchen, du wirst kein Geld finden, ich bin immer noch arm wie eine Kirchenmaus. Burchards ist tot. Wenn ich versucht haben sollte, ihn zu erpressen, dann hat es wohl nicht geklappt. Und würde auch nicht mehr klappen.«

Struller nickte. »Verstehe.«

»Gut. Kann ich jetzt gehen?«

Konnte er.

Kaum war Rempe draußen, schnallte Struller sich das Holster unter die linke Achsel. »So, und jetzt krallen wir uns den Bodewig!«

»Ich denke, es gibt Millionen von Menschen, die Tennis spielen?«

»Stimmt. Aber als ich am Morgen nach der Tat beim Bodewig am Tatort war, kroch der auf allen vieren auf der Terrasse rum. Der hat was gesucht. Und jetzt weiß ich auch, was: Er hat seine verdreckten Turnschuhe gesucht, die er anhatte, als er den Arm vom Burchards im Beton versenkte und ins Fundament gelatscht ist! Und genau das hat der Schneider gesehen!«

* * *

»Das ist doch kompletter Blödsinn!«, schimpfte Bodewig und deutete in den Garten, wo eine Polizeikette durchs Gras stampfte. »Haben Sie überhaupt einen Durchsuchungsbeschluss?«

»Mehrere«, antwortete Struller gelangweilt.

Bodewig schüttelte sein gescheiteltes Haupthaar. »So ein Quatsch! Das sind ganz normale Turnschuhe von Puma. Die werden zu Tausenden verkauft. Wie wollen Sie beweisen, dass das meine sind?«

»Ich kann das nicht beweisen.«

»Sehen Sie!«

»Aber unsere Jungs vom Landeskriminalamt können das. DNA-Tests. Für gewöhnlich schwitzt man in Turnschuhen. Anhand des Schweißes – da bin ich mir hundertprozentig sicher – werden sich die Treter Ihnen zuordnen lassen.«

Bodewig stutzte und überlegte einen Moment. »Und selbst wenn es meine Schuhe sind: Ich muss sie doch nicht getragen haben. Jemand anderes kann sie angezogen haben, um selbst keine Spuren zu hinterlassen oder um den Verdacht auf mich zu lenken.« Er nickte. »Okay, das sind meine Schuhe. Aber sie standen draußen auf der Terrasse. Ich wollte sie zum Lüften über Nacht draußen stehen lassen. Am nächsten Morgen waren sie weg. Jeder hätte sie nehmen und anziehen können!«

»Sehen Sie, sogar das können unsere Experten beim LKA feststellen. Ob jemals außer Ihnen jemand die Schuhe angehabt hat. Für gewöhnlich benutzt man nämlich stets seine eigenen Turnschuhe. Ekliger Schweiß, Fußpilzgefahr und so.«

Das hielt Jensen für eine ziemlich gewagte Behauptung. Er an Bodewigs Stelle hätte es darauf ankommen lassen!

Aber überraschenderweise knickte Bodewig ein. »Verdammt, ja! Ich hab den Arm im Beton versenkt!«

»Aha«, grunzte Struller zufrieden.

»Nix aha! Ich kam abends von einem Tennisspiel nach Hause. Das war gegen 22 Uhr. Da liegt der Arm vorne an meiner Haustür im Vorgarten. Direkt unterm Briefkasten. Am Morgen wäre der Postbote drüber gestolpert.

Ich konnte mir aber keine Probleme leisten! Ich stand mitten in den Verhandlungen um das Wellness-Projekt. Die Typen bei der Ressing-Gruppe sind knallhart! Die hätten mich gnadenlos fallen lassen, wenn ich in einen Mordfall verwickelt gewesen wäre! Und ich wollte das Ding! Ich wollte raus aus der Kö-Praxis! Ich wollte den großen Wurf! Das richtig dicke Geld!« Seine Augen funkelten. »Wem nutzt der Arm? Die anderen Leichenteile hatte man gefunden, den Rest würde man auch noch finden! Wer vermisst am Ende schon einen Oberarm?«

»Krake«, gab Jensen zu bedenken.

»Bitte?«

»Schon gut! Weiter!«

»Ich hab den Arm genommen und ihn in den Beton getunkt. Den hätte dort niemand gefunden! Der war komplett weg. Vermutlich bin ich an die Holzverschalung gekommen. Über Nacht ist ein Teil des Betons ausgelaufen und hat den Arm freigelegt. Morgens findet der doofe Kuschinski den Arm, und ich hatte doch noch die Polizei am Arsch!«

Struller fasste zusammen. »Dann gibt's bei Ihnen also nur den Arm, und den hat man Ihnen vor die Tür gelegt, und Sie haben keine Ahnung, wer so freundlich war!«

»Genau. Ich habe keine Ahnung. Ich war es nicht«, sagte Bodewig.

»Herr Kommissar?«

Struller und Jensen drehten sich um.

Eine Kollegin in Zivil winkte beide heran. »Hi, ich bin die Kiki. Hundeführerin. Ich wollte euch mal eben kurz was zeigen.«

»Hundetricks?«, fragte Struller.

»So ungefähr.«

Sie ließen Bodewig zurück und folgten der Kollegin ums Haus herum, wo sie an Bodewigs Jeep von einem großen Schäferhund erwartet wurden. »Das ist Attila. Ein ganz lieber!«

»Is klar. Deshalb der Name«, nickte Struller.

»Attila ist ein Leichenspürhund. Ich hab ihn auf dem Gelände schnüffeln lassen. Nix. Wie beim letzten Mal. Beim letzten Mal stand aber der Jeep nicht hier. Wenn Attila 'ne Leiche riecht, gibt er Laut und kratzt mit der rechten Pfote durch die Luft. Auf'm Boden rumkratzen darf er ja nicht. Da würde er möglicherweise Spuren vernichten …« Sie beugte sich runter zum Hund und herzte den Burschen. »Bist ein schlaues Kerlchen, Attila, ein gaaaaaaz schlaues Kerlchen!«

Das schlaue Kerlchen ließ sich drücken und warf hinter Frauchens Rücken einen hungrigen Blick auf Struller. Der zog seine Augenbrauen hoch und lockerte sein Schulterholster. Wenn das Viech ihn anspringen und fressen wollte, würde er es abknallen!

»So, jetzt passt mal auf!« Sie führte Attila in die Nähe des Autos.

Attila grinste kurz in die Runde, ging an den Kofferraum, bellte ein tiefes Wuff und kratzte mit der rechten Pfote ein Loch in die Luft.

»Das bedeutet …«, staunte Jensen.

»Dass mit diesem Jeep eine Leiche transportiert worden ist.«

Struller nickte Jensen zu, und sie gingen ums Haus zurück zu Bodewig. Attila schaute ihnen hungrig hinterher. Struller spürte eine Gänsehaut. Hunde waren nicht sein Ding. Er mochte sie bestenfalls als Würstchen zwischen zwei Scheiben Pressbrot mit einer Menge Ketchup. Struller fand, dass China ein schönes Land ist.

Unterwegs stolperten sie über Faserspuren-Harald.

»Geh mal ums Haus. Da sitzt ein Hund. Der hat was gefunden, was dir natürlich wieder entgangen ist. Ich frag mich manchmal, wofür du eigentlich dein Geld kriegst!«

Bodewig wartete auf der Terrasse.

»Wir haben nur kurz Ihren Jeep bewundert: schickes Teil!«, erklärte Struller.

»Stimmt. Kommt man überall mit hin und in den Kofferraum passt einiges rein!«, erklärte Bodewig.

»Genau, 'ne Leiche zum Beispiel. Bodewig, ich verhafte Sie wegen Mordes an Herrmann Burchards!«

* * *

Struller tackerte zufrieden zwei Berichte zusammen. Bodewig hatte seiner Aussage nichts weiter hinzugefügt. Er blieb bei seiner Ich-finde-zufällig-einen-Oberarm-vor-meiner-Haustür-Geschichte, verwies auf sein Recht zu schweigen und wollte noch am heutigen Abend einen Anwalt hinzuziehen. Sollte Struller egal sein. Jetzt war's 19 Uhr. Der Verdächtige lag in Ketten, und er konnte am schicken Samstagabend noch ein bisschen aufs Sträßchen gehen.

Zack. Und schon war es passiert!

Struller ließ den Kopf auf die Brust fallen. Warum hatte er Bodewig den … Verdächtigen genannt? Bodewig sollte ein Schurke, ein Gauner … der Täter sein! Irgendwas spukte da in seinem Schädel rum. Und beinahe hätte er den Gedanken auch zu packen gekriegt, aber da bimmelte Jensens Telefon und unter Strullers schwarzer Haarpracht wurde alles durcheinander gewirbelt.

Jensen ging ran.

Struller versuchte sich wieder zu konzentrieren. Ach ja ... das war es! Warum hatte sich Bodewig fünf Tage nach der Tat mit seinem Leichenkarren erwischen lassen? Der hätte doch längst klinisch sauber sein müssen! Oder verkauft! Auf jeden Fall weg!

Bodewig war kein Blödmann. Blöd ja, aber kein Blödmann!

Und warum hatte Kikis Köter kein zweites Mal angeschlagen? Nicht im Garten, nicht im Haus, nirgends! Da, wo der Rest der Leiche liegt! Oder dort, wo Bodewig seine Beute zersägt hatte! Die Leiche musste schließlich irgendwie und von irgendwo nach wohin auch immer transportiert worden sein. Ging ja gar nicht anders! Aber Bodewigs Grundstück war sauber!

Und wieso kam Bodewig überhaupt so in Zeitdruck, dass er vergaß, nach dem Tritt in den Beton seine dreckigen, verräterischen Schuhe mit ins Haus zu nehmen? Er wohnt alleine. Die Schuhe hätte er in Ruhe die halbe Nacht lang säubern können! Die lässt man doch nachts nicht draußen stehen! Es gab schließlich auch keinen Hausdrachen, der über dreckige Treter hätte meckern können! Das hatte der geschiedene Bodewig ja hinter sich ...

Und wenn Bodewig gerade schon einen Pool mit erheblichen Ausmaßen anlegte: warum versenkte er nicht die komplette Leiche ins Fundament und gut war's? Wozu das Zerstückeln? Ergab doch alles keinen Sinn!

»Was is denn?«

Jensen grinste: »Ich wollte dich nur vorwarnen. Penner-Brenner ist auf dem Weg hierhin. Er will mit dir noch heute Abend eine Pressekonferenz machen und der gierigen Reportermeute den Bodewig präsentieren.«

»Oh Gott. Wo ist meine Penaten-Creme?«

»Hast du die nicht mit nach Hause genommen?«

»Scheiße, ja! Mann, auf die Pressekonferenz hab ich überhaupt keinen Bock! Außerdem hab ich so ein komisches Gefühl … Ich bin irgendwie mit dem Fall noch nicht fertig!«

»Tja, diesmal kriegt der Brenner dich. Es sei denn …«

»Was denn?«, fragte Struller gespannt.

»Es sei denn, wir beide machen einen Deal.«

»Einen Deal?«, fragte Struller misstrauisch. »Was denn für einen Deal?«

Jensen wuchsen zwei kleine Hörnchen aus dem Haaransatz. Er wedelte mit seiner Parkknolle: »Du regelst das für mich und ich sorg dafür, dass du, ohne ein Wort zu sagen, nicht mit zur Pressekonferenz musst.«

Jetzt wurde Struller aber wirklich sauer! Dieser miese, kleine Scheißer! Dieser Anfänger! Dieser grässliche Schwede! Was bildete der sich eigentlich ein? Ein lautes, dumpfes Lachen grollte durch den Flur auf sie zu. Penner-Brenner!

»Das wird er sein! Er ist gleich hier. Steht der Deal?«

»Du mieser, kleiner Praktikantenpisser! Das wirst du mir büßen! Gib her die Knolle!«

Jensen drückte ihm die Knolle in die Finger. Dann riss er hastig seine Schublade auf und griff ganz nach hinten. Er holte etwas hervor, brach es in zwei Stücke und warf Struller die eine Hälfte zu. Schwinders künstliche Beißerchen.

»Igitt! Was zum Teufel …?«

»Halt die Klappe jetzt! Kein Wort!«

»Wie redest du denn …?«

Die Tür ging auf.

»Schnauze«, zischte Jensen.

»Hallo Kollegen!«, brüllte Brenner, ob des schnellen Fahndungserfolges offensichtlich im Euphorierausch. »Saubere Arbeit, Männer! Sauber! Von Ihnen, Struhlmann, bin ich ja nur Erstklassiges gewohnt, und Sie, Kollege Jensen, werden es weit bringen!« Er holte aus zum lobenden Schulterklopfen.

Jensen brüllte ihn an: »Nicht!!!!!«

Brenner und Struller zuckten gleichzeitig zusammen.

Jensen sprang auf. »'tschuldigung, aber das konnten Sie ja nicht wissen. Und Kollege Struhlmann kann's Ihnen leider nicht selbst erklären. Ähm, Kollege, zeigen Sie dem Herrn Brenner doch mal kurz das große Malörchen!« Er nickte auf Strullers Rechte, die Schwinders Dritte umklammerten.

Struller öffnete vorsichtig die Hand und zeigte die unechten Zähnchen seinem Chef.

»Darum kann der Kollege nicht reden. Bei der Festnahme des Tatverdächtigen B. ging es wild zu. Einsatzhundertschaft und Diensthunde waren vor Ort. In dem ganzen Gewühl, das nur durch einen erfahrenen Kollegen, wie Struhlmann einer ist, erfolgreich koordiniert werden konnte, bekam er leider einen Ellbogen so unglücklich ins Gesicht, dass seine Dritten beschädigt wurden. Kollege Struhlmann hat mir nur eben noch kurz gezeigt, wie man eine Festnahmeanzeige qualitativ so hochwertig gestaltet, dass sie vor den Augen der Staatsanwaltschaft und später vor den noch strengeren Augen des Gerichts Bestand haben wird!«

Brenners Mund stand offen. Struller hätte seinen ebenfalls fast aufgeklappt, aber das ging natürlich nicht.

»Der Kollege ist praktisch schon auf dem Weg zur Zahnärztlichen Notfallambulanz!«

Brenner blinzelte Struller an. Der nickte und zuckte vorsichtig mit den Achseln. Aber selbst diese kleine Bewegung schmerzte und er verzog von Pein erfüllt sein Gesicht.

Brenner litt praktisch mit.

»Ich hab gar nicht gewusst, dass Sie schon Gebissträger sind. Sooo alt sind Sie ja noch gar nicht … Ja, aber Zähne: Das ist erblich. Da hat man eben gute oder schlechte!«

Struller nickte sicherheitshalber.

Brenner bekam sich gar nicht mehr ein: »Das ganze Gebiss kaputt. Das ist ja schrecklich. Hoffentlich zahlt das die Beihilfe! Nein, aber das ist klar, da können Sie nicht mit zur Pressekonferenz! Was wollten Sie dann auch da? Können ja nichts sagen … Nun ja, dann muss ich halt mal wieder ran, aber ich werde Sie beide natürlich gebührend erwähnen! Das ist und bleibt Ihr Erfolg! Mit und ohne Zähne, will ich mal sagen.« Er drehte sich zur Tür, hielt aber inne. »Ach so, zwei Sachen noch.« Er deutete auf das Plakat von *Yülügül*, das immer noch über Jensens Schreibtisch hing. »Das Plakat kann ja jetzt weg. Nackte Männer in den Büros meiner Mitarbeiter, also, bei aller Toleranz, und die Zeiten haben sich ja geändert ... aber das kann ja jetzt weg. Und die hier hab ich eben noch kurz gekauft ...« Brenner zog eine rotschwarz gestreifte Seidenkrawatte aus der Jackentasche. »Also, mit diesem grässlichen Häkelding, das Sie da um den Hals tragen, hätten Sie unmöglich vor die Presse treten können. Da hab ich mir erlaubt, Ihnen, also, ich verschenke ja sonst nichts ... ich meine, an die Mitarbeiter, aber nehmen Sie die bitte mal. Mann, Struhlmann: Suchen Sie sich endlich eine Frau, die Sie bei der Kleiderwahl unterstützt! So geht das nicht weiter!« Dann entschwand Brenner.

Jensen krümmte sich und hatte sichtlich Mühe, nicht zu platzen vor Lachen.

Struller lief puterrot an und nestelte hektisch an seiner Dienstwaffe herum. Das war ein großartiger Tag für einen veritablen Amoklauf. Und Jensen, dieser Bettnässer, würde als Erster sterben! »Dir ist klar, dass du diese Nummer noch bitter bereuen wirst«, zischte Struller.

»Wieso? Hat doch prima geklappt! Dir wird 'ne Krawatte geschenkt, für nix. Du musst nicht zur Pressekonferenz. Wenn du dir morgen vorm Dienst noch ein Tempotaschentuch in die Backen stopfst, dann ist deine Tarnung perfekt!« Jensen klopfte sich die Schenkel.

»Ich stopf dir gleich meine Knarre in die Backe, du Pfosten!« Struller nahm die rot-schwarze Krawatte und drückte sie in den Aschenbecher. »Spaß bei Seite, Grünschnabel. Was sagt dir das Gefühl? Ist Bodewig unser Mann?«

»Huah, Mann!« Jensen wischte sich eine dicke Träne aus den Augenwinkeln und sammelte sich. Dann antwortete er ernst: »Nee. Wenn ich als Bodewig den Burchards ermordet hätte, dann hätte man in meinem Pool keinen

Oberarm gefunden! Und in meinem Auto hätte es 'ne Woche später nicht mehr nach Leiche gerochen.«

»Genau. Und da ich den Bodewig, diesen schmierigen Seitengescheitelten, für einige Nummern intelligenter halte als dich, hab auch ich meine Zweifel. Und ich bin ein Profi! Also ist da was dran!«

»Wieso haben wir den Bodewig dann festgenommen?«

»Den muss man alleine schon wegen der affigen Frisur festnehmen! Aber wenn wir nur mal zum Spaß davon ausgehen, dass es der Bodewig nicht war, dann haben wir ein Problem: Wer war es dann? Wer hat Burchards ermordet, zersägt und den Oberarm in Bodewigs Auto gepackt?«

»Nur den Oberarm?«

Struller klopfte sich eine Zigarette aus der Packung. »Dass der Oberarm in Bodewigs Auto war, ist sicher. Ob der vollständige, aber dennoch zerteilte Burchards im Auto lag, wissen wir nicht! Vielleicht ist tatsächlich nur der Arm durch die Gegend gefahren worden.«

»Das würde bedeuten, dass irgendjemand irgendwie an Bodewigs Fahrzeugschlüssel samt Fahrzeug rangekommen ist. Wer hat Zugang zu den Schlüsseln?«

Struller nahm einen Zug. »Da fällt mir auf Anhieb keiner ein! Bodewig lebt alleine und hat, soviel wir wissen, keine Freundin, die bei ihm ein- und ausgeht.«

»Auch keinen Freund!«

»Hm«, grunzte Struller. »Wieder ein Unbekannter. Oder eine Unbekannte? Außerdem: Wenn es nicht der Bodewig war, wovon ich jetzt einfach mal ausgehe, dann frage ich mich, wieso in seinem Hauseingang ein

Fleischpäckchen abgegeben wird. Was hat der freundliche Spender damit bezweckt?«

»Nun ja, gehen wir das mal systematisch an …«

»Komm mir jetzt nicht mit irgendwelchen Schulweisheiten!«

Jensen ignorierte ihn einfach: »Der Arm, wenn wir dem Bodewig einfach mal glauben, ist unterm Briefkasten abgelegt worden. Am nächsten Morgen hätte der Postbote den Arm gefunden. Bodewig hätte die Polizei hinzuziehen müssen. Dann hätte die Polizei diesen Arm erst mal dem Bodewig zuordnen müssen. Jetzt kam Bodewig spät abends nach Hause, und er ist es, der das Leichenteil findet. Er möchte aber nicht, dass man ihn mit diesem Stück in Verbindung bringt und deshalb versucht er, ihn im Poolbeton zu versenken.« Jensen biss sich nachdenklich in die Unterlippe: »Warum will er mit dem Teil nicht in Verbindung gebracht werden?«

Struller ließ das Zippo zischend auf- und zuschnappen. »Er mag vielleicht keine Polizei: Kann sein, aber unwahrscheinlich! Der hält alle Polizisten sowieso für doof. Teilweise hat er ja recht … Bodewig scheut das öffentliche Interesse, das entsteht, wenn er der Finder eines Leichenteils wird.«

»Moment«, unterbrach ihn Jensen, »das ergibt aber auch keinen Sinn. Natürlich haben wir die Finder unserer anderen Leichenstücke überprüft. Einschließlich dieses schwarz-weißen Köters von der Hainbuche oben an der *Schönen Aussicht*. Aber die Presse hat überhaupt nicht interessiert, wer jetzt namentlich ein Stück Hicham oder Burchards gefunden hat. Denen ging's nur um den Fund als solchen.«

Struller nickte heftig: »Und damit sind wir genau beim Kern. Des Pudels, du weißt schon ... Warum scheut Bodewig die Öffentlichkeit?«

»Und nicht nur das! Warum legt ihm jemand das Teil vor die Tür? Jemand, der davon ausgeht, dass der Postbote den Arm findet! Jemand, der will, dass irgendjemand aus der großen, breiten Öffentlichkeit mitkriegt, dass gerade beim Bodewig ein Leichenteil gefunden wird!«

»Vielleicht sollten wir uns den Postboten mal angucken ...« Jensen fing sich einen giftigen Blick von Struller ein und versicherte schnell: »War nur Spaß!«

Struller nickte: »Ja, aber du hast – ich bedaure das sehr – wahrscheinlich recht. Irgendwer wollte Bodewig ins Gerede bringen. Und weil er gerade einen Arm übrig hatte, dachte er, dass ihm genau das mit Hilfe eben desselben gelingen könnte. Wir müssen jetzt nur noch rauskriegen, wer ein solches Interesse gehabt haben kann. Wer hätte was davon?«

»Der Postbote?«, grinste Jensen.

»Postboten sind immer verdächtig: Ziehen bei Wind und Wetter von Haus zu Haus und lungern in Hauseingängen rum: ein eindeutiges Täterprofil! Wir gehen noch mal zu Harald rüber. Der müsste noch über seinen Spuren hängen. Vielleicht finden wir bei dem noch was. Der Jeep könnte unsere einzige Verbindung zum großen Unbekannten sein.«

»Wenn es einen großen Unbekannten gibt«, unkte Jensen.

»Genau«, sagte Struller, ließ das Zippo ein letztes Mal zippen und steckte im Aschenbecher die Seidenkrawatte in Brand.

* * *

Faserspuren-Harald versenkte einen seiner Zeigefinger im Ohr und kratzte geräuschvoll Braunes ans Tageslicht. »Das ist allerdings ungewöhnlich.«

»Was?«, fragte Struller genervt. Der Chef der Spusi legte wieder ein Tempo vor, das einer altersschwachen Weinbergschnecke zur Ehre gereichen würde.

»Dass ihr noch im Dienst seid. Es ist neun Uhr durch. Es ist Samstag, und ihr habt Feierabend!«

Strullers Rübe lief rot an: »Pass mal auf, du Komiker! Ich setze mich gleich in den Jeep und überfahre dich. Erstens hab ich dann genug Spuren und zweitens bin ich dich los, du Relikt!«

Harald gähnte. »Na gut, ungewöhnlich ist das Spurenbild. Kommt mit!«

Er führte Struller und Jensen durch die umgebaute, weiß gekalkte Garage im hinteren Teil des Polizeipräsidiums. Jensen entdeckte mehrseitige Übersichtsskizzen, die an den Wänden hingen, zerfledderte, fast mannshohe Stapel Fachliteratur, Dutzende beschriftete Plastiktüten mit Asservatenanhängern und mehrere Haufen von irgendwas. Ganz in der Ecke des Raums stand der Jeep. Harald öffnete die Kofferraumklappe des Wagens.

»Hier an diesem Fahrzeugteil hat der Leichenhund angeschlagen. Und genau hier habe ich eindeutige Blutanhaftungen gefunden. Ich muss das offizielle Ergebnis der KTU noch abwarten, aber ich bin mir fast sicher, dass es menschliches Blut ist.«

»Das ist doch schon was!«

»Ja, genau. Das Blut ist nur oberflächlich abgewischt worden. Mal gerade so, dass es mit bloßem Auge leicht zu übersehen ist. Guckt mal hier!«

Alle drei beugten sich ins Fahrzeug. Harald deutete auf die Teppichauslage.

»Wenn man nach Blutspuren sucht, dann sieht man die hier und hier und hier sogar ohne Mikroskop. Das ist nur oberflächlich abgewischt worden«

»Da hat sich niemand besondere Mühe gegeben, die Spuren verschwinden zu lassen«, schlussfolgerte Jensen.

»Jawohl. Und das ist ungewöhnlich. Normalerweise wischen die Täter ihr Fahrzeug porentief sauber. Manchmal haben wir Schwierigkeiten mit unserem Mikroskop und einer ganze Menge Chemie überhaupt irgendwas zu finden. Selbst wenn ein Hund angeschlagen hat und wir wissen, dass eine Leiche transportiert worden ist.«

»Da haben wir ja Glück gehabt«, kommentierte Struller.

»Es geht noch weiter. Das Leichenteil hat hier gelegen. Hier in dem kleinen Bereich. Jetzt haltet euch fest: Ich kann ausschließen, dass eine komplette Leiche hier im Auto transportiert worden ist!« Haralds Augen glitzerten beifallheischend.

Struller nickte. »Wie wir uns das fast schon gedacht haben.«

Harald blinzelte: »Wie, habt ihr euch fast schon gedacht?«

Jensen erklärte: »Das bedeutet, dass mit diesem Jeep lediglich der Oberarm transportiert worden ist, den wir später im Beton gefunden haben.«

Harald grunzte enttäuscht. »Ich dachte, ich erzähle euch was Neues.«

»Ein guter Polizist ist immer einen Schritt voraus.«

»Is klar. Ich will mich in eure Ermittlungsarbeit ja nicht einmischen, aber da stellt man sich doch die Frage: Warum transportiert jemand einen pisseligen Arm in einem großen Jeep. So ein Arm passt doch in Zeitungspapier eingewickelt in jedes Handgepäck.«

Jensen nickte nachdenklich. »Vielleicht gerade damit man in dem Jeep Spuren findet?«

»Was ist mit Fingerabdrücken vorne?«, wollte Struller wissen.

»Da hat unser Täter allerdings ganze Arbeit geleistet. Der komplette Innenraum ist abgewischt worden. Gründlichst! Keine Fingerabdrücke, nichts.«

»Am Innenspiegel?«

»Bin ich ein Anfänger? Geht morgen die Sonne auf? Der Spiegel ist auch sauber!«

Struller ging ums Auto und blieb am Kotflügel vorne links stehen. »Die Reifen sind nicht sauber.«

Harald gähnte gelangweilt: »Ich kann ausschließen, dass das Fahrzeug durch die Gegend getragen worden ist. Aber auch hier: keine verwertbaren Spuren. Ihr habt es sicher schon bemerkt: Es ist Sommer, es ist furztrocken draußen, und deshalb gibt es keine markanten Bodenanhaftungen im Profil. Nur die üblichen Steinchen, die im Profil stecken bleiben.«

Struller hatte sich hingekniet, pulte einen kleinen, roten Kiesstein aus dem Profil und seufzte: »Nur die üblichen Steinchen.«

* * *

Jensen glitt in seinem Mustang über die Oststraße. Die Who setzten sich in seinem CD-Player mit dem Thema Quadrophonie auseinander. 22.10 Uhr. Jensen überlegte, ob er noch ein bisschen ins Städtchen gehen sollte. Ein paar seiner Praktikumskollegen, die quer über Düsseldorf in verschiedene Dienststellen verteilt worden waren, trafen sich heute in Ferrys Kneipe auf der Weseler Sraße. Verdammt, das schien Monate her zu sein, seit seiner letzten, wilden Runde am Dartautomat im Z. Tja, und zu erzählen hatte er ja eigentlich auch was: über Oberarme, marokkanische Heavy-Metal-Bands, über Lady Pia und über alternde Berufszyniker. Und über Menschen konnte er was erzählen, die auf Pinkelbecken Schamhaare hinterließen.

Samstagabend. Genau der richtige Zeitpunkt, um dieses Rätsel endgültig aufzulösen!

Er bog mit seiner Kiste rechts ab, fuhr praktisch an seiner Haustür vorbei, rein in den Kreisverkehr am Stresemannplatz, weiter durch die *Rotlichtmeile Mintropstraße* und klemmte zwei Minuten später seinen Ford in eine Parklücke auf der Eller Straße direkt gegenüber der Hausnummer 22.

Rückseite Bahnhof: Auto gut abschließen!

Er fand die Klingel. Die nette Kollegin mit der coolen Stimme aus Wattenscheid, die er Hacki nennen sollte und die ihm schon bei den Personalienüberprüfungen von Schneider und Kuschinski geholfen hatte, hatte für ihn einen weiteren Namen durch den Polizeicomputer gejagt: Arife. Und in der Ellerstraße 22 gab's nur einmal Arife. *Carim Arife.* Er drückte die Klingel, eine der wenigen, die überhaupt beschriftet waren. Es meldete sich keine Sprechanlage, sondern die Tür wurde direkt aufgedrückt. Unten rechts im Flur, gleich hinter den aufgebrochenen Briefkästen, erwartete ihn eine männliche Person, ungefähr in seinem Alter, schwarze Haare, kein Bart, keine Brille, keine Oberbekleidung.

»Guten Abend?«

»Ja.«

»Herr Arife?«

»Ja?«, fragte der Mann mit misstrauischem Bariton.

Aha. Da haben wir's wieder. In der arabischen Welt zählen Frauen so wenig, die werden nicht mal beim Einwohnermeldeamt angemeldet.

Jensen seufzte: »Ich müsste kurz Ihre Frau sprechen.«

»Ich habe keine Frau.«

Auf der Seite gegenüber öffnet sich eine Tür und ein übel riechender Schwall Schweinebraten waberte ins Treppenhaus. Ein Kahlkopf lugte raus.

Jensen zückte seinen Dienstausweis. »Ich bin Polizist und habe einige Fragen an Ihre Frau.« Er nickte nach links, wo Kahlkopf seine Ohren auf Lauschangriff gestellt hatte. »Vielleicht sollten wir reingehen.«

Arife verlor ein wenig an Farbe, schien kurz zu überlegen und öffnete die Tür. »Kommen Sie!«

Der Kahlkopf räusperte sich. »Polizei, was? Hat der Ausländer wieder Ärger gemacht? Immer dasselbe mit dem Zeug!«

Jensen warf einen Blick auf des Kahlen Türschild: *A. Dolf.* Was war da schon zu erwarten? Jensen huschte ins Zimmer und befand sich in einer anderen Welt. Arife hatte Marakesch nachgebaut. Sofas, Decken, Wandteppich, Gebetsschreine und gerahmte Kalenderblätter mit

Heimatmotiven verliehen der kleinen Wohnung einen Hauch von Arabien. Der lag sogar wortwörtlich in der Luft. Dafür sorgten mehrere Räucherstäbchen, die ein nordafrikanisches Flair durchs Zimmer qualmten. Mitten im Düsseldorfer Bahnhofsviertel hatte Arife sich eine kleine, orientalische Oase der Gemütlichkeit gezaubert. Nur Jensen störte.

Er beeilte sich also: »Herr Arife, ich muss mit Frau Arife, Carim Arife, sprechen. Sie arbeitet als Putzfrau im Polzeipräsidium, und ich habe nur ein paar kurze Fragen. Nichts Schlimmes.«

Arife pumpte geräuschvoll Luft durch die Nase. »Es gibt keine Frau Arife, die im Präsidium als Putzfrau arbeitet.«

Jensen wurde ein bisschen ungeduldig. »Ich war bei der Personalabteilung. Bei dem Vertragsunternehmen, das im Präsidium arbeitet, ist eine Frau Carim Arife, Ellerstraße 22 angestellt. Und die muss ich sprechen.«

Arife bot ihm einen Sessel an: »Setzen Sie sich doch. Sie verstehen nicht ...«

Nein, das verstand Jensen wirklich nicht. Wollte er auch nicht. Es war Samstagabend. Er wollte hier nicht die Zeit verplempern. Auf seinem heimlichen Video waren vier Personen zu sehen: Niedergeräter, Spurtmann und Penner-Brenner. Davor befand sich noch die Putzfrau mit Kopftuch auf dem Band. Wenn die drei die Schamhaare dort nicht liegen gelassen hatten, dann blieb nur die Putzfrau übrig. Wie die das machte, das war möglicherweise ein wenig unappetitlich, aber das sollte sie ihm mal erklären. Und zwar jetzt!

»Nein, verstehe ich tatsächlich nicht«, erklärte Jensen ungeduldig.

Arife seufzte. »Die Reinungsfirma, die im Polizeipräsidium arbeitet, hat nur Frauen eingestellt. Keine Männer. Ich brauche aber Arbeit. Deshalb hat sich eine Bekannte von mir dort vorgestellt und sich stellvertretend für mich als Carim Arife einstellen lassen.«

»Sie sind Frau Arife?«, hinterfragte Jensen sicherheitshalber noch mal und spürte, dass seine Wangen rot glühten.

»Ich bin Carim Arife. Und natürlich keine Frau!«

Jensen klappte der Mund auf. »Ach so. Ja, is klar. Und Sie benutzen das Herrenklo in der dritten Etage?« Arife nickte in Richtung eines kleinen Gebetsschreins.

»Ich bin gläubiger Moslem. Ich kann unmöglich auf eine Toilette für Frauen gehen. Deshalb gehe ich heimlich aufs Herrenklo. Ich benutze das in der dritten Etage. Da ist relativ wenig los. Da fällt es nicht auf.«

Aha! Nun ja, letztendlich doch ... der Täter! Jensen erklärte Arife jetzt, warum er hier war.

»Oh, das tut mir leid. Das muss passieren, wenn ich mir beim ... äh, Sie wissen schon, wenn ich mir dabei durchs Haar kratze. Durchs Kopfhaar, meine ich jetzt natürlich. Ich trage natürlich sonst nie ein Kopftuch. Nur wenn ich als Frau putze ... Und darunter juckt es. Da kann schon mal ein Haar ... ähm, oben auf den Beckenrand fallen.« Er senkte seinen Kopf. »Aber das wird ja jetzt nicht mehr vorkommen. Sie werden mich sicher bei der Firma melden müssen. Und die entlassen mich sofort.«

»Och«, sagte Jensen und hatte schon eine ganz andere, eine viel bessere Idee. Er stand auf. »Ab jetzt benutzen Sie bitte die Toilette in der vierten Etage. Die liegt gleich neben dem Büro unseres Kriminalgruppenleiters, Polizeidirektor Brenner. Dann muss ich nichts melden und unsere Toilette bleibt sauber.«

Arife sprang auf. »Das ist ... also, wirklich, ich brauche das Geld, um hier meine Bude ...«

»Schon gut.« Jensen hatte die Türklinke bereits in der Hand. »Sie sprechen sehr gut deutsch.«

»Danke. Ich besuche seit mehreren Jahren eine Sprachschule. Manchmal bekomme ich sogar den Genitiv hin.«

»Welcher Deutsche kann das schon von sich behaupten?«, grinste Jensen und ließ die Ellerstraße 22 hinter sich.

Aber er kam nicht weit. Der Kahle mit dem unschönen Namen sprach ihn auf dem Gehweg an. Ein Pitbull wuselte um seine Füße herum.

»Und? Was hat der Ausländer ausgefressen?«

»Deine Mutter! Übrigens: Dein Köter ist nicht angeleint! Das gibt 'ne Anzeige. Und morgen meldest du dich auf der Wache Bogenstraße. Da möchte ich mal eine saubere Erklärung hören, warum sich ein Arbeitsloser wie du Schweinebraten leisten kann.«

A. Dolf fügte seinem hohlen Gesicht eine weitere hohle Nuance hinzu. »Woher wisst ihr Bullen, dass ich arbeitslos bin?«

»Instinkt. Beherrschst du den Genitiv?«

»Den was?«

Jensen ließ ihn stehen. Genitiv ... Das hatte für die haarlose Blitzbirne wahrscheinlich irgendwas mit G-Punkt zu tun oder bedeutete Ficken von hinten oder mit verbundenen Augen ... Jensen schloss seinen Mustang auf. Die Who sangen *The Punk and the Godfather*, und Jensens Welt war schwer in Ordnung!

* * *

Struller drückte wütend auf *Aus* und knallte die Fernbedienung seines Fernsehers quer durchs Zimmer aufs Sofa. Nur Mist in der Glotze! Im Ersten jodelten bedepperte Bayern, im Zweiten überzog der halbdebile Gottschalk, auf VOX schlug sich eine Domina-Nanny mit vollkommen verzogenen Gören rum und auf RTL ließen spätpubertierende Jugendliche ohne Freundeskreis sinnlos Dominosteine umkippen.

Struller fluchte: »Zum Kotzen!«

Ein Schatten im Türrahmen antwortete: »Wer? Ich?«

Struller zuckte. Automatisch griff er sich unter die linke Achsel. Aber da war nichts! Den Ballermann hatte er im Büro gelassen. »Was?« Dann entspannte er sich. Das war kein Killer, der ihn da plötzlich in seiner Wohnung überraschte. Das war: »Andrea? Was machst du denn hier?«

Schultze-Sperling trug wieder ihr enges Rotes und aalte sich ins Zimmer. »Ich hatte ein wenig Sehnsucht nach meinem kleinen Strullerchen …«

Strullerchen kroch gallig ein Kloß die Speiseröhre hoch. Der Kloß bestand hauptsächlich aus Ärger und Wut. Und ein bisschen Tötungswillen … Er war sich sicher, die Wohnungstür hinter sich zugezogen zu haben, und konnte sich nicht erinnern, jemals für die Vogeltante einen Haustürschlüssel nachgemacht zu haben. Seine vier vollgequalmten Wände waren ihm heilig!

Sie legte ihm eine Hand auf die Brust. »Freust du dich denn gar nicht über die süße Überraschung?«, summte sie. Ihre Hand rutschte langsam tiefer.

Struller schnaufte: »Also … ehrlich gesagt … nein.«

In Höhe seines Hosengürtels stoppte die Hand. »Wie das denn?«, fragte Schultze-Sperling frostig und ging einen Meter auf Abstand.

Struller war sauer. Zu Recht, wie er fand. »Wie kommst du an einen Wohnungsschlüssel?«

»Den hab ich mal nachmachen lassen. Damals! Als du dich über meine spontanen Besuche noch gefreut hast!«

Struller knurrte. Er hatte sich nie über ihre spontanen Besuche gefreut. Struller hasste spontane Besuche!

»Ich hab dir nie erlaubt, einen Schlüssel …«

Jetzt war auch sie sauer: »Nein, hast du nicht. Ich hab's einfach gemacht. Ich wollte dich überraschen, deine Hütte mal heimlich aufräumen, dich mit einem Essen überraschen. Wir hätten auch was spontan im Bad machen können. So was halt! Aber du … du … du bist ja so ein Ignorant!« Sie warf ihm zwei derbe Flüche an den Kopf, von denen Struller noch nie was gehört hatte und die sie in irgendeinem Splatter-Film aufgeschnappt haben musste. Dabei stemmte sie die Arme in die Hüfte. Ihr Gesicht hatte die Farbe des Kleides angenommen. »Wenn du mich brauchst, dann meldest du dich! Dann kann ich dir eine Auskunft besorgen, dann kann ich dir das Geschirr wegspülen, dann kann ich für dich die Beine …«

»Bitte!«, rief Struller dazwischen. Also, das jetzt, das beruhte doch wohl auf Gegenseitigkeit!

Schultze-Sperling giftete weiter: »Das willst du wohl nicht hören, du Arsch? Dein Mädchen für alles, das darf ich dir machen, aber wehe, das Mädchen nimmt sich die Freiheit und lässt einen Schlüssel nachmachen. Ooooh, Strullers heilige Hallen. Oder das Mädchen nascht an deinem Tellerchen. Oder …«

Struller schlug sich die Hand vor die Stirn. »Warte mal!«

»Ja, dann wird gemeckert! Das mag er gaaaaar nicht, der Kommis…«

»Halt doch mal die Klappe!«, schrie Struller, packte sie an den Schultern und schüttelte sie. »Was hast du gesagt? Mädchen für alles und Schlüssel?«

»Fass mich nicht an! Ich zeig dich an!« Schultze-Sperling riss sich los und trat einen Schritt zurück. Sie winkelte das rechte Bein an, bereit einmal kräftig zuzutreten.

Struller drehte sich um, riss die Jacke vom Garderobenhaken und die Wohnungstür auf.

»Wo willst du hin, Baby?«, rief Andrea ihm hinterher.

Aber Struller antwortete nicht. Er hatte was Besseres vor, als sich von der Lady in Red in die Eier treten zu lassen. Struller hatte einen Mord aufzuklären!

* * *

»Ausgeflogen! Nichts. Auf ihn ist ein kleiner, roter Mazda zugelassen, aber der steht hier nirgendwo«, seufzte Jensen und nickte über die abgestellten Fahrzeuge in den Parkbuchten der Albertstraße hinweg. »Ich bin auch in den Seitenstraßen gewesen. Fehlanzeige, der ist nicht zu Hause, und sein Auto ist weg. Der ist unterwegs!«

»Hm«, knurrte Struller und strich sich über die Krawatte. Die Uhr an seinem Handgelenk verriet ihm, dass es kurz vor Mitternacht war.

»Wo steckt der Vogel?«

»Es ist Samstagnacht. Vielleicht ist er auf der Rolle.«

»Quatsch. Der Typ ist so alt wie ich. Da geht man nicht mehr auf die Rolle. Da flucht man auf Gottschalk und wartet, immer gegen die Müdigkeit ankämpfend, dass endlich das *Aktuelle Sportstudio* anfängt. Und wenn dann die Fußball-Bundesliga vorbei ist und die mit den Randsportarten anfangen, geht man ins Bett. Es sei denn ...«

Jensen zuckte die Achseln. »Es sei denn, was?«

»Es sei denn«, erklärte Struller mit plötzlich glänzenden Augen, »man verzieht sich eben nicht ins eigene Bettchen, sondern man hat einen süßen, kleinen Hasen, bei dem man unterkriechen kann. Bei den Temperaturen vorzugsweise einen Hasen mit eigenem Pool ... Und das würde so was von passen! Komm mit!«

* * *

Eine Viertelstunde später nahm Struller einen letzten, tiefen Zug, warf die Kippe zu Boden und zerquetschte sie mit dem Absatz. Zufrieden blinzelte er rüber zur weißen Villa. In einer Seitenstraße hatten sie den schäbigen Mazda gefunden. Alter Falter! Dass sie Bodewigs Mörder und Zerleger hier antreffen würden, damit war nicht zu rechnen gewesen, passte aber herrlich. Struller fühlte sich, als habe er bei einem komplizierten Dreitausend-Teile-Puzzle für Fortgeschrittene das entscheidende Pappstück gefunden.

Jensen hatte auf der anderen Straßenseite einige uniformierte Kollegen in die neue Lage eingewiesen, war damit jetzt fertig und kam herüber. Er ruckelte nachdenklich an seiner SigSauer. »Okay. Die Jungs sind soweit.« Er kniff die Augen zusammen und unkte: »Allzu viel an Fakten hast du nicht ...«

Struller nickte: »Fakten irritieren nur! Komm jetzt!« Struller ging los. Die kleine Auffahrt mit den roten, frisch geharkten Steinchen hoch bis zum Eingang. Obwohl es vollmondhell war, sprang ein Satz Bewegungsmelder an und tauchte die Szene in ein weiches Licht. »Showtime«, zischte Struller und presste seinen Daumen auf die Klingel.

Es verging eine knappe Minute, dann erschien sie selbst und öffnete die Tür einen Spaltbreit. »Guten Abend, Herr Kommissar. Sie hier, um diese Zeit?«

Sie strich sich eine nasse Haarsträhne hinters Ohr und zog den Gürtel ihres türkisfarbenen Bademantels ein klein wenig enger. Sonja Burchards trug keine Sonnenbrille und hatte grüne Augen. Und sie hatte wirklich eine atemberaubende Taille, stellte Struller einmal mehr fest. So viel Zeit musste sein!

»Wir, hier, ja. Und die Zeiten, nun ja, die können wir uns auch nicht immer aussuchen. Dürfen wir reinkommen?«

»Worum geht es denn? Ich habe Besuch.«

»Um den Mord an Ihrem Ehemann.«

»Sie meinen, ich ...«

Struller schüttelte hastig den Kopf. »Nein, nein. Ein bisschen geht es auch um Ihren Besuch.«

»Das kann ich nicht ...«

»Am besten lassen Sie uns erst mal rein, oder?« Struller war es leid, schob die Tür ein wenig weiter auf und sich am türkisfarbenen Bademantel samt charmantem Inhalt vorbei ins Innere.

»'n Abend«, sagte Jensen und folgte ihm.

Struller ging gleich durch. »Ihr Besuch …«

Sie schüttelte ärgerlich den Kopf. »Ich weiß nicht, was das soll! Ich glaube nicht, dass ich um diese Zeit auf Ihre Gegenwart Wert lege. Haben Sie einen Durchsuchungsbefehl?«

Struller drehte sich zu Jensen. »Haben wir einen?«

»Gefahr im Verzug. Wir brauchen keinen!«

Struller blickte Sonja Burchards in die Augen. »Sehen Sie: Wir brauchen keinen. Und der junge Mann muss es wissen: Er kommt direkt von der Schule. In der Praxis nur leidlich zu gebrauchen, aber theoretisch sozusagen up to date!«

»Danke«, zischte Jensen und verdrehte die Augen.

»Hören Sie!«, steigerte Burchards jetzt die Lautstärke. »Ich habe mich vielleicht noch nicht klar genug ausgedrückt! Ich habe Besuch! Kommen Sie morgen wieder! Oder am Montag! Oder wann immer! Aber verlassen Sie jetzt mein Haus!«

Struller nickte. »Ihr Haus? Ja, genau. Dazu dann gleich mehr. Sie haben doch hinten raus diesen Wintergarten mit Pool. Ihr Besuch, ist er dort?«

Sonja Burchards, der Strullers Ansage einen Schrecken in die Gesichtsmimik gedrückt hatte, nickte in Gedanken, bevor sie sich fing und wieder losmaulte. Aber das bekam Struller schon nicht mehr mit. Er ging vor.

Jensen blieb ganz der junge Gentleman: »Nach Ihnen!«

Die Burchards folgte Struller. Der stieß die Tür zum kleinen Hallenbad auf. Es war wieder Wasser im Pool. Kuschinski hing am Beckenrand, in der einen Hand ein Sektglas, in der anderen das türkisfarbene Oberteil eines Bikinis. Schickes Teil, stellte Struller fest. Hm, dann hatte die gute Sonja Burchards ja oben rum nix unterm Bademantel ...

Warm war es hier. Es lief irgendein Chill-out-Sampler. Wasserdampf hatte die bodentiefen Fenster, die die gesamte Rückseite des Raums einnahmen, eingenebelt und schützte das Spielzimmer vor neugierigen Nachbarsblicken. Aber Nachbarn gab es im näheren Umkreis sowieso nicht. Das Einzige, was sich hoffentlich tatsächlich auf der anderen Seite der Scheibe rumtrieb, waren zwei uniformierte Kollegen. Aber die konnte man von hier drinnen nicht sehen. War ja beschlagen.

»Was macht ihr denn hier?«, erschrak Kuschinski und drückte das Oberteil unter die Wasseroberfläche.

»Mörder fangen!«

»Aha. Und da meint ihr, der Mörder ist immer der Gärtner. So einfach ist das nicht!«

»Ach was?« Struller drehte sich zur Burchards und grinste süffisant: »Dann haben Sie Ihren Gärtner ja doch noch näher kennengelernt, wo sich doch sonst nur Ihr Mann um so was gekümmert hat ...«

»Unverschämtheit!«, zische Sonja Burchards mit zusammengekniffenen Augen.

Auch Kuschinski meldete sich zu ihren Füßen aus dem Wasser: »Keine falschen Schlüsse! Ich hab für die Frau Burchards im Garten ein Loch ausgehoben, und sie war so freundlich, ich meine ... statt duschen, mich in den Pool einzuladen.«

Jensen grinste.

Struller gluckste: »Schöne Geschichte, Kuschinski, hätte von Jensen sein können! Ich nehme Sie fest, wegen Mordes an Herrmann Burchards!«

Die Frau im Bademantel verlor leicht das Gleichgewicht. Jensen griff hastig nach ihr, um sie zu stützen, aber sie schüttelte sich kurz und schlug ihm ärgerlich die Hand vom Oberarm.

Kuschinski grinste Struller von unten hohl an und machte keine Anstalten, den Pool zu verlassen. Vielleicht war es ihm ja unangenehm. Er war schließlich nackt. »Na, dann erzähl mal, wie du auf das schmale Brett kommst!«

Struller blinzelte vom Beckenrand auf ihn runter. »Ja, genau. So machen wir das! Wie im Kino. Und dann ziehst du dein kleines Höschen wieder an und begleitest uns!«

»Warten wir's ab!«

»Du hast für ...«

»Moment, Moment«, unterbrach ihn Kuschinski, »Das heißt Sie! Immer noch!«

Struller zupfte einen Schweißtropfen von der Nase und lockerte seine Krawatte. Wirklich: Ganz schön warm war es hier! Einzelne Tropfen rutschten innen an der Scheibe nach unten und hinterließen feine, klare Linien auf der beschlagenen Fensterscheibe. »Leute, die Männer zersägen, werden von mir nicht gesiezt! Denen haue ich für gewöhnlich direkt in die Fresse. Aber der Teil kommt später! Also, unterbrich mich nicht, du Pfeife! Höchstens, wenn du ein Geständnis ablegen willst! Oder wenn ich dich was frage, dann darfst du antworten! Also: Du hast für Herrmann Burchards gearbeitet. Als Gärtner.« Struller zückte seine Schachtel Ernte.

»Irgendjemand muss ja die kleine Parkanlage hinterm Haus in Ordnung halten. So was kannst du ja! Praktisch als Mädchen für alles! Irgendwann lernst du den Schneider kennen, und der arbeitet dann mit dir zusammen.«

»Bis jetzt ist alles richtig, Herr Kommissar.«

Struller rückte seine Waffe unter seiner Achsel zurecht. »Wenn ich dich direkt hier im Pool abknalle, braucht man nachher nur den Stöpsel zu ziehen und muss kaum was sauber machen. Praktisch, oder? Unterbrich mich nicht!«

Kuschinski schluckte.

Struller grinste zufrieden und stellte nebenbei fest, dass die Burchards den größten Teil ihrer Gesichtsfarbe schlagartig verloren hatte. »Burchards musste sterben. Du hast ihn umgebracht! In Düsseldorf tauchten zu der Zeit überall Leichenteile auf. Du machtest einen auf Trittbrettfahrer und hast Burchards zerteilt. Dann hattest du die Idee, dem Bodewig einen Arm vor die Haustür zu legen.«

Sonja Buchards räusperte sich. »Sie reden hier von meinem Mann! Darf ich Sie erinnern, dass es mein Mann ist, der ermordet wurde und den Herr Kuschinski auf dem Gewissen haben soll. Haben Sie irgendwelche Beweise, Herr Struhlmann?«

Struller schob sich eine Kippe zwischen die Lippen und nuschelte dabei weiter: »Ich kann alles beweisen, was ich sage!«

Jensen schluckte.

»Der Postbote sollte den Arm morgens finden, Bodewig sollte die Polizei hinzuziehen. Mein Kollege und ich, wir haben uns gefragt, warum du den Arm bei Bodewig abgelegt hast. Ihn einfach irgendwo anders abzulegen, wäre leichter gewesen. Aber nein: Bodewig sollte den Arm finden. Warum?« Struller ließ das Zippo schnippen. »Vielleicht hat Bodewig dich genervt? Als Mädchen für alles muss man sich von diesen neureichen Typen so allerlei bieten lassen. Möglich. Glaub ich aber nicht. Du, Kuschinski, bist gar nicht so blöd, wie du dich bei unseren Vernehmungen gezeigt hast!«

Struller machte eine Pause, und endlich konnte Jensen auch mal was sagen: »Wir haben uns Ihre Bundeswehrakte angeguckt. Sie waren Zeitsoldat und haben es in den acht Jahren beim Bund bis zum Hauptmann gebracht. Ich kenne mich mit den Dienstgraden bei der Bundeswehr nicht aus und habe mich erkundigt. Um diesen Dienstgrad zu erreichen, muss man was in der Birne haben. Blöd kann man da nicht sein. Schlauer Versuch, mir mit dummen Antworten und ekligem Mundgeruch einen Doofmann vorzuspielen.«

Kuschinski leerte im Pool sein Glas und verzog keine Miene.

Struller fuhr fort: »Du hast mit doppeltem Boden gearbeitet. Du bist ein ganz cleveres Kerlchen! Du kannst so einiges! Gartenarbeit, mit Swimmingpools kennst du dich aus. Hast du den hier auch gemacht? Oder ... sauber gemacht?«

»Ich kann mehr, als du dir vorstellen kannst.«

»Ganz bestimmt«, räumte Struller ein, »aber der Transport des Arms mit Bodewigs Jeep war ein Fehler.«

»Aha?«

»Als Mädchen für alles hattest du Zugriff auf die Fahrzeugschlüssel. Bodewig war mit einem anderen Wagen zum Tennisspielen. Du lädst also ein Stück Burchards in den Kofferraum. Einen Oberarm. Gerade so viel, dass Attila die Leiche erschnuppern würde ...«

»Attila?«

»Ein Leichenspürhund. Du fährst zur Hahnenfurter Straße und legst ihn dort unter dem Briefkasten ab, damit der Postbote frühmorgens den Arm findet und Bodewig gezwungen ist, die Polizei zu rufen.«

»Aha. Und woher wisst ihr das?«

»Tja ...« Strullers Gesicht blieb ausdruckslos »Kann ja sein, dass Schneider immer noch beim Pool war. Oder schon wieder. Vielleicht hatte er was vergessen, auf jeden Fall hat er die ganze Aktion beobachtet. Mit Arm in Beton und alles. Nachher hat er sogar Bodewigs vom Beton dreckige Schuhe eingesackt, quasi als Beweismittel. Zusammen mit einem Pressefritzen wollte er Geld aus der ganzen Sache schlagen.«

»Schneider ist tot.«

»Der Pressefritze lebt.«

»Du bluffst!«

»Vielleicht. Aber die Schuhe kann ich dir zeigen.«

»Was hab ich mit Bodewigs Schuhen zu tun?«

»Dann machst du den Wagen sauber. Vorne! Hinten bist du nicht ganz so gründlich. Mittels einer DNA-Probe sollen wir schließlich immer noch feststellen können, dass dort ein Stück Burchards transportiert worden ist. Für alle Fälle, falls der Plan schief läuft! Quasi als eine Art Lebensversicherung! Am Samstag finden wir den Jeep aber nicht, weil du ihn irgendwo anders geparkt hast. Kein Jeep, kein Leichenhund, der anschlägt!«

Kuschinski schwieg diesmal.

Struller fuhr fort: »Du hast den Arm bei Bodewig abgelegt, weil du wusstest, dass der nicht zur Polizei rennt. Bodewig steckte in den Verhandlungen um das Grundstück an der Bergischen Landstraße. Burchards wollte dort einen Golfplatz bauen. Bodewig wäre an einem Wellness-Hotel beteiligt gewesen, so er denn den Zuschlag kriegen würde. Burchards war – und das wusste keiner besser als du – definitiv aus dem Rennen. Wäre Bodewig jetzt mit dem Mord an Burchards, seinem direkten Konkurrenten, in Verbindung gebracht worden, wären die Geldgeber abgesprungen und Bodewig hätte auch ohne Burchards als Konkurrenten in die Röhre geguckt. Das Risiko konnte Bodewig nicht eingehen! Er würde mit Sicherheit den Arm verschwinden lassen!«

»Blödsinn!«

»Du hast also nicht nur den Arm einfach so entsorgt – was im Nachhinein vielleicht die bessere Lösung gewesen wäre – nein, du warst gierig und hattest vor, Bodewig später zu erpressen! Deshalb hast du ihm noch in der Samstagnacht gesteckt, dass der Arm vom Burchards vor seiner Haustür liegt. Er fährt nach Hause. Entweder hast du ihm den Pool als Versteck empfohlen oder er ist selbst drauf gekommen, weil es sich gerade anbot. Auf jeden Fall versenkt Bodewig plangemäß den Arm im Beton. Und sollte er jemals mit seinem Wellness-Hotel Kohle machen, dann kommt Kuschinski und saugt ein bisschen Erpresserkohle.«

»Quatsch!« Kuschinski schwang sich über den Beckenrand, zeigte seinen durchtrainierten, behaarten Körper und blinzelte zu Sonja Burchards. »Glaub denen nichts!«

Sie griff hinter die Theke, die den kompletten linken Teil des Raums einnahm, und entkorkte eine zweite Sektflasche. »Ich glaube denen auch nichts.«

Jensen warf Kuschinski ein Handtuch zu. Der fing es auf, legte es sich um die Hüfte und fragte: »Wieso hätte ich all das machen sollen?«

Struller schüttelte den Kopf. »Nicht: wieso? Erst mal: wo?« Er ließ seine Kippe durch die warme Luft kreisen. »Hier.«

»Was hier?«

»Hier hast du Burchards getötet. Irgendwo. Dann hast du seinen Wagen zur Rennbahn am Grafenberger Wald gefahren. An seine Joggingstrecke. Frau Burchards hat ihren Mann vermisst und sein Verschwinden gemeldet. Es folgen die normalen Standardmaßnahmen der Polizei. Die Kollegen kommen, nehmen die Anzeige entgegen und durchsuchen grob die Räumlichkeiten. Das machen die immer. Aber die Leiche, die haben sie übersehen. Sie lag im Pool. Der ideale Ort um eine Leiche bei den herrschenden Temperaturen zu konservieren. Zugedeckt mit was weiß ich, findet den erst mal keiner, denn kein Polizist zieht sich aus und taucht nach Leichen. Natürlich hast du das Wasser«, Struller deutete mit seiner Kippe in den Pool, »zwischenzeitlich ablaufen lassen. Als ich beim letzten Mal hier war, war der Pool leer. War ja auch ekelig, das Leichenwasser, oder?«

»Eine Unverschämtheit!«, rief Sonja Burchards und ihr Bademantel bebte. »Was gibt Ihnen das Recht, so zu reden? Ja, ich habe ein Verhältnis mit Herrn Kuschinski. Ich bin viel jünger als mein Mann. Er hat viel gearbeitet. Ich war oft alleine! Das ist aber alleine meine Sache und rechtfertigt nicht Ihr unmögliches Verhalten! Ich werde mich beschweren! Darauf können Sie sich verlassen!«

»Tun Sie das. Kuschinski, Sie haben Bodewigs Jeep genommen, um den Arm zu transportieren. Im Profil der Reifen befinden sich kleine rote Steinchen, die sich durch unsere Jungs beim Landeskriminalamt hundertprozentig den roten Steinchen in der Auffahrt dieser Villa zuordnen lassen.«

Es blinzelte heftig in Sonja Burchards grünen Augen.

Kuschinski holte Luft: »Wer sagt, dass Bodewig selbst nicht mal hier gewesen ist und sich die Steinchen ins Profil gefahren hat?«

»Er selbst sagt das.«

»Hm, das überrascht mich wenig. Da steht dann wohl Aussage gegen Aussage. Kein Beweis! Und der wäre doch wichtig, oder? Und ich soll den Burchards hier im Pool zersägt haben – 'tschuldige, Schatz –, da bin ich aber mal gespannt, ob sie dort Spuren finden. Und ich räume gleich ein: Ja, das Wasser wurde erst gestern frisch eingelassen!«

Jensen räusperte sich, und Struller ahnte, dass sein junger Kollege nun die Chance sah, mit seinem taufrischen Polizeischulwissen zu glänzen. »Im Wasser werden wir dann sicher keine Spuren mehr finden. Aber ich nehme nicht an, dass Sie den Abfluss abgeschraubt und gründlich gesäubert haben. Ich bin mir sicher, dass meine Kollegen dort Blutanhaftungen finden werden. Es müssen ja nicht viele sein. Man ist echt überrascht, was heutzutage alles nachgewiesen werden kann. Was haben Sie beide vor unserem Eintreffen gemacht? Hatten Sie vorhin einen Samenerguss? In dem Fall würden meine Kollegen im Wasser oder gegebenenfalls im Abfluss selbst Tage später noch ...«

»Bitte!«, schrie Sonja Burchards und Jensen zuckte zusammen.

Kuschinski blieb cool: »Und selbst wenn – ich betone: wenn – Burchards hier ermordet worden sein sollte: Wieso sollte ich das getan haben?«

»Was soll das denn heißen, Manfred?« Sonja Burchards glitt auf einen der drei Metallbarhocker, die zur Theke gehörten.

»Ruhig, Baby. Ich mein ja nur ... Welches Interesse, Herr Struhlmann, soll ich daran haben, dass Burchards tot ist? Wie sagt ihr immer? Welches Motiv?«

»Gute Frage! In der Regel beschränken wir uns da auf zwei Motive: Liebe und Geld. Möglicherweise beides. Hier bin ich mir aber nicht sicher ...«

»Aha.«

»... ob beide Motive sich hier vermengen. Liebe?« Struller warf einen Blick auf Sonja Burchards, die einen eiskalten Blick zurückwarf. »Eher wohl nicht. Sex vielleicht. Aber: Ganz sicher geht es hier um einen schicken, dicken Batzen Geld.«

Jensen räusperte sich. »2,8 Millionen, um genau zu sein. Ich hab mit Köhler telefoniert. Dem Anwalt.«

Struller wandte sich an Sonja Burchards. »Und jetzt kommen Sie ins Spiel! Ihr Mann hat bis in die späten Neunzigerjahre hinein eine Menge verdient. Sie konnten sich dieses schicke Häuschen leisten. Und einen Gärtner obendrein. Ihr Mann hat seine Baufirma verkauft und sich zur Ruhe gesetzt. Es galt nun, das Vermögen zu genießen! Aber plötzlich flattert ihrem Mann die

Idee zu einem dritten Golfplatz durchs Gehirn. Und er möchte wieder groß einsteigen ins Geschäft. Aber ihm fehlt natürlich das Flüssige. Aha, denkt er sich, da gibt es ja noch dieses schöne, schicke Häuschen, das man beleihen kann! Plus Grundstück kann er so die 2,8 Millionen Euro aufbringen, die das Golfplatz-Projekt als Startkapital braucht. Okay, damit riskiert er seine Altersversorgung und das süße, luxuriöse Leben.« Struller nahm einen weiteren Zug. »Auch ihr süßes, luxuriöses Leben! Und dann diese fürchterlichen Berichte in der Zeitung, die den Misserfolg eines dritten Golfplatzes in Düsseldorf geradezu heraufbeschwören. Für Sie, Frau Burchards, stand fest, dass Sie dieses Haus und dieses Leben verlieren würden. Sie wollten sich aber weder vom einen noch vom anderen trennen. Wenn schon trennen, dann vom Ehemann …« Struller zog die Krawatte am Hals noch ein Stück weiter auseinander.

»Kuschinski hatte kein primäres Motiv, Burchards zu töten. Aber Sie! Sie hatten eines! Sie stifteten Kuschinski an, Ihren Gärtner, mit dem Sie seit einiger Zeit eine Liebesbeziehung unterhielten, Ihren Mann zu töten.«

»Das ist doch alles …!« Sie griff hinter die Theke. Jensen spannte sich an, aber sie holte nur eine weitere Flasche Sekt hervor, lockerte den Korken und füllte ein leeres Glas.

»Quatsch? Nö, is es nicht. Sie haben das alles geplant, um Ihre 2,8 Millionen zu retten, die für Sie schon in einem der achtzehn Löcher des noch nicht existierenden Golfplatzes verschwunden waren. Das Handwerkliche hat unser Mädchen für alles erledigt. Hier im Pool. Da bin ich mir sicher! Dann sollte er die Leichenteile nach und nach entsorgen!« Struller grinste. »Aber was macht unser cleverer Hauptmann? Er will sein eigenes Süppchen kochen und dreht dieses Bodewig-Erpresser-Ding in Eigenregie. Davon haben Sie nichts gewusst, oder?«

Sonja Burchards blickte Kuschinski in die Augen. »Nein, davon habe ich nichts gewusst. So was Dummes hätte ich mir auch gar nicht vorstellen können!«

Kuschinski blinzelte.

Die Burchards nahm ihm das leere Sektglas ab, drückte ihm das gefüllte in die Hand und fuhr fort: »Das alles! Das alles hätte ich mir nicht vorstellen können! Sie werden das alles beweisen müssen, meine Herren!«

Und das würde schwierig werden, sagte Jensens Blick.

»Kein Problem!«, sagte Struller.

Sonja ergriff ihr Gläschen und prostete Kuschinski zu. »Na, dann machen Sie mal! Auf uns, Schatz!«

»Auf uns, Baby!«, sagte Kuschinski und exte sein Kribbelwasser.

Sonja Burchards glitt vom Barhocker und beugte sich nach vorne. Als sie sich wieder aufrichtete, öffnete sich vorne der Bademantel. Sofort erkannte Struller, dass auch das Bikiniunterteil hier irgendwo rumliegen musste. Jeder! Jeder wäre durch diesen Anblick abgelenkt gewesen.

Kuschinski nicht. Der kannte das ja. Und er nutzte die Gelegenheit. Mit einem Satz war er bei Jensen und schubste ihn nach hinten in den Pool. Mit der Rechten erwischte er einen der drei Barhocker.

Struller zog die Knarre. Doch Kuschinski war wieder schneller und schlug sie ihm aus der Hand. Klirrend rutschte sie über die Kacheln ebenfalls in den Pool.

Struller fluchte. Jensen tauchte wieder auf. Sonja Burchards kreischte und warf sich mit rudernden Armen auf Struller. Kuschinski wirbelte herum und schleuderte den Barhocker mit voller Wucht gegen die beschlagene Scheibe, die mit einem lauten Knall zersprang. Glas rieselte nach draußen auf die Terrasse.

Dahinter war der Garten! Und keine Kollegen, stellte Struller fest. Die Burchards drückte ihm eine ihrer Brüste ins Gesicht.

Kuschinski nahm Anlauf und hechtete durch das Loch in der Scheibe. Jensen schwang sich aus dem Pool und nahm – in seinen triefenden Klamotten – hastig die Verfolgung auf.

Struller schob eine Menge Fleisch beiseite und riss sein Funkgerät hinten aus dem Gürtel: »An alle! Kuschinski ist nach hinten durch den Garten abgehauen! Jensen ist hinterher!« Fluchend drehte Struller sich um.

Sonja knotete grinsend ihren Bademantel wieder zu. »Jetzt ist er weg, Ihr Hauptverdächtiger!«

»Was gut ist, kommt wieder«, knurrte Struller zurück. In dem ganzen Durcheinander war ihm die Kippe auf den Boden gefallen. Er schlug sich eine neue Ernte aus der Packung. »Aber wir haben ja noch Sie!«

»Na, da haben Sie aber was. Mir können Sie gar nichts.«

Struller grunzte in sich hinein. Die arrogante Ziege ging ihm auf die Eier. Super Titten, geiler Arsch, aber ein echtes Miststück! »Den Kuschinski kriegen wir, und ich halte jede Wette, dass der Bursche plaudert.«

»Ach ja?« Sie nippte an ihrem Sektgläschen und grinste ihn herausfordernd an.

»Klar, kriegen wir den. Wenn Kuschinski erst mal schnallt, dass Sie ihn nur gebraucht haben, um den Burchards zu erledigen und zu zerhacken, dann wird der gesprächiger als ein C-Klasse-Promi!«

»Na ja. Sie sagen das schon richtig. Nehmen wir mal an, alles war genau so, wie der schlaue Hauptkommissar Struhlmann sich das zusammengereimt hat ... Also, nur mal angenommen. Dann hätten Sie meinen vollen Respekt, könnten mir aber ohne die Aussage vom Kuschi überhaupt nichts nachweisen.« Sie spielte mit der Sektflasche.

Struller knurrte sie an: »Kuschi wird aussagen! Das Loch, das er heute im Garten frisch ausgehoben hat, für wen sollte das denn sein? Hm? Das werde ich Kuschi gleich mal fragen. Vielleicht kommt er ja von selbst drauf ...«

Die Burchards grinste immer noch und spielte mit der Sektflasche. »Ich bin mir sogar sicher, dass Sie Kuschi kriegen. Er wird nicht weit kommen.«

Struller hielt inne. Die Flamme an seinem Zippo flackerte nutzlos ein Loch in die schwüle Luft. Kuschinski! Die Sektflasche! Die dritte Sektflasche! Sie hatte die zweite Sektflasche, die sie beim Eintreten von Jensen und Struller geöffnet hatte, nicht angerührt. Dann hatte sie eine dritte entkorkt. Nicht geöffnet. Nur frisch entkorkt! Die Flasche ... Natürlich: In der Flasche war Gift!

Struller schnellte nach vorne.

Aber darauf hatte sie schon gewartet. Mit einer lässigen Handbewegung warf sie die Flasche in den Pool. Strullers Griff ging ins Leere.

»Aber ich fürchte, dass er nicht mehr aussagen kann!«

Die Flasche ging sofort unter. Das Sektglas, das sie in der anderen Hand hielt, folgte der Flasche.

Struller sprang in den Pool. Wenn er die Flasche schnell genug rausfischen könnte ... vielleicht ließe sich im Inneren der Flasche noch was nachweisen! Er tauchte wieder auf, die Flasche in der Hand, spuckte Chlorwasser an den Beckenrand und schob die Häkelkrawatte an die Seite, die sich über seine Augen gelegt hatte.

Am Beckenrand stand die Burchards und grinste: »Hm, Sie sind heute schon der dritte Mann in meinem Pool. So viel Abwechslung durfte ich in letzter Zeit selten genießen! Herr Kommissar, selbst wenn noch Reste eines Giftes in der Flasche wären, sollten Sie doch davon ausgehen, dass ich ein Gift gewählt habe, das wasserlöslich ist.«

In diesem Moment schrie draußen im Garten jemand!

»Mist!«, fluchte Struller. Hoffentlich kam da draußen kein Kollege zu Schaden! Und verdammt: Wo waren denn die Absperrkräfte, die Jensen im Garten postiert hatte?

Ein klatschnasser Jensen kletterte in diesem Moment hastig durch die zerbrochene Scheibe ins Haus zurück, schlidderte über die nassen Fliesen und brüllte in Strullers Funkgerät: »Hier Jensen! Wir haben den Kuschinski im Garten gefunden. Ich brauche einen Notarzt! Der ist dunkelblau angelaufen! Schnellstens!« Jensen blickte in Sonjas Gesicht. »Läuft nach Plan oder?«

»Herr Wachtmeister, könnte man so einen optimalen Verlauf planen?«

Struller zog sich am Beckenrand hoch, die Sektflasche immer noch in der Hand. »Was war das für ein Schrei da draußen?«

»Einer der beiden Kollegen, die im Garten gewartet haben, ich glaube er heißt Paul, ist bei der Verfolgung von Kuschinski in dessen heute frisch ausgehobenes Loch gestolpert. Er hat sich entschuldigt.«

»Wofür entschuldigt?«

»Keine Ahnung. Und wie sieht es hier aus? Hat sie gestanden?«

Sonja Burchards lachte auf.

»Nö«, sagte Struller. »Aber das wird sie schon noch. Frau Burchards, Sie sind vorläufig festgenommen!«

»Nur zu, meine Herren. Ohne eine Aussage von Kuschinski können Sie mir nichts nachweisen. Und wie es scheint, werden Sie eine solche Aussage nicht mehr kriegen ...« .

»Och ...« Struller zog die Packung Ernte aus der Tasche, stellte fest, dass die Kippen hin waren und warf sie hinter sich in den Pool.«

»Kuschinski hat gedient, ist ein Soldat. Ein strammer Bursche! Der packt das schon! Jensen, warte draußen auf die Jungs vom Notarztwagen und sag denen, die sollen sofort zur Uni fahren. Zur Tropenstation. Ich glaube, dass unsere Sonja dem Kuschinski irgendein Tropengift in den Sekt gemischt hat, das sie von der letzten Weltreise mitgebracht hat.« Struller bemerkte zufrieden, dass Sonja Burchards eine Spur blasser wurde. »Und sie war so nett, uns den Hinweis zu geben, dass es sich um irgendwas Wasserlösliches handeln muss. Ich tippe auf irgendwas vom Fisch.«

Das Martinshorn eines Notarztwagens näherte sich jaulend. Jensen kletterte hastig durch die Scheibe zurück in den Garten.

Struller grinste Sonja Burchards schief an: »Kuschi schafft das schon! Und dann hab ich Sie am Arsch! Da freue ich mich jetzt schon drauf!«

Denn einen schönen Hintern hatte sie ja ...

7. Tag

Dann sucht weiter!«, brüllte Struller in den Hörer und warf ihn sauer zurück ins graue Bettchen. So eine Kacke! Die ganze Nacht hindurch hatten die Jungs von der Spurensicherung in Burchards Villa nach einem Behältnis gesucht, in dem sich Sonja Burchards Gift befunden hatte. Nichts. Aber es musste irgendwo sein! Für Struller war die Sache klar: Kuschinski hatte sich tagsüber sein eigenes Loch gebuddelt. Dann hatte Sonja Burchards mit ihm einen gemütlichen Abend geplant. Erst eine nette Abschiedsnummer im Pool und dann wollte sie ihn in aller Ruhe vergiften, in den Garten zerren, ihn ins Loch kippen und die kühle Nachtluft nutzen, um Kuschinski final zu betten.

So wie die Sache lag, wäre niemand auf die Idee gekommen, in ihrem frisch angelegten Tomatenbeet nach Kuschinski zu buddeln.

Dann waren ihr Jensen und er dazwischengekommen. Die Burchards musste ihren ursprünglichen Plan ändern. Bevor Kuschinski anfing zu reden, musste er auf jeden Fall das Zeitliche segnen. Notfalls auch in Gegenwart zweier Polizisten. Nicht ganz so galant wie geplant, aber es schien zu klappen.

Sie schiebt alles dem toten Kuschinski in die Schuhe und ist fein raus! Macht unterm Strich einen Ehemann und einen Lover weniger, aber 2,8 Millionen Euro plus …

Strullers geballte Faust krachte auf die Schreibtischplatte, dass es bis nach unten in Böllers Büro dröhnte.

Struller machte sich nichts vor. Zwar saß die Alte sich zur Zeit im Polizeigewahrsam noch den süßen Hintern platt, aber mit einem vernünftigen Anwalt, den sie sicher gleich antanzen ließ, würden sie die Burchards noch heute Vormittag entlassen müssen.

Mist! Da musste noch was kommen!

Es kam erst mal ein Anruf von Faserspuren-Harald, der mit ein paar Kollegen Kuschinskis Wohnung spurentechnisch auf links gedreht hatte.

»Ja?«

»Guten Morgen, Kollege, heißt das. So viel Zeit muss sein!«

»Laber nicht rum! Was haste?«

Der Chef der Spurensicherung atmete am anderen Ende ein paar Mal kräftig durch. »Also, wir haben in Kuschinskis Appartement eine ganze Menge Fingerabdrücke gefunden. Ob welche der Burchards dabei sind, können wir noch nicht sagen. Die Abdrücke müssen beim LKA noch durch den Computer! Wir haben ein Telefon- und Adressbuch gefunden, Anschriften und so was. Ich schick sofort einen Kollegen mit den Klamotten bei euch vorbei. Dann könnt ihr ja sehen, ob was für euch dabei ist. Kuschinski hatte keinen Festnetzanschluss und keinen PC. Aber ich hab noch was, mein Lieber!«

Struller verdrehte die Augen. Harald machte es immer so spannend! Strullers Bedarf an Spannung war allerdings mehr als gedeckt. Die Ziehung der Lottozahlen reichte ihm da vollkommen. »Spuck's aus, Hitchcock!«

»Wieso Hitchcock?«

»Was hast du für mich? Bitte! Rede!« Harald grummelte eine Beleidigung und fuhr fort: »Auf Kuschinskis

Küchentisch haben wir eine Substanz gefunden. Ich bin mir fast sicher, dass es sich um Sprengstoff handelt. Ob es die gleiche Sorte ist, die beim Schwinder eingesetzt wurde, müssen die Tests bei der KTU zeigen, aber wenn du mich fragst ...«

»Ich frag aber nicht! Mach einfach, dass die Sachen sofort zur KTU kommen!«

»Aha. Und? Krieg ich ein kleines Lob?«

»Du hast eine sexy Stimme«, sagte Struller und legte auf.

Die Bürotür flog auf. Penner-Brenner rauschte herein, die Haare untypisch wild vom Kopf abstehend. »Struhlmann, warum tun Sie mir das an?«

»Hä?«

»Der Fall! Ihr Fall! Mensch, Struhlmann, gestern habe ich der Presse den Bodewig als Täter präsentiert und heute sperren Sie die Frau des Opfers ein und lassen den Bodewig wieder laufen. Wollen Sie mich lächerlich machen? Wollen Sie mich ruinieren?«

Beides schaffst du alleine, dachte Struller und antwortete: »Die Pressekonferenz war Ihre Idee! Ich hätte noch einen Tag gewartet. Wer zu schnell rennt, der stolpert!«

»Häh?«

»Ich hätte noch einen Tag gewartet.«

Brenner schüttelte ärgerlich den Kopf und verteilte Schuppen gleichmäßig im Raum. »Die Leute lachen über mich! Was ist jetzt dran mit der Frau Burchards? Wie sicher sind Sie sich, dass sie jetzt die richtige Täterin ist?«

»Ich bin mir zu 99,9 Prozent hundertprozentig sicher, dass sie es ist.«

Brenner stutzte: »Was heißt das denn?«

»Nichts. Die Burchards war es! Sie hat den Kuschinski angestiftet. Sie ist die Haupttäterin. Das Problem ist: Wir haben Schwierigkeiten, ihr die Tat nachzuweisen. Die ist kalt wie eine Hundeschnauze und abgebrüht wie Rainer Bonhof beim Elfmeter. Die gesteht erst, wenn wir sie sowieso ans Brett nageln können!«

»Und dieser Kuschinski, der Mittäter, redet der nicht?«

Struller wollte es ihm gerade erklären, da flog die Tür schon wieder auf. Diesmal Penner-Brenner in den Nacken.

»Aua!«

»'tschuldigung«, stammelte Jensen.

»Und, wie sieht's aus?«, fragte Struller.

»Ähm, gut. Kuschinski ist übern Berg. Er kommt durch.«

Strullers flache Hand knallte wieder auf den Tisch. »Na also! Endlich mal 'ne gute Nachricht! Wann können wir den vernehmen?«

Jensen blinzelte. »Also, das kommt darauf an, wann er aus dem Koma aufwacht.«

»Koma? Koma! Du hast gesagt, er ist übern Berg!«, brüllte Struller.

»Er wird überleben ...«

»Übern Berg ... und der Typ liegt im Koma! Ist ein Herzinfarkt für dich eine brisante Form von Bluthochdruck oder was? Koma! Was sollen wir mit einem Kuschinski im Koma? Ich muss den Typen zu einem Geständnis zwingen! Da kann ich mit 'nem Komapatienten nichts tun! Wie soll ich einen Komapatienten bedrohen?«

Brenner räusperte sich.

Jensen versuchte sich zu rechtfertigen. »Ich dachte, du würdest dich freuen. Immerhin hast du den Ärzten gesteckt, nach welcher Art Gift sie suchen sollen. Und ohne deinen Fischgift-Tipp wäre der Kuschinski schon tot. Ich dachte, du reagierst irgendwie anders.«

»Anders?«

»Menschlicher ...«

»Quatsch! Ich bin Polizist und nicht menschlich!«

Brenner räusperte sich noch mal und öffnete die Tür. »Struhlmann, Sie halten mich auf dem Laufenden.«

»Klar. Tschüss!«

Brenner verschwand. Strullers Telefon klingelte.

Jensen, der direkt neben dem Schreibtisch stand, ging ran. »Jensen, KK 11 ... ja ... eine Ampulle? Und war noch Flüssigkeit drin? ... Ja? Ja! Das ist sehr gut! Sofort zur KTU damit! Dabei dürfte es sich um ein tropisches Gift handeln. Saubere Arbeit, Kollege! Super!« Jensen legte auf.

»Wenn du noch einmal an mein Telefon gehst, hack ich dir die Pfote ab!«, knurrte Struller.

»Die Leute haben bei der Burchards in der Garage einen Jutebeutel gefunden. Drin eine halbleere Ampulle und eine Einwegspritze! Das ist das Gift! Todsicher. Damit nageln wir die Burchards fest!«

Struller schlug eine Kippe aus der Schachtel. »Gar nichts nageln wir damit! Die Burchards wird einfach behaupten, dass Kuschinski den Beutel dort abgelegt hat! Der war nicht nur ihr Stecher, der war ihr Haus- und Hofgärtner, der hatte natürlich auch Zugang zur Garage.«

Jensen schüttelte den Kopf. »Ich weiß nicht. Warum sollte Kuschinski sich dann später selbst das Gift reinpfeifen? Das ergibt keinen Sinn. Dass die Burchards den Kuschinski umbringen wollte, damit der nicht auspackt und sie mit reinzieht, das ergibt Sinn. Ich denk, damit haben wir sie!«

»Ach«, knurrte Struller und nahm einen Zug auf Lunge. »Damit halten wir die Burchards weiter in Untersuchungshaft, aber kein Richter der Welt wird die Ziege in einem Hauptverfahren dafür lebenslänglich in den Knast schicken. Nee, nee, das reicht noch nicht!«

Jensen brummelte. »Ohne Geständnis machst du's nicht, oder?«

Struller stand auf und öffnete das Fenster zum Innenhof. Unten vor dem Eingang zum Zentralgewahrsam trugen drei Kolleginnen eine sich wehrende Randaliererin die Stufen zum Haupteingang hoch. Bei dem Wetter sicher eine schweißtreibende Angelegenheit. Da bekam man vom Zusehen schon Ringe unter den Achseln. »Ungern, Jensen. Ohne Geständnis ... ungern! Aber mindestens wasserdicht muss die Sache sein, sonst schlafe ich nachts schlecht und krieg Ausschlag. Herein!«, rief Struller, denn ausnahmsweise hatte mal jemand angeklopft.

Ein Kollege murmelte: »TelefonbuchmitAdressenvonKuschinskiGrußvonHarald« und verschwand hastig wieder nach draußen.

Jensen schien es, als habe der Kollege Angst vor Struller. Er klappte das Buch auf und überflog den Buchstaben A. *Ackermann, Adelmann, Asters G., Asters V.*

Jensen stutzte. Adelmann. »Moment mal ...«, murmelte er.

»Steht deine Mutter in Kuschinskis Adressbuch?«, knurrte Struller.

Hastig blätterte Jensen die Aktenablage durch. Irgendwo war da doch der Bericht des blassen Mannes, der hier im Präsidium im Keller lebte.

»Was suchste?«

»Den TNT-Bericht. Da war doch was mit ... Hier!« Triumphierend riss er einen gelben Wisch mit Eselsohren hoch. »Die Liste mit den Namen der Personen, die mit verschwundenem Bundeswehrsprengstoff in Zusammenhang standen. Da! Adelmann! Holger Adelmann, 7. Heeresbataillon, Düsseldorf, Bergische Kaserne. Da war auch der Kuschinski. Und Adelmanns Telefonnummer steht nach all den Jahren immer noch beim Kuschinski im Heft. Ich wette, der Adelmann hat dem Kuschinski das TNT Typ 23-B verkauft, um dann damit das Auto vom Rempe in die Luft zu sprengen. Das binden wir dem Kuschinski ans Bein, keine Frage! Wollen wir direkt in die Kaserne fahren?«

Struller gähnte. »Toll! Hängen wir den Mord an Schwinder auch noch dem Komapatienten ans Bein! Ganz tolle Sache! Es langweilt mich, wenn Verdächtige sich nicht wehren können ...«

* * *

Der Mann im olivenfarbenen Tarnoverall riss die Tür auf und brüllte: »Unteroffizier Adelmann!«

Jensen zuckte zusammen. Rambos gewalttätiger Bruder schob einen ebenfalls auf dem Kopf frisch rasierten Mann von Ende dreißig ins Zimmer. Entweder schämte der Bursche sich oder die Sonnenbank war kaputt. Oder Bluthochdruck. Auf jeden Fall glühte Adelmanns Birne wie ein altes, russisches Atomkraftwerk.

»Herr Adelmann, setzen Sie sich bitte«, forderte Jensen, der die Vernehmung leiten durfte, den Zeitsoldaten auf.

Das tat Adelmann dann auch. Grußlos, langsam und offensichtlich gelangweilt.

»Herr Adelmann«, Jensen beugte sich zu ihm rüber über den Tisch. »es geht noch mal um das verschwundene TNT 23-B ...«

Adelmann verdrehte seine Augen.

»Nicht schon wieder! Das geht mir aber so was von auf den Sack! Ich hab bei den Kollegen schon mindestens hundertmal ausgesagt. Ich hab mit dem Verschwinden von dem Zeug nichts zu tun!«

Jensen fuhr fort: »Die Kollegen ...«

»Ich weiß«, unterbrach ihn der rote Adelmann, »die machen auch nur ihren Job. Sehen Sie, und genau das möchte ich auch tun. In Ruhe meinen Job machen!«

»Herr Adelmann, es ist so, dass ...«

»Ich nicht weiß, wo das Zeug ist! So schwer zu verstehen, oder was?«

»Nein«, rang Jensen um Fassung, »es ist so ...«

»Dass ich jetzt gerne ...«

»Halt die Klappe, du Idiot und lass mich ausreden, du Blödmann! Wenn du mich noch einmal unterbrichst, schieß ich dir in den kahlrasierten Schädel, du Schwachmat!«

Struller, der mit verschränkten Armen auf der Heizung saß, seufzte zufrieden. Na also, ging doch. Guter

Praktikant, schien sein Blick zu sagen, der Junge lernte schnell! Adelmann hatte es tatsächlich die Sprache verschlagen. Sogar der Feldjäger im Türrahmen hatte leicht zusammengezuckt. Prima!

»Also, hier geht's nicht mehr um Diebstahl von irgendeinem Sprengstoff. Hier geht es um Mord!«

In Adelmanns rotes Gesicht legte sich um die Nase herum ein Hauch von Blässe. »Wieso Mord?«

»Weil einer totgemacht worden ist!«

»Ich hab keinen totgemacht.«

»Du hast den Sprengstoff geklaut, und dann hat jemand damit einen anderen in die Luft gesprengt!«

Adelmann wurde noch eine Spur blasser. »W-wer wurde in die Luft gesprengt?«

»Schwinder. Ein Anwalt. In Mörsenbroich, haste sicher gelesen. In einem Auto.«

Adelmann drückte sein Kreuz durch. »Da habe ich nichts mit zu tun.«

»Wieso nicht? Was meinst denn du, was der Typ vorhatte, dem du das Zeug verkauft hast?«

Adelmann grinste. Jensen warf irritiert ein paar Falten in seine Stirn. Wieso grinste der Idiot plötzlich?

»Ihr habt keine Ahnung! Was weiß denn ich, was das für ein Sprengstoff war, mit dem die Karre von dem Anwalt in die Luft gejagt wurde.«

Jensen beugte sich nach vorne. »Das war exakt der Sprengstoff, den du hier in der Kaserne vor sieben Monaten entwendet hast!«

Adelmann schüttelte den Kopf.

Jensen bluffte: »Kein Sprengstoff ist wie der andere. Klar, Sprengstoff wird in großen Mengen abgemischt.

Die einzelnen Einheiten haben exakt die gleichen Bestandteile. Da lässt sich zwar feststellen, dass das Kilo XY zum Sprengstoff XY gehört. Aber dann geht unsere Arbeit erst los! Wo wurde das Zeug gelagert? Spuren! War es dort feucht? Spuren! War es dort staubig? Spuren! Hell? Dunkel? Lagerten in der Nähe andere Substanzen? Die Leute in unserem Labor können praktisch feststellen, welche Zahnpasta der Soldat benutzt hat, der den Sprengstoff vom LKW ins Depot geladen hat. Sie brauchen nur die beiden Proben miteinander vergleichen!«

Jetzt hatte Adelmann wieder ein wenig Farbe verloren. Wahrscheinlich hatte er nicht alles verstanden. Das hatte Struller, wie Jensen mit einem schnellen Seitenblick feststellen konnte, im Detail auch nicht, aber darauf kam es ja nicht an ... Hauptsache Adelmann wurde klar, dass man ihm den Sprengstoff vom Mörsenbroicher Weg zuordnen konnte. Also, zumindest theoretisch.

»Und hier, mein deutscher Freund, ist deine Chance. Rede jetzt! Bevor die im Labor mit ihren Untersuchungen fertig sind und wir dich wegen Beihilfe zum Mord einbuchten.«

Adelmann rutschte auf dem Stuhl hin und her. »Wieso mich?«

»Wegen Kuschinskis Adressbuch! Da stehst du nämlich drin!«

Er zog die Augenbrauen hoch. »Kuschinski? Was hat Kuschinski mit dem Anschlag vom Mörsenbroicher Weg zu tun?«

Jetzt blinzelte Jensen irritiert: »Weil Kuschinski und du, weil ihr in einer Kompanie wart.«

»Na und? Das hat doch nichts mit meinem Sprengstoff zu tun.«

»Deinem Sprengstoff?«

Adelmann nickte und strich sich über den kahlen Kopf. »Okay, wenn die im Labor ... ich meine: Mit Mord will ich nichts zu tun haben! Und ich sag euch was: Mit dem Kuschinski hab ich schon seit Jahren nichts mehr zu tun. Keine Ahnung, was mein Name in seinem Notizbuch soll. Vielleicht gibt es noch einen, der so heißt wie ich.«

»Und der die gleiche Telefonnummer hat wie du, is klar.«

Adelmann zuckte mit den Achseln. »Na ja. Auf jeden Fall is mit meinem Sprengstoff niemand umgebracht worden.«

»Aha«, meldete sich Struller jetzt zu Wort und drückte eine Kippe auf der Heizung aus. »Wollte dein Käufer mit dem Sprengstoff Maulwürfe jagen?«

Adelmann bleckte eine Zahnreihe. »Komiker oder was? Die brauchte das Zeug, um in ihrem Garten einen Hang zu sprengen, damit sie ihre Blumenbeete besser anlegen konnte. Nix mit Mord.«

Struller und Jensen schnappten gleichzeitig nach Luft. »Die? Was die? Eine Frau hat das Zeug gekauft?«

Adelmann nickte. »Klar. Deshalb habe ich ja auch definitiv nix mit der Kuschinski-Sache zu tun. Oder mit irgendeinem toten Anwalt. Das TNT 23-B hat eine Frau gekauft, nicht der Kuschinski. Wie gesagt, den Kuschinski habe ich seit ...«

Jensen beugte sich über den Tisch. »Wie sah die Frau aus?«

Adelmann schnitt eine Grimasse. »Gut. Ein echt heißes Teil. Blond, super Titten, geiler Arsch und eine Taille, wie aus 'nem Modellheft. Definitiv nicht die Taille einer Mörderin.«

Jensen stieß Struller an. »Was meinst du?«

Struller grinste wie ein geschmückter Ochse zu Pfingsten. »Na klar. Der Kuschinski hat der Burchards die Nummer vom Adelmann gegeben. Ihn, Kuschinski, den alten Kameraden, hätte unser Soldatenfurz hier ja sofort wiedererkannt. Die Burchards hat den Stoff besorgt und das Zeug dann dem Kuschinski gegeben, damit der sein Bömbchen basteln kann. Ha, und jetzt besorgen wir es der Burchards!« Struller klatschte in die Hände.

Jensen grinste. »Jetzt sind wir zufrieden?«

Strullers Mundwinkel berührten die Ohrläppchen. »Jetzt sind wir zufrieden. Jetzt brauche ich auch kein Geständnis mehr. Jetzt hab ich sie an den Eiern. Also … jetzt mal bildlich gesprochen.«

Adelmann räusperte sich: »Ich verstehe zwar nichts, aber war es das jetzt für mich?«

Einer Antwort von Struller oder Jensen kam der Feldjäger zuvor. »Genau, das war's für dich! Aufstehen!« Seine Miene verhieß nichts Gutes.

* * *

Von Strullers Kippe fiel ein Streifen rot glühender Asche in die Akte vor ihm und fraß hungrig ein schwarzes Loch in die aufgeschlagene Seite. Lässig wischte er den grauen Haufen unter den Schreibtisch. Es ging ihm gut! Die Akte trug den Namen: *Das Geständnis von Sonja Burchards*. Oh ja, es ging ihm sehr gut! Alles gestanden hatte die Alte. Und es war – und das freute ihn besonders – alles genau so gewesen, wie er es sich gedacht hatte.

Okay, wie Jensen und er es sich gedacht hatten.

Das Gift für Kuschinski hatte sie auf der letzten Weltreise in einem australischen Krämerladen einem angetrunkenen Aussie für ein paar Dollar abgeschwatzt. Schwinders Tod war ein Versehen, eigentlich sollte Rempe sterben.

Zufrieden überflog Struller noch einmal eine seiner Lieblingsstellen in Sonja Burchards' Aussage. Die Stelle, an der die arrogante Ziege rund um ihre neureiche Nase herum so richtig schön blass geworden war:

S.B.: Zwei oder drei Wochen, bevor Herrmann ... verschwunden ist, klingelte dieser Rempe an unserer Haustüre. Er wollte meinen Mann sprechen. Ich führte ihn in dessen Büro und ging. Das Gespräch wurde laut, Herrmann schrie ihn an. Das ist gar nicht seine Art. Nach einer knappen halben Stunde ging Rempe wieder. Ich bin ins Büro und fand Herrmann vollkommen aufgelöst am Schreibtisch sitzen. Der Typ hat Unterlagen, ein Gutachten, der macht uns fertig, sagte Herrmann. Der will mich mit erpressen! Das alles hier können wir abschreiben. Mein Mann ließ keinen Zweifel, dass es richtig ernst war und dass dieses alles auch unser Heim mit einschloss. Zu diesem Zeitpunkt hatte ich mit Kuschinski schon den Plan, meinen Mann ... zu stoppen. Und jetzt kam dieser Rempe dazu. Aber wozu jetzt zaudern? Ich war bereit, meinen Ehemann zu opfern, wo war das Problem, auch Rempe beseitigen zu lassen? Allerdings musste nicht nur Rem-

pe sterben, sondern auch die besagten Unterlagen mussten für immer verschwinden. Kuschi erklärte mir, damit komme er klar. Er würde sich kümmern. Irgendwann musste ich auf sein Geheiß hin Sprengstoff bei diesem Bundeswehrtypen kaufen. Aber das war auch kein Problem mehr für mich. Ich musste da durch!

FRAGE: Um was genau es in diesen Unterlagen ging, wussten Sie nicht?

S.B.: Nein, ich habe nichts mehr aus Herrmann rausbekommen. Er fing sich sehr schnell wieder, und über Geschäftliches hat er nie mit mir geredet. Ich wusste nur, dass dieser Rempe ein Erpresser war und die Unterlagen für mich und mein Leben gefährlich waren. Halbe Sachen zählten jetzt nicht mehr! Ich wollte kein Risiko eingehen.

In Strullers Mundwinkel legte sich beim Lesen der folgenden Zeilen ein diabolisches Lächeln. Das war ein großartiger Moment! Er liebte es, wenn Vernehmungen auf eine fiese, gemeine Pointe hinausliefen ...

FRAGE: Es war ein Gutachten, das aussagt, dass sich auf dem Gelände des geplanten Golfplatzes eine alte Mülldeponie befindet, Zeug aus dem Zweiten Weltkrieg. Das Gutachten hätte den Golfplatz verhindert. Das Gutachten hätte Ihnen eigentlich prima in den Plan gepasst. Wäre alles seinen Gang gegangen, wäre Ihr Mann noch am Leben, Schwinder auch und die Akte vom Rempe hätte nicht nur den Golfplatz verhindert, sondern auch Ihr Eigenheim im Werte von 2,8 Millionen Euro gesichert. Ach ja, und Sie müssten jetzt nicht lebenslänglich in den Bau.

Da war die Gute ihm buchstäblich fast vom Stuhl gekippt. Dumm gelaufen, für die Sonja mit der hübschen Taille! Struller klappte zufrieden die Akte zu. Da hätte sie sich einiges ersparen und sich eigentlich auf ihren sorglosen Lebensabend bei Lachs, Kaviar und Champagner freuen können. Aber, wie gesagt, dumm gelaufen!

Kuschinski ermordete Herrmann Burchards und entsorgte dessen Leiche, mit Ausnahme eines Oberarms, gleichmäßig in diversen Blumenbeeten. Eine Staffel Hundeführer hatte zwischenzeitlich den Buchards fast komplett wieder zusammengesammelt. Kuschinski bastelte dann noch sein kleines Bömbchen und beförderte versehentlich Martin Schwinder ins Jenseits. So richtig professionelle Arbeit war das nicht.

Stückwerk.

Strullers Blick fiel auf den anderen Abschlussvermerk, den er heute Vormittag schnell in die Tasten gehämmert hatte. Tatsächlich hatten sie in einem von Schwinders Bankschließfächern, von denen ihnen die Lax erzählt hatte, die Unterlagen samt Gutachten gefunden, die den Müllskandal an der Bergischen Landstraße ins Rollen bringen würden. Da würden einige der hohen Herren ganz so ins Schwitzen kommen, wie er es hier im Büro mit seiner verschisselten Heizung schon den ganzen Sommer lang tat. Prima!

Irgendwann würde er der Frau Schwinder, die ihnen ohne viel Aufhebens die Erlaubnis zum Sichten aller Unterlagen und Schließfächer ihres Verblichenen gegeben hatte, einen großen, bunten Blumenstrauß zukommen lassen. Das konnte er dem Jensen aufs Auge drücken. Wo steckte der Bursche eigentlich schon wieder?

»Tag!«

Rums, flog die Tür auf und der Teufel, an den Struller gerade dachte, huschte rein.

»Wo hast du gesteckt? Bei mir türmt sich die Arbeit und du treibst dich rum!«

Jensen stutzte. »Ich dachte, der Fall sei geklärt?«

»Du musst noch viel lernen! Wo warst du? Bei IKEA im Kinderland?«

»Ich hab für heute Abend noch jemanden eingeladen.«

Struller zerquetschte seine Zichte im Kippengrab. »Ich dachte, das wird heute Abend nur eine kleine Runde. Ein paar Getränke zur Feier des Tages auf des Falles Lösung. Ha, den Genitiv hab ich auch voll drauf. Was lädst du denn noch zusätzlich für Leute ein? Doch nicht den Penner-Brenner?«

»Nee, was Weibliches, zum Fummeln.«

»Lady Pia? Ich denke, du stehst auf Männer?«

* * *

Sechs Stunden später ging es Struller immer noch gut. Er legte den Kopf in den Nacken und ließ sein viertes Glas Gerstensaft in den Hals laufen.

»Wohlsein«, flötete Faserspuren-Harald.

»Prost!«, riefen Jensen und Krake gleichzeitig.

Elvis Presley sang *Heartbreak Hotel*. Vokuhila sagte nichts, denn er schlief am anderen Ende des Tresens. Plötzlich flog die Tür auf, und zwei Männer kamen rein.

»Teufel«, fluchte Krake und verschluckte sich.

»Was ist das denn?«, krächzte Harald entsetzt.

Die beiden Männer trugen weiße Kittel. Blutverschmierte Kittel. Es waren Ärzte. Der eine hielt ein Skalpell in der Hand. Ihnen folgte ein weiterer Mann mit groben Gesichtszügen. Das Blut triefte von seinen

Händen, sein blau-weiß gestreiftes Hemd war rot und in der Hand hielt er ein großes, scharfes Metzgermesser.

Jensen reagierte als Erster. Denn er erkannte einen der beiden Ärzte. Er winkte. »Hallo Kollegen!«

»Hi!«, rief der eine, bevor er von zwei Krankenschwestern in knappen, weißen Röckchen und mit Rot-Kreuz-Haube auf dem Kopf beiseite geschoben wurde.

Auch bei Struller fielen die Groschen, denn er erkannte Mässiu, den Zivilcop, an seinem bis zum Bauchnabel aufgeknöpften Hemd und der freigelegten Brustbehaarung, und den, den sie Robocop nannten, sowie eine der Krankenschwestern als die Kollegin, die am Rheinufer auf und ab gelaufen war. Weitere merkwürdige Gestalten betraten die Kneipe. Ein Pirat mit Haken am Arm, noch ein Arzt, und einer rollte auf einem Skateboard. Er hatte keine Beine. Ein Mann, der Struller an den Messdiener aus Gerresheim erinnerte, rollte einen Mann mit grauen Haaren und Schnurri in einem Rollstuhl herein. Der Typ im Rollstuhl hatte eine kurze Hose an, und ein Bein war blau.

»Na, zunächst einmal darf ich mich freuen«, erklärte Smiley-Ingo, »euch allen einen wunderschönen, guten Abend zu wünschen und ich freue mich, dass wir unsere süße kleine Mottoparty durch eure Anwesenheit bereichern und in diesem – ich sage mal: einzigartigen Ambiente feiern dürfen.« Der Arzt schüttelte Hände.

Hinter ihm machte ein Typ, der aussah wie DJ Bobo, mit seinem Handy Fotos.

Struller räusperte sich: »Welche Mottoparty?«

»Wir machen einmal im Monat 'ne Party, langer Wechsel von Donnerstag auf Freitag. Der St-Donnerstag. Und in diesem Monat ist mal wieder 'ne Mottoparty dran. Und da bietet sich das Motto doch geradezu an. Körperteile-ab-Party!«

»Aha«, nickte Struller.

Ein Henker mit schwarzer Kapuze und einem riesigen, blinkenden Beil betrat das *Aquarium*.

Die beiden Krankenschwestern lehnten sich links und rechts an Struller. »Na, erkennst du mich?«, fragte die eine.

Struller blickte ihr in die Augen und erinnerte sich. »Du bist die Kleine von der Hahnenfurter Straße, die Partnerin von dem mit der großen Nase, die mich die ganze Zeit angegrinst hat.«

»Ich hab dich nicht angegrinst, ich hab dich ausgelacht. Und damit ist jetzt Schluss.«

Ihre Kollegin zückte blitzschnell ein Skalpell und ratschte Struller mit einem Schnitt die cremeverschmierte, braune Häkelkrawatte vom Hals.

Struller stöhnte: »Ich hatte mich so an die Krawatte gewöhnt.«

»Das hatten wir befürchtet. So ist besser, Baby!«

Struller ergab sich. Okay. Wurde auch Zeit. Der Fall war gelöst, da konnte die Krawatte ab. Er ließ den Stoffschal hinterm Tresen in einen Abfalleimer rieseln. Irgendwo heulte eine Kettensäge auf. Krake wurde nervös, denn ein Mann mit forschem Kurzhaarschnitt war hinter den Tresen geklettert.

»Heh!«

»Oh, hallo Kollege! Ich heiße DJ Pommes.«

Der Mann schüttelte Krakes linke Hand.

»Wieso Kollege? Was machste hinter der Theke, Freundchen?«

»Alles Roger, Kollege. Bleib locker! Wie du bemerkt hast, wird das hier heute ein wenig voller als sonst. Voller und doller! Ha, und da hab ich mir gedacht, dass ich dich ein wenig unterstützte bei der Arbeit!«

»Ich brauch keine …«

»Genau. Dir ist sicher schon aufgefallen, dass zu der Musik von Elvis keiner so richtig auf dem Tisch tanzen möchte?«

»Ich möchte auch nicht, dass hier jemand auf dem Tisch tanzt.«

»Und genau das haben wir uns gedacht!« Er schwang einen Alukoffer auf die Theke und ließ es zweimal schnippen. Dem Koffer voller CDs entnahm er eine. Gleichzeitig checkte er Krakes Stereoanlage. »Schickes Teil, da kann man richtig was rausholen!«

Krake gab auf. Struller konnte ihm ansehen, was er dachte: Eine Truppe Cops – da musste man immer vorsichtig sein.

Weitere Gäste betraten die Kneipe. Einer hatte eine Mütze mit aufgeschraubtem Scheinwerfer auf, einer war nicht verkleidet.

»Was stellt ihr denn dar?«, fragte Jensen.

»Ich werf mich gleich vor den Zug«, antwortete der Unverkleidete.

»Ich bin der Zug«, sagte der mit der Birne auf dem Kopf.

Jensen nahm einen tiefen Schluck und wurde von Struller angeschubst. »Sportsfreund: Du schuldest mir noch ein haariges Ermittlungsergebnis. Oder hast du versagt? Wie bei den Themen ›Sex mit Zeuginnen‹ und ›Verantwortungsbewusster Umgang mit klimatisierten Dienstwagen‹?«

Jensen grinste. »Falsch! Du schuldest mir was, nämlich ein schickes Zehnerfässchen Frankenheimer in gemütlicher Atmosphäre! Ich weiß nämlich, wer für die schamvolle Sache verantwortlich ist. Täter überführt, also, her mit dem Fass! Und ich kann sogar machen, dass sich nie wieder grisselige Haare auf deinem Pissoirrand kräuseln. Unter einer Bedingung!«

»Ein Praktikant stellt keine Bedingungen. Er dient seinem Herrn! In deinem Fall: Du dienst mir!«

Jensen schnalzte mit der Zunge. »Kein Deal, kein Schamhaartäter!«

»Na, spuck's mal aus. Ich kann dich ja immer noch auslachen und vom Hocker treten!«

Jensen beugte sich rüber. »Ich sag dir, wer das Ferkelchen war, und du sorgst dafür, dass ich nach der Ausbildung zu dir komme und dein Partner werde!«

Struller lachte bleckend. »Mein Partner? Ich lach mich schlapp! Noch grün hinter den Ohren und Partner bei der Mörderjagd. Vergiss es, du kleiner Spritzer! Da wate ich lieber durch Berge unbekannten Schamhaars, als dass ich dir das zusage. Krake! Krake! Tu noch mal Bier hier in die Runde. Der langhaarige Typ mir gegenüber hat mich zum Lachen gebracht!«

Krake winkte und zuckte zusammen, als hinter ihm plötzlich die Gibson Brothers mit *Que Sera Mi Vida* in gesteigerter Lautstärke die ersten Tanzwilligen in die Kneipenmitte lockten. Die beiden Krankenschwestern zogen Vokuhila auf die Tanzfläche.

Struller grinste Jensen an und zischte: »Den Deal kannste vergessen.«

Jensen grinste zurück: »Werden wir ja sehen ... Neugierig, wie du alter Mann ja bist.«

Struller schnappte sich das neue, volle Glas.

»Wohlsein. So jung kommen wir nicht mehr zusammen!«, brüllte Brock von der Seite.

Struller war zufrieden. Er hatte kurz vorher mit Penner-Brenner telefoniert und ihm die verbindliche Zusage abgerungen, dass Jensen nach seiner Ausbildung sein neuer Partner beim KK 11 wird. Aber das musste der dreiste Schwede natürlich noch nicht wissen. Und nach dem zwölften Bier würde er seinem Partner in spe schon entlocken können, wem die Haare gehört haben. Wäre doch gelacht! Zur Not würde er ihm den Arm brechen. Jensen gefiel ihm. Auch, wenn er schwul war ... Ach ja, wollte er ja noch mal gefragt haben ...

»Eh, Jensen ... bist du jetzt eigentlich schwul oder nicht?«

Jensen beugte sich zu ihm rüber. »Ich habe mich noch nicht entschieden.«

Die Tür der Kneipe ging auf und Speedy Speetmann kam rein. Sie trug ... na ja, fast nichts.

Jensen zischelte zu Struller: »Heute bin ich es auf jeden Fall nicht!«

Aber Struller hatte nicht zugehört. Hinter Speedy hatte Schultze-Sperling die Kneipe betreten. Sie kam auf ihn zu und trug in etwa das gleiche Outfit wie die Speetmann. Nur in dezentem Knallrot.

Da bahnte sich doch ein schöner Abschluss für den tödlichen Stückwerk-Fall an ...

Schlussakt

Das Telefon klingelte. Hartnäckig. POK Noldini, heute als Funker eingeteilt, seufzte. Hundertmal hatte das Ding jetzt schon gelärmt. Schien doch was *wirklich* Wichtiges zu sein. Er schob seinen Oddset-Schein zur Seite und tastete sich durch dichten Rauchernebel zum Hörer: »Polizei, Polizeiinspektion Ost, Noldini ... Corinna? ... Ja, klar, der ist hinten im D-Raum und isst ... Ja, danke, meinem Bein geht's gut, ist noch dran ... Klar, ich verbinde, bleib in der Leitung!«

Noldini drückte ein paar Tasten und widmete sich wieder dem nächsten Auswärtsspiel von Borussia Mönchengladbach.

Corinnas Freund nahm am anderen Ende ab. »Corinna? Ja, was ... Ich esse ... Was von Mäckes ... Na klar, hab ich noch die Abnehmwette mit Brock laufen, aber der fährt mit mir und hat das Gleiche bestellt wie ich. Nur als XXL-Menü ...«

Corinna seufzte: »Also, ich war heute mit Linus beim Tierarzt, weil der doch immer heller wird. Weißt du, was der gesagt hat? Linus *ist* weiß. Den hat man nur schwarz gefärbt. Und jetzt wäscht sich die Farbe langsam raus. Unser Linus ist ein weißes Kaninchen!«

Rösbert biss in seinen Hamburger. »Weiß? Das ist doch klasse! Da machen wir jetzt noch ein paar rote Streifen drauf, dann haben wir ein prima Bayern-München-Kaninchen.«

Schweigen.

»Corinna? Hallo? War doch nur Spaß.«

»Aha. Witzig! Und er hat noch was gesagt: Linus ist schwanger!«

Danksagung

Zuallererst bedanken wir uns bei allen aktuellen und ehemaligen Mitgliedern der Dienstgruppe »Anton« der Polizeiinspektion Ost in Düsseldorf. Sicher werdet ihr euch und eure Kollegen in den Szenen, Typen, Anekdoten und Redewendungen wiedererkennen. Ohne euch hätte es diesen Krimi nicht gegeben! Danke, Melanie, für den Titel, dir, Naddel, sowieso für alles! Natürlich endet dieser Krimi mit einer Mottoparty! Thorsten macht Musik.

Wir bedanken uns bei Ingrid Schmitz, der weltbesten Agentin.

Danke, Ferry! Bei dir im Z hatten wir die besten Ideen! Peter Klinkhammer, bei dir in der Zille ist nicht nur der Krumme Lanke klasse! Danke für eure spontane Unterstützung!

Darüber hinaus dankt Stephan Engel seiner Familie und seinem Deutsch-LK Lehrer Erwin Duppach.

Ingo Hoffmann seinen Eltern, seinen Omas, Bruder Helge, dem Stammtisch »Italienische Sehnsucht 09« für die Ideen und dem Erfinder des Karaoke.

Carsten Rösler dankt seinen Eltern, seiner Schwester und Corinna.

Carsten Vollmer seiner Geburtsstadt Hildesheim, Metin dafür, dass er in der Schule neben ihm saß, Andi für die gemeinsame WM 1990 in Saint-Tropez sowie Ole stellvertretend für die Bruderschaft und dass er ihm den Garten besorgt hat (ein Quell der Inspiration).

Martin dankt seinen Eltern und hat mit dem zweiten Band angefangen!

Klaus dankt Annika für: »... hier spricht der automatische Anrufbeantworter.«

Wir danken The Who, The Jam, den Rolling Stones und (nur Ingo) Phil Collins.

Die Krimi-Cops

GOLDRAUSCH

Taschenbuch, 336 Seiten
ISBN 978-3-95441-409-3
13,00 EURO

Es ist auch manchmal Blut, das glänzt ...

Kriminalhauptkommissar Pit »Struller« Struhlmann ist bedient. Aber so richtig. Zuerst ist die Leiche in Oberkassel gar nicht tot, dann muss er sich um den Einbruch in die Düsseldorfer Kunstsammlung kümmern, wo doch Moderne Kunst aus dem Irak wirklich nicht sein Steckenpferd ist. Als man ihm versichert, dass nichts entwendet wurde, wird er stutzig. Es geht um die Details. Und um Gold. Gold hat die Menschen schon immer kirre gemacht. Gerade als Struller sich so richtig in den Fall reinkniet, wird direkt vor dem Polizeipräsidium ein Flüchtling erstochen.

Eine turbulente Mörderjagd führt ihn und seinen Ex-Praktikanten Jensen über die Dächer von Bilk, durch stickige, zu enge Flüchtlingsunterkünfte, zu Krake ins Aquarium und durch viel zu familiär geführte griechische Restaurants. Sie legen sich mit den Mitgliedern der SfD an, den Senioren für Deutschland, und nichts ist wie es scheint, niemand ist der, der er zu sein vorgibt.

Alles dreht sich um Gold. Struller und Jensen stellen fest, dass sich ein tödliches Räderwerk in Gang gesetzt hat ...

»*Dein Freund und Krimiautor*«
(*Die Welt*)

Die Krimi-Cops

BÖSE FALLE

Taschenbuch, 288 Seiten
ISBN 978-3-95441-564-9
13,00 EURO

**Die Krimi-Cops schlagen wieder zu!
Mieses Spiel in Düsseldorf**

Kriminalhauptkommissar »Struller« Struhlmann genießt im Aquarium bei seinem einarmigen Kumpel Krake das wohlverdiente Feierabendbierchen, als ihn der merkwürdige Anruf von Karel Skupa, einem Kollegen von der Kripo Prag, erreicht. Der Mann, den Struller bei einem früheren Fall kennengelernt hat, bittet ihn um ein Treffen. Aber auf dem Parkplatz nahe der A 3 erwartet ihn nicht Skupa, sondern eine tote Frau in einem tschechischen Fahrzeug.

Vom Täter fehlt jede Spur, ebenso von der roten Sporttasche, die kurz zuvor bei einer zivilen Routinekontrolle noch auf dem Rücksitz lag. Als Struller wenig später diese Tasche in seinem Büro findet, ahnt er, dass ihm jemand eine Falle stellen will!

Struller taucht ab. Und es ist jetzt nicht nur Oma Jensen, die ihm energisch unter die Arme greifen muss. Im Aquarium formiert sich um Krake, Bertie Spurtmann und seinen Ex-Praktikanten Jensen eine zu allem entschlossene Task-Force der schrägen Art, die sogar auf den smarten Ex-Fußballer und Privatdetektiv Hartmann zurückgreifen muss.

»*Nun sind die Krimi-Cops auf dem besten Weg, zu Kultautoren zu werden.*« (*Westfalenpost*)

KLAUS STICKELBROECK

KURZKRIMIS MIT UND OHNE HARTMANN

Haken dran!
ISBN 978-3-95441-392-8
10,95 Euro

Schnell erledigt
ISBN 978-3-942446-92-1
9,50 Euro

Machste nix dran
ISBN 978-3-95441-607-3
13,00 Euro

KLAUS STICKELBROECK

PRIVATDETEKTIV HARTMANN ERMITTELT:

Fieses Foul
ISBN 978-3-940077-01-1 · 10,95 Euro

Kalte Blicke
ISBN 978-3-940077-37-0 · 12,00 Euro

Fischfutter
ISBN 978-3-940077-83-7 · 10,95 Euro

Auf die harte Tour
ISBN 978-3-942446-37-2 · 12,00 Euro

Schrott
ISBN 978-3-95441-195-5 · 12,00 Euro

Blindgänger
ISBN 978-3-95441-326-3 · 10,95 Euro

Blondes Gift
ISBN 978-3-95441-455-0 · 13,00 Euro

Fesseltrick
ISBN 978-3-95441-541-0 · 13,00 Euro

Kickstart
ISBN 978-3-95441-649-3 · 15,00 Euro

Autorenfoto: © Hans-Jürgen Bauer